KB020482

DREAMBOOKS★

DREAMBOOKS★

DREAMBOOKS★

DREAMBOOKS

사도연 판타지 장편소설

ORIGINAL FANTASY STORY & ADVENTURE

dream
books
드림북스

두 번 사는 랭커 29 동면(冬眠)

초판 1쇄 인쇄 2020년 9월 7일
초판 1쇄 발행 2020년 9월 21일

지은이 사도연
발행인 오영배
편집 편집부
일러스트 우문
표지·본문 디자인 오정인
제작 조하늬

펴낸곳 (주)삼양출판사 · 드림북스
주소 서울시 강북구 도봉로 173
대표 전화 02-980-2112 **팩스** 02-983-0660
편집부 전화 02-987-9393 **팩스** 02-980-2115
블로그 blog.naver.com/dreambookss
출판등록 1999년 3월 11일 제9-00046호

ⓒ 사도연, 2020

ISBN 979-11-283-9914-5 (04810) / 979-11-283-9659-5 (세트)

+ (주)삼양출판사 · 드림북스의 서면 허락 없이는 어떠한 형태나 수단으로도 이 책의 내용을 이용하지 못합니다.
+ 지은이와 협의하에 인지는 생략합니다. 잘못된 책은 구입한 곳에서 바꾸어 드립니다.
+ 이 도서의 국립중앙도서관 출판시도서목록(CIP)은 서지정보유통지원시스템홈페이지(http://seoji.nl.go.kr)와
  국가자료종합목록 구축시스템(http://kolis-net.nl.go.kr)에서 이용하실 수 있습니다. (CIP제어번호 : CIP2020036211)

드림북스는 (주)삼양출판사의 판타지 · 무협 문학 브랜드입니다.

ORIGINAL FANTASY STORY & ADVENTURE

사도연 판타지 장편소설

29

두 번 사는 랭커

| 동면(多眠) |

dream
books
드림북스

목차

Stage 85.
동면(冬眠)

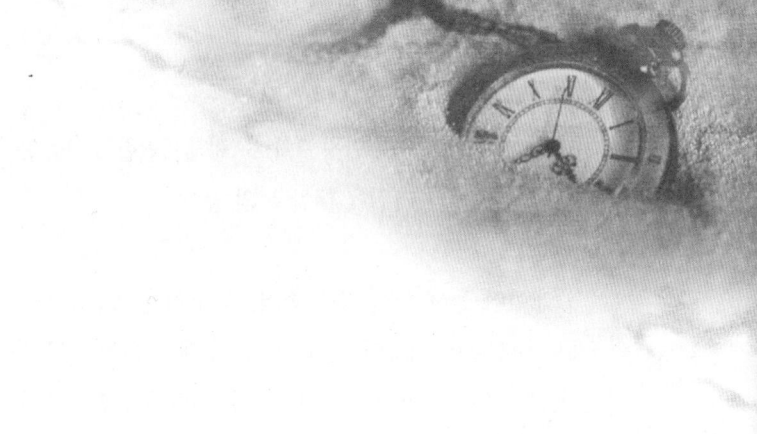

어디에선가 빚어졌던 누군가의 '꿈'은 10년 뒤, 무대가
바뀌며 다시 굴러가기 시작한다.

*　　　*　　　*

〈세상 곳곳에 갑자기 열리기 시작한 홀(Hole), 이것의 정
체는 대체 무엇인가?〉

〈갑자기 쏟아지기 시작한 괴물들, 정말 세계 멸망의 날
인가?〉

〈괴생명체에 대한 학계의 여러 논란들.〉

......

⟨3년째. UN 가맹국의 만장일치로 '범세계연합국' 발족⟩

⟨'플레이어'들의 거취에 대한 논의 중.⟩

......

⟨'플레이어'들에 의한 각종 범죄, 막을 길은 없는가?⟩

⟨새로운 신분이 되고만 '플레이어'에 대한 본질. 그들은 악인가, 아니면 필요악인가? 그것도 아니면 현실판 히어로인가?⟩

......

⟨'시작의 날'이 있은 지 10년째. 현재 지구 사회의 안전은 어디로 흘러가는가?⟩

⟨세계 각지에서 10주년 기도회가 벌어져.⟩

⟨모두가 한 몸 한마음이 되어 외치는 평화의 노래.⟩

벽을 따라, 크고 작은 여러 신문의 스크랩이 시대별로 쭉 나열되어 있었다.

지구에서 아무런 전조도 없이 열린 '게이트', 동시에 줄지어 나타난 몬스터, 갑작스레 생성된 '시스템'. 그리고 자신들을 신과 악마라고 밝힌 존재들과 '플레이어'에 관련된 기사들이었다.

하나같이 근 10년 동안 지구 각지에서 있었던 굵직굵

한 일들이 적혀 있어, 플레이어에게 별반 관심을 가지지 않는 이들이라 하여도 한눈에 역사를 알아볼 수 있을 정도였다.

"……"

하지만 김범승의 시선은 스크랩된 기사들에서 조금 떨어진 곳에 고정되었다.

〈'시작의 날'에 대거 발생한 실종자들에 대한 탐색 실시.〉

〈발견되지 못한 실종자들의 향방은?〉

〈사망 신고를 끝냈던 전 남편이 10년 만에 귀환했어요.〉

〈사회에 적응하지 못한 귀환자들에 대한 교육 제도 실시.〉

〈피해 가족들에 대한 보상 체계 마련 시급.〉

실종자.

그리고 귀환자.

이 두 가지 단어는 김범승을 아주 오랫동안, 지난 10년 동안 괴롭혀 왔던 단어였다.

어린 시절, 시작의 날로 인해 행복했던 가정이 완전히 파탄 나고 말았으니까.

그 뒤로 김범승은 항상 게이트를 떠돌아다녔다. F급, 사회에서는 '폐급'이라고 비웃는 말을 들으면서도 묵묵히. 오로지 사라진 가족들이 어디선가 살아 있을지 모른다는 희망만 안고서.

그리고 차갑게 가라앉은 시선은 천천히 아래로 내려갔다.

〈'아이돌' 차소영, "나도 삼촌을 잃었던 시작의 날 피해자. 삼촌이 언젠가 돌아올 날을 기다려⋯⋯."〉

〈차소영, '시작의 날' 10주년을 맞이하여 피해 가족들과 함께 게이트 탐사를 실시.〉

차소영.

그 이름 세 글자가 유독 눈에 들어왔다.

"⋯⋯드디어 만난다."

김범승은 손을 뻗어 기사를 와락 움켜쥐었다. '차소영'이라고 적힌 부분이 구겨지면서 찢겨 나갔다.

*   *   *

시작의 날 이후, 지구를 지배하던 가치관은 몽땅 뒤집히고 말았다.

종말을 이야기하는 사이비 종교가 득세하고, 비이성적인 것들이 도처에서 난립했다. 갑자기 힘을 얻은 초능력자들이 스스로를 플레이어라고 일컬으며 온갖 사회적인 문제를 일삼기도 했다.

하지만 그러한 혼란이 있는 와중에도 사람들은 안정을 추구하였고, 사회는 천천히 질서를 되찾아 갔다.

다만, 그 전의 질서와 그 후의 질서가 아주 많이 달랐을 뿐.

김범승은 그렇게 새롭게 정리된 질서 속에서 가장 최하급으로 분류되는 이였다.

S급을 필두로, A~F로 이어지는 플레이어 계급에서 가장 하단에 위치하기 때문이었다.

흔히 사회 통념상 F급은 플레이어의 자질이 전무하다고 판단되기 때문에, 정말 지독한 경제난이 있지 않고서야 일반인들과 크게 다를 게 없는 삶을 살아가는 편이었다.

조금 다른 점이 있다면, 그래도 일반인들보다는 체력적으로 뛰어나기 때문에 경호 업무나 막노동 같은 육체적인 일을 많이 선호하는 것이라고 해야 할까?

그렇기 때문에 F급이라 하여도, 플레이어 자격증이 있으면 직업 선택의 폭이 상당히 넓어지는 편이었다.

김범승도 당연히 주변으로부터 그런 제안을 많이 받곤 했지만.

그는 10년 동안 줄기차게 그것을 거부해 왔다.

당연한 말이지만, 플레이어들의 세계에서 F급이 할 수 있는 일은 한정될 수밖에 없었다.

흔히 C급부터 이뤄진 공격대가 지나간 자리를 따라다니는 이들. 죽은 몬스터들을 해체하여 필요한 부위만을 골라내거나, 시스템이 내려 준 보상들을 짊어지는 짐꾼 역할을 많이 맡는 편이었다.

이런 이들에게 붙는 별명은 아주 간단했다.

채집꾼.

"오. 승, 왔는가? 여전히 남들보다 도착 시간이 빠른 건 여전하구만."

반장 우성현은 김범승을 보면서 가볍게 손을 흔들었다. 채집꾼은 주로 직업소개소에서 연결이 이뤄지는 까닭에 반장들의 입김이 아주 센 편이었다.

김범승은 그런 우성현과 오랫동안 관계를 맺어 오면서 스무 살이 넘는 나이 차에도 불구하고 호형호제를 하고 있었다.

"늦으면 자리를 뺏길 수도 있으니까요. 최대한 빨리 와야죠."

"흐흐. 뭔 그런 걱정을 하나. 자네 자리는 언제나 내가 따로 빼 두는데. 반을 꾸릴 때 자네가 없으면 말동무도 없고, 말귀를 제대로 알아먹는 친구들도 드물어서 힘들 때가 한두 번이 아니라고."

그렇게 친근하게 생각하면 일급이나 올려 주든가. 김범승은 속으로 그렇게 작게 투덜거렸다.

사실 김범승은 몸값이 쌀뿐더러, 명령에 별다른 토를 달지 않고 묵묵히 제 일을 잘하는 편에 속했다. 10년째 채집꾼 생활만 하고 있으니, 바닥이 돌아가는 구조도 훤히 꿰고 있는 편이고.

보통 그 정도로 경력이 쌓이면 자신만의 '반'을 만들려는 경우가 태반인데도, 김범승은 그럴 기미조차 보이지 않는다. 인력들을 대거 빼 나갈 염려가 없는 것이다.

사실 우성현의 입장에서는 김범승만큼 편하고 만만한 호구도 아주 드물 터였다.

김범승도 자신의 그런 입장과 위치를 누구보다 잘 알고 있었다. 우성현뿐만 아니라, 다른 '새끼'들도 속으로 적잖게 자신을 깔보고 있다는 것도.

전혀 모를 수가 없었다.

애당초 그런 시선과 편견을 의도한 것이 그였으니까.

'그것도 오늘로 끝이겠지만.'

"아니면 오늘 아이돌이 온다니까 좋아서 그러나?"

그런 김범승의 생각을 아는지 모르는지, 우성현이 어깨동무를 하면서 실실 웃었다.

"차소영, 맞지? 자네가 매번 그렇게 매번 노래를 불렀잖나."

"아니라고 말씀은 못 드리겠네요."

"내 딸내미도 팬이라고, 싸인 좀 받아 달라고 그렇게 노래를 부르더만. 정말 인기가 많긴 많나 보던데?"

"대한민국에서 손꼽히는 플레이어고, 광고도 엄청 찍어 댔으니까요."

"하긴 TV만 틀면 죄다 차소영이 선전하는 광고이긴 하지. 옛날에 피겨 스케이팅 이후로 이만큼 국민 여동생이 된 사람도 없을 거야, 그렇지?"

오늘 그들 반이 맡게 된 작업은 아이돌 차소영의 행사를 뒤따르면서 채집하는 것이었다.

시작의 날이 있은 지 10년이라는 사실을 바탕으로, 차소영은 언제나 그렇듯이 자신의 인지도를 이용해 거대한 자선 행사를 기획했다.

자원봉사자들로 이뤄진 탐사대를 일구어 초창기에 열린 게이트들을 차례로 순방하면서, 초창기 실종자들에 대한 흔적을 쫓자는 내용이었다.

눈여겨볼 만한 부분은 이번에 차소영이 세계 각지에 쏟아 낸 메시지가 아주 커다란 반향을 일으켰다는 점이었다.

차소영부터가 삼촌을 시작의 날에 잃어버린 피해 가족이란 사실은 이미 널리 알려져 있었고, 그런 만큼 그녀의 목소리에는 호소력이 아주 짙었던 것이다.

한국은 물론, 세계 각지의 온갖 NGO와 자선 사업가들이 물심양면으로 돕겠다고 나서면서 행사의 규모는 초창기 기획 단계에서 예상한 바와 다르게 세계적인 이목까지 끌게 되었으니.

그런 이 행사에 채집꾼 자격으로 우성현 반이 들어갈 수 있었던 것부터가, 우성현이 얼마나 수완이 좋은지를 알 수 있는 대목이기도 했다.

다만, 그것과는 별도로, 우성현은 차소영을 그렇게 좋아하는 편이 아니었다.

"부모 잘 만나서 집안도 좋아, 재능도 타고나, 얼굴도 예뻐. 사람들도 숭배하다시피 해. 그렇게 살면 참 재미나겠어, 그렇지 않나?"

F급 플레이어라면 누구나 그렇듯이 타고난 재능만으로 상류층에 들어선 상위권 플레이어들을 속으로 질시할 수밖에 없었다.

우성현도 그런 이들 중 한 명일 뿐이었고.

다만, 김범승은 거기에 대해 굳이 대꾸를 하지 않았다. 난감하다는 듯이 쓰게만 웃어 보일 뿐.

"……."

"흐흐. 내가 자네를 붙잡아 두고 무슨 소리를 하고 있는 건지. 팬으로서 빈정이 상했다면 미안하게 되었어."

"아닙니다. 저도 부럽긴 마찬가지인걸요."

"그렇지? 하하하! 자네는 이렇게 대화가 잘 통해서 좋다니까."

우성현은 김범승의 어깨를 크게 두들기면서 크게 웃어 젖혔다.

때문에 그는 보지 못했다.

김범승의 눈이 깊게 가라앉아 있는 것을.

*   *   *

"저처럼 많은 피해 가족분들이 이번 행사를 시작으로 다시 한번 더 가슴 속에 희망의 촛불을 피우실 수 있게…… 게이트 속에서 가족들의 품으로 돌아가기만을 고대하고 있을 실종자분들이 그 소망을 이루실 수 있게…… 모두가 하나로 뜻을 모아 함께 나아갈 수 있도록 제가 앞장서겠습니다."

김범승이 있는 곳에서는 한참이나 떨어진 무대.

수십 대의 카메라가 정신없이 돌아가고, 여러 식전 행사가 쉴 틈 없이 이어지다가, 차소영의 축사를 마지막으로 모든 순서가 끝이 났다.

"우와! 저게 차소영이야? 진짜 예쁘네. 거기다 기럭지도…… 정말 열여섯 맞아?"

"아직 초졸이래잖냐. 저게 말이 되니?"

"거기다 '빅 마운틴'이나 '살왕(殺王)' 같은 양반들도 몰려 있고. 생각했던 것보다 규모도 엄청 크고, 살이 다 떨린다니까?"

차소영과 함께 실종자들 탐색에 힘을 싣겠다는 여러 플레이어들의 소감 발표도 있었다.

채집꾼들은 한평생 살면서 한 번이라도 볼 수 있을까 싶은 유명 인사들을 보는 내내 호들갑을 떨었다.

그도 그럴 것이, 전부 하나같이 전 세계적으로 내로라하는 S급 플레이어들이었으니까.

채집꾼 생활을 하면서도, 상위 플레이어가 되는 꿈을 버리지 못하고 있는 그들로서는 꿈에 그리며 동경하던 영웅들을 만난 것이나 마찬가지인 셈이었다.

물론, 그들이 저들과 함께할 일은 없을 터였다.

저들은 탐사대이자 공략대의 신분으로 3개 조로 나뉘어

순차적으로 들어갈 것이고, 채집반은 마지막 조가 들어가고 난 이후 약 24시간 뒤에나 입장할 예정이었으니까.

그래야만 채집반이 눈먼 몬스터들에게 당할 우려가 없었기 때문이었다.

"다들 정신 똑바로 차리고! 다들 알다시피 이번 게이트는 시작의 날 이후로, 지금까지 단 한 번도 완전한 공략이 이뤄지질 않아 '클로징'이 되지 않은 곳이다. 그런 만큼 자체적인 생태계도 조성되어 있을 것이고, 어떤 위험이 도사리고 있을지도 모른다. 그러니 단단히 주의하도록!"

우성현은 김범승에게 보여 주던 모습과 다르게, 단호한 어투로 채집꾼들에게 주의점을 일러주고 있었다.

취재 열기가 워낙에 뜨거운 만큼, 어디서 안전사고라도 벌어졌다간 그가 크게 페널티를 입을 수 있었기 때문이었다.

"그럼 모두 여기서 대기!"

채집꾼들 중 대다수는 이렇게 큰 행사에 참여하게 되었다는 사실에 아주 기뻐했지만, 소수는 바짝 긴장한 기색이 역력했다. 언클로징 게이트(Unclosing Gate)는 언제나 그렇듯이 위험 요소로 가득했기 때문이었다.

물론, 열 명도 넘는 S급 플레이어들이 참여하는데 무슨 위험이 있겠냐는 마음이 드는 것도 사실이었으나, 그래도 반장의 말마따나 어디서 어떻게 위험이 튀어나올지 모르니

주의를 한다고 해서 전혀 나쁠 건 전혀 없었다.

그렇게 대기 시간이 계속 이어지고.

"출발한다!"

우성현의 지시에 따라, 가장 먼저 김범승을 비롯한 채집 반이 자리에서 일어났다. 채집반이니만큼 저마다 챙겨온 물품들이 아주 많았다. 마치 험지로 여행을 떠나는 사람들 같았다.

"승, 평상시 했던 대로만 해. 사람이 많다고 해서 쫄지 말고. 알겠지?"

"예."

"그럼 선두를 부탁하지. 자, 다음!"

김범승은 우성현의 응원을 받으면서 게이트 쪽으로 이동 했다. 저 멀리, 일그러진 공간 너머로 칠흑 같은 것이 소용 돌이를 그리고 있는 게이트가 보였다.

이미 차소영을 비롯한 모든 탐사대가 입장한 것은 몇 번 이고 확인한바.

게이트 안쪽으로 발을 들이는 김범승의 눈은 다른 어느 때보다도 날카로웠다.

'세샤…… 이번에야말로 당신네들 가족에게 복수를 해 주겠어.'

＊　　　＊　　　＊

"하하하! 차 양, 당신은 전혀 걱정할 필요가 없습니다. 무슨 일이 있으면 그냥 날 불러만 주십시오. 내가 잽싸게 그리로 달려갈 테니까. 이 웨이 첸의 피부는 제아무리 전설 속 용종이라 해도 함부로 뚫기가 어려울 정도거든!"

덩치는 산만 한 녀석이 자꾸만 옆에서 울룩불룩한 자신의 근육을 보여 주면서 떠드는 꼴이란…… 참 꼴불견이었다.

덩치에 어울리지 않게 목소리는 또 왜 저렇게 가는 건지. 꼭 모기가 옆에서 왱왱 우는 것 같아서 더 거슬리기만 했다.

더군다나 스스로 얼굴을 금칠하는 것도 우스웠다.

그리고 또, 뭐? 용종도 뚫기가 어려워?

이보세요, 정신 차리세요. 용종이 콧방귀만 뀌어도 휙 하고 날아갈 양반이 이렇게 큰소리를 뻥뻥 쳐서 어떡해?

하프이신 어머니가 저 말을 들으면 어떤 표정을 지으실지가 참 궁금했다.

"덩치는 듬직한 놈이 입은 참으로 경망스럽기 그지없군."

"뭐야?"

"차 양, 내가 있으니 걱정하지 않으셔도 됩니다. 아시지 않습니까? 제 칼이 얼마나 날카로운지를. 얼마 전에 캘리포니아에서 나타났던 드레이크의 목을 친 것도 바로 이 칼이었습니다."

덩치를 밀어내고 다른 한 명이 자신의 칼을 자랑스레 꺼내 보였다.

호리호리한 체구에 제법 번듯하다고 할 수 있는 얼굴. 듣자 하니 자기네 나라에서는 모델도 하고 있다지? 본인도 자신이 잘생겼다고 생각했는지 몇 번이나 얼굴을 들이밀면서 어필을 해 댔다.

그녀로서는 짜증만 날 뿐이었지만.

'대체 어디서 개불처럼 생긴 면상을 들이미는 건지…….우웩. 암내까지 나잖아.'

차소영. 가족들은 '세샤'라는 옛 이름으로 더 많이 부르는 그녀는 자신의 곁을 떠나지 않는 두 남자 때문에 도무지 불쾌함을 감출 수가 없었다.

빅 마운틴과 살왕. 현재 지구에서도 손꼽히는 플레이어라는 사실은 잘 알고 있었다. 저마다 자신의 고향에서는 제법 알아주는 명성을 지니고 있다는 것도.

하지만 문제는 그런 명성을 자신에게 계속 강조하려 든다는 점이었다. 그녀가 봤을 때에는 단순한 허울에 불과할 뿐인데도.

'이 미친 것들은 내가 열여섯 살이라는 걸 알기나 하는 거야? 로리콘이나…… 뭐, 그런 것들은 아니겠지?'

아무리 자신이 나이에 좀 어울리지 않게 착하고, 예쁘고, 똑똑하고, 키 크고, 몸매도 날씬해서 매력적이라지만. 그래도 서른 살도 훨씬 넘은 양반들이 이렇게 환심을 사려는 꼴을 보이는 건 좀 그렇지 않나?

'뭐, 실은 순전히 엄마 때문이겠지만.'

물론, 세샤는 사실 그러한 이 두 남자의 관심이 사실 자신이 아닌 어머니, 아난타에게로 향해 있다는 것을 너무 잘 알고 있었다.

최근에 대외 활동을 많이 하면서 그동안 숨겨 두었던 가족들이 언론에 조금씩 노출되는 경우가 왕왕 있었으니까.

그 와중에 아난타의 모습이 우연찮게 카메라에 잡혀 송출되었던 적이 있었다. 하루 종일 포털 사이트의 실시간 검색어 1위를 찍었을 정도로 아주 크게 유명세를 탔었으니. 이들도 그걸 봤던 모양이었다.

더군다나 소문이 대체 어떻게 난 건지, 아난타가 십 년 넘게 남편 없이 세샤를 키운 것처럼 포장되어 소문이 나기도 했다. 그러니 저런 헛짓거리들을 대놓고 하는 모양인데……

'아빠가 돌아오면 죄다 썰려 나갈 것들이…… 하아! 대체 어떻게 한다? 계속 이런 되도 않는 짓들을 계속 받아 줘야 해?'

세샤는 그동안 아난타의 반대에도 불구하고 언론과 유명세를 적극적으로 활용했던 것을 슬슬 후회하고 있었다.

'그래도 당시에 사라진 삼촌을 찾으려면 이 방법이 최고였으니까……'

탑의 세계가 그렇게 붕괴하고 난 이후.

세샤와 일행들은 과거 퀴리날레의 마지막 후예가 안배해 놨다던 방주를 타고 무사히 장소를 빠져나오는 데 성공할 수 있었다.

그리고 도착한 곳이 바로 이곳, 지구였다.

왜 그 많고 많은 행성들 중에 지구로 이어졌는지는 알 수 없었다.

다만, 차정우는 드디어 고향으로 돌아왔다는 사실에 기뻐했고, 아난타 등도 새롭게 찾은 낯선 장소가 차정우 형제가 살았던 곳이란 사실에 적잖게 안도에 찬 한숨을 내쉴 수 있었다.

하지만 문제는 바로 그 뒤에 벌어졌다.

'차원 왜곡 때문에 지구가 통째로 휘말리고 말았으니까.'

방주를 타고 탈출을 한 것까지는 좋았지만, 그 과정에서 만들어진 이동 경로를 칠흑의 일부가 잠식한 것이다.

그 뒤로, 지구는 아주 커다란 환경적 변화를 맞고 말았다.

게이트가 열리고.

던전이 나타나고.

몬스터가 쏟아졌다.

그리고 시스템이 시작되었다.

탑에서 있었던 일들이 지구에도 똑같이 발생했던 것이다.

기괴한 모습을 자랑하는 몬스터들을 처치하는 것부터, 특정 물건을 찾아오는 것까지. '시련'을 통과하고 나면 주어지는 보상 체계 역시 똑같았다.

다른 점이 있다면, 이전에는 층계를 올라야만 시련이 시작되었던 것과 다르게, 지금은 게이트를 통과하면 무조건 시작해야 한다는 정도?

그리고 시련의 난이도도 게이트의 색깔에 따라 천차만별로 달라지거나 때로는 히든 피스가 발동되어 숨겨진 시련이 추가로 발생하는 경우도 있었다.

왜 갑자기 이런 일이 벌어졌는지 이유는 알 수 없었다.

다만, 무너진 왜곡장 너머로 있던 칠흑, 즉, '꿈'의 일부가 나타나는 것이 게이트가 아닐까 하고 짐작하는 것일 뿐.

그리고 시스템이 작동하고 있는 것은 그 너머에 있을 연우가 여전히 칠흑과 사투를 벌이고 있는 중이라는 증거로 받아들이게 되었다.

　　—형의 기억에서 본 적이 있어. 원래 칠흑왕이
　　잠든 곳이 지구였던 걸. 아마 방주가 지구로 향한 건
　　바로 그 때문일 거야.

　　—거기다 시스템이 여전히 작동하고 있다는 건,
　　형이 여전히 무사하다는 뜻일 테니…… 난 어딘가에
　　있을 칠흑의 중심으로 통하는 길을 찾아야겠어.

차정우는 그런 판단을 내리자마자, 곧장 연우가 붙여 준 권속들을 데리고 자취를 감추었다.

연우가 있는 곳을 찾아야 하는 데다가, 하루가 다르게 지구에서 빚어지는 여러 사건 사고들을 조금이라도 더 빨리 진정시켜야 했기 때문이었다.

더군다나 지금 이 순간에도 지구를 둘러싼 여러 이면 세계에서는 '낮'과 '밤'이 치열한 전쟁을 치르고 있는바.

그 여파가 지구에 미치지 않도록 하기 위해서라도, 그는 바쁘게 움직여야만 했다.

'그 와중에도 여러 신이나 악마들이 사도들을 속속 고르면서 사회에의 영향력을 조금씩 넓히려는 중이긴 하지만.'

지금 옆에서 쉴 새 없이 쫑알대고 있는 살왕만 하더라도, 데바의 바유에게서 선택을 받은 사도였으니까.

여하튼.

차정우가 이면에서 '밤'과 전쟁을 치르고, 연우를 찾는 동안.

세샤는 그녀 나름대로 연우를 찾기 위해 발 벗고 뛰어다녔다.

'아버지의 추측대로 정말 이 게이트들이 삼촌이 만들어 내고 있는 꿈의 조각들이 맞다면, 내가 직접 그 조각들을 일일이 다 찾아보면 되는 거잖아.'

그래서 세샤는 직접 자신이 플레이어가 되기로 마음을 먹었다. 아난타 등이 반대를 했다지만, 결국 그녀의 고집을 완전히 꺾을 수는 없었으니.

덕분에 그녀는 여덟 살이 될 즈음에 이미 최고의 재능을 타고난 신동이라는 타이틀을 거머쥐었고, 열 살에는 전 세계를 뒤져도 서른 명이 넘지 않는다는 S급 플레이어가 되는 데 성공할 수 있었다.

물론, 그것도 그녀가 가진 재능 중 극히 일부만 밖으로 내보인 것뿐이었지만.

여하튼 그 뒤로 세샤는 세계 각지에서 쏟아진 수많은 관심을 적극 활용하기까지 했다.

'실종자 찾기'라는 대대적인 이벤트를 몇 번씩이나 활용하여 연우와 관련된 증거들을 어떻게든 수집하려 했던 것이다.

'아무래도 나 혼자서 그 많은 게이트들을 일일이 탐색하는 건 어려울 수밖에 없을 테니까. 하지만 이렇게 정에 호소하는 메시지를 이용할 수 있다면, 세간의 이목도 그만큼 많이 모을 수 있지.'

더구나 마침 혼란을 잠재울 만한 평화의 상징을 필요로 하던 국제단체와 이해가 맞아떨어지기도 해서, 그녀는 빠르게 정치적 영향력을 키워 나갈 수 있었다.

그리고.

지구에 온 지 딱 10년이 되었을 때.

세샤는 연우와 관련된 단서를 찾는 데 드디어 성공할 수 있었다.

징, 지이잉!

때마침 세샤의 손에 잡혀 있던 새카만 금속 파편이 잘게 떨렸다.

그냥 겉보기엔 일반 쇳조각으로만 보이는 물건.

하지만 세샤처럼 탑의 세계에서 건너오고, 그중에서도 세상의 비밀에 대해 조금이나마 알고 있는 이들이라면 절대 모를 수가 없는 물건이었다.

'형틀의 조각…… 던전 안쪽으로 깊이 들어가면 들어갈수록 계속 강하게 반응하고 있어.'

연우의 오른팔을 감고 있던 검은 쇠사슬, 칠흑왕의 절망. 그것의 파편이 바로 이 던전에서 발견되었던 것이다.

문제는 이곳이 시작의 날 초창기에 열렸지만, 여태껏 한 번도 완전히 공략되지 못한 대형 게이트라는 점이었고.

세샤는 그동안 쌓은 영향력을 한껏 발휘해 별도의 탐사대를 꾸리는 데 성공할 수 있었다.

'삼촌. 이제 우리 가족들 그만 애먹이고 나타나요. 다들 삼촌을 얼마나 기다리는데.'

어린 시절, 자신을 언제나 꼭 안아 주던 연우의 모습이 아직도 선명하게 떠오르는 세샤로서는 어떻게든 그를 찾고 싶다는 생각밖엔 없었다.

'그나저나.'

세샤는 눈을 가늘게 좁히면서 주변을 둘러보았다.

　[현재 '까마득한 태곳적의 늪지대'에 입장 중입
니다.]
　[시련의 성취 정도: 25%]

이제는 어느 정도 익숙해진―탑에서와는 전혀 다른 디
자인을 가진 메시지 창 너머로 나타나는 광경.

'이 숲…… 다른 건 안 나타나고, 왜 자꾸 나무만 계속
나타나는 거지? 공기도 계속 눅눅해지고, 마력에도 소량이
지만 독이 섞여 있어.'

그들이 거닐고 있는 곳은 숲이었다.

하지만 말이 숲일 뿐이지, 숲을 구성하고 있는 나무는 지
구에서 보던 것과 느낌이 전혀 달랐다.

마치 사막에 난 나무처럼 말라비틀어진 것이 수십 미터
도 넘게 높이 서 있고, 땅은 습기를 잔뜩 머금고 있어서 아
주 질퍽질퍽했다.

당연히 길이라고 나 있는 건 전혀 없는 데다가, 걷는 내
내 발이 푹푹 빠져서 체력 소모도 적지 않았다.

보통 던전 안쪽에 한두 마리쯤은 있어야 할 몬스터도 전
혀 보이질 않았다.

그렇기에 세샤는 옆에서 떠들어 대기 바쁜 빅 마운틴이나 살왕과 다르게 더더욱 감각을 날카롭게 세울 수밖에 없었다.

게이트 안쪽은 언제나 지구와는 전혀 다른 이질적인 환경이 나타난다.

정확하게는 별세계(別世界)라 할 수 있는 공간이었으며, 그곳의 시련을 모두 끝나고 나면 별세계는 자연적으로 사라지도록 되어 있었다. 탑에서 보았던 인스턴스 던전과 비슷한 개념이었다.

'이런 부류의 던전이 발견된 적이 있었나……? 기억이 안 나네. 이럴 줄 알았으면 평상시에 공부 좀 해 둘걸.'

세샤는 사실 내심 지구에서 나타나는 게이트를 별달리 위협적으로 느끼지 못하고 있었다.

게이트의 시련 내용들이 대개 탑의 상위 층계에서 보던 것에 비하면 터무니없이 난이도가 낮은 데다가, 그녀의 주변에 있는 사람들도 하나같이 탑에서도 수위에 꼽히던 강자들뿐이었으니 저절로 눈이 높아질 수밖에 없었다.

'사실 이런 양반들이 저들끼리 S급이니 A급이니 선을 긋고 거들먹거리는 것도 웃기기만 하고. 옛날 랭커 급은 되나 몰라.'

세샤가 빤히 쳐다보니 빅 마운틴과 살왕은 그녀가 자신

들에게 호감을 가지게 되었다고 생각했는지 헤프게 웃어 보였다.

그것이 그녀로서는 더 못나 보였지만…… 어쩌겠나. 지구에 시련이 시작된 역사가 극히 짧은 것을.

"하. 하하."

세샤가 어설프게 웃으면서 그들의 웃음에 동조해 주는데, 갑자기 머릿속으로 비음이 잔뜩 섞인 목소리가 쩌렁쩌렁하게 울렸다.

「오홍홍! 세샤 님도 참, 자꾸 그렇게 저한테 의지하는 버릇을 들이면 안 된다구용! 몇 번이나 말씀드리잖아용!」

문제는 애교 가득한 그 목소리가 중년 남성의 중저음이란 점이었다.

몇 년을 들어도 참 적응이 안 된단 말이지.

연우가 남긴 권속 중에서 유일하게 세샤의 그림자 속에 남아, 그녀를 지켜 주는 수호신.

세샤가 그에게 뭐라고 말을 하려는 순간.

「그러니까 조심하세용. 아무래도 지금부터 시작될 것 같은데용?」

뭐?

세샤는 순간 자기도 모르게 오한이 들었다. 그리고 본능적으로 고개를 위로 번쩍 들었다.

"차 양?"

"갑자기 왜 그러십니까? 무슨 일이라도 있……?"

빅 마운틴과 살왕은 갑자기 얼굴이 굳는 세샤를 보고 고개를 갸웃거렸다. 그녀의 감각이 전 세계 S급 플레이어들 중에서도 가장 예민하다는 것을 잘 알기 때문에 덩달아 긴장할 수밖에 없었다.

그래서 그녀를 따라 똑같이 고개를 들었을 때. 그들은 모두 할 말을 잃고 말았다.

꾸우우우!

분명히 방금 전까지만 해도 아무것도 없던 잿빛 하늘을 따라, 기괴한 모양을 가진 존재가 나타나기 시작했다.

수십 명으로 이뤄진 탐사대 전원의 몸이 **빳빳하게** 굳고 말았다.

"타, 타, 타계의 신……! 여기는 분명히 4성밖에 되지 않을 텐데, 저런 게 대체 왜?"

"비, 비상이다! 이곳 던전의 난이도를 7성으로 당장 격상시키고, 본부에 즉각 연락을 넣어!"

"외, 외부로의 통신이 전혀 안 됩니다……!"

"사제들도 갑자기 천계와의 채널링이 캔슬된다고 합니

다! 피해야 해요!"

"젠장!"

지구인들에게 비교적 호의적인 천계의 신, 악마들과 다르게, 타계의 신은 목적이 무엇인지 전혀 알려져 있는 바가 없었다.

대화를 시도하기 전에 이미 마주치는 것만으로도 아득한 격의 차이로 인해 미쳐 버리는 이들이 태반인 데다가, 그나마 정신을 유지한다고 해도 대부분 공포에 짓눌려 별다른 저항을 시도해 보지 못하기 때문이었다.

언제 한번은 타계의 신 중에 하급으로 분류되는 존재를 몬스터로 지정, 수백 명으로 이뤄진 공략대를 파견해 보기도 했지만 전멸을 면치 못했다.

그렇기에 그 뒤에 타계의 신은 공략 불가(攻略不可)로 판정이 났었는데…….

그런 존재가 이곳에 출몰할 줄이야!

당연히 여기에 대한 준비를 하지 않았던 탐사대로서는 혼비백산할 수밖에 없었다.

모두가 우왕좌왕하면서도, 매뉴얼대로 바쁘게 움직였다. 그나마 다행인 건, 어쩐 일인지 타계의 신이 이쪽에는 일말의 관심도 두지 않고 다른 방향으로 바쁘게 움직이고 있다는 점이었다.

그 사이.

띠링!

[히든 퀘스트(칠흑왕의 꿈)가 생성되었습니다!]

세샤는 그들과 다르게 눈을 크게 뜨고 있었다.

그녀에게만 떠오른 짧은 메시지 때문이었다.

'라플라스, 이거 맞지?'

「네! 맞아용! 아무래도 여기가 우리 못난 주인님이 계신 곳인 것 같은데용? 저놈은 잠든 주인님을 찾으러 온 거구용! 완전히 잠든 숲 속의 왕자님이지 뭐예용!」

'그럼 가자.'

드디어 십 년 넘게 기다렸던 삼촌을 찾을 수 있게 되었다.

세샤는 전열에서 벗어나 타계의 신이 움직이는 곳으로 뛰기 시작했고.

"차, 차 양?"

"어디 가십니까? 거긴 위험해요! 돌아와요!"

영문 모르고 당황한 다른 탐사대원들은 그런 그녀를 애타게 불러야만 했다.

　　　　*　　　*　　　*

　"그, 그게 무슨 소리야? 갑자기! 게이트 수준을 7성으로 격상한다니?"

　탐사대보다 24시간 늦게 입장했던 채집반은 갑작스러운 연락에 발칵 뒤집히고 말았다.

　7성 격상! 그것이 의미하는 바는 딱 한 가지였으니.

　'타계의 신이 나타났다고……? 대체 왜 여기에?'

　아무리 이곳 던전이 여태껏 언클로징으로 남아 있었다고 해도, 그동안 꾸준히 마력 측정은 이뤄지고 있었다.

　그렇기에 10년째 계속 4성으로 남아 있었던 것이고, 주기적으로 안전 확인반의 확인 작업도 꾸준히 있어 왔다.

　애당초 위험성이 크다고 판단이 되었다면, 채집반의 투입이 더 미뤄지거나 탐사대의 전력을 더 보강하려 했을 것이다.

　그런데 갑자기 이런 일이 터지고 말았으니.

　물론, 지금 앞서 움직인 탐사대의 전력이 약한 건 아니었다.

　선발대의 경우에는 S급이 세 명이나 포함되어 있었고, 나머지는 전부 A급으로 분류되는 최정예들이었다.

　어디에 던져 두더라도 언클로징을 클로징으로 만들어 낼 수 있는 전력이었지만.

문제는 타계의 신 앞에서는 전부 무용지물이라는 점이었다.

어쨌거나 신격이 아니던가.

인간으로서는 감당하는 것 자체가 불가능했다.

오죽하면 타계 신의 사념 중 일부만이 강림했던 아프리카 남부 지역이 죽음의 땅으로 변해 지금은 생명체 하나 살지 못하는 죽음의 땅이 되고 말았을까.

"채집반은 모두 여기서 이동을 멈춘다! 정찰조는 어서 게이트로 향하는 길목을 확인해!"

채집반장 우성현은 오랫동안 업계에서 짬밥을 먹은 것이 헛되지 않았다는 것을 증명이라도 하듯, 혼란스러운 와중에도 빠르게 퇴로를 확보하고자 했다.

하지만.

"게, 게이트가 유실되었습니다!"

"뭐?"

"찾을 수가 없다고 합니다!"

정찰조의 무선 통신을 받은 통신병이 안색이 시퍼렇게 변한 채로 올린 보고는 채집반을 집단 패닉 상태로 몰아넣고 말았다.

"젠장! 게이트 캔슬링인가!"

게이트 캔슬링. 지구로 향하는 문이 완전히 사라지는 현상을 의미했다.

간혹가다 이런 경우가 있었다.

지구와 던전 간에 이어지는 차원로(次元路)가 왜곡장에 의해 크게 뒤틀려 게이트 자체가 사라지는 경우가.

이런 경우에 빠져나갈 수 있는 방법은 딱 하나밖에 없었다.

"……이렇게 되면 선발대가 시련을 빨리 클리어하길 기다릴 수밖에 없을 텐데?"

하지만 타계의 신이 나타난 이상, 녀석의 눈을 피해 시련을 무사히 완수하기란 거의 불가능에 가까운 일.

"아, 안 돼……!"

"민영아! 엉엉. 우리 민영이 혼자 남아서 어떡해……!"

"엄마! 아빠!"

채집반의 사람들이 전부 바닥에 주저앉아 눈물을 터뜨렸다. 그들로서는 돌아갈 고향을 완전히 잃어버린 것이나 마찬가지인 셈이었으니.

그들을 다독여야만 하는 우성현도 반쯤 넋이 나가 어쩔 줄 몰랐다.

그 때문에 그들은 미처 보지 못했다.

스르륵!

방금 전까지 그들 틈에 섞여 있던 김범승이 조용히 공간에 파묻혀 사라지는 것을.

*　　　*　　　*

[히든 퀘스트 / 칠흑왕의 꿈]

설명: 칠흑왕은 세상 그 누구도 짐작하기 힘든 아주 오랜 옛날부터 깊이 잠들어 있었습니다. 그리고 매번 '꿈'을 통해 우주가 어떻게 돌아가는지를 가만히 지켜보았습니다.

그러던 어느 날 칠흑왕은 깨어날 방법을 찾는 데 성공하였고, 그것을 위한 수단(자아)으로 이름을 알 수 없는 이를 점지하였습니다.

그리고 다시 기나긴 잠이 계속 이어졌고, 여러 번의 기지개와 잠꼬대를 통해 드디어 조금씩 깨어날 준비를 하고 있습니다.

하지만 아쉽게도 완전한 '꿈'에서 벗어나는 데는 실패해 미몽(迷夢)에서 깨어나지 못하고 있는 상태입니다.

그러니 지금부터 이곳 근처 어딘가에서 깊이 자고 있을 칠흑왕의 자아를 찾아 잠에서 깨우고, '미몽'을 '자각몽(自覺夢)'으로 바꾸도록 하세요.

달성 조건:

1. 깊이 잠든 칠흑왕의 자아를 찾으십시오.

2. 자아를 찾아 깊은 잠에서 깨워야 합니다. 단, 그 주변에는 방어 기제로 알 수 없는 트랩들이 설치되어 있으니 주의하십시오.

3. 흐릿한 자각몽을 완성해야 합니다.

주의점:

1. 칠흑은 아주 깊습니다. 또한, 잠은 전염되기 쉬운 성질을 지니고 있습니다. 자아의 옆에서 똑같이 잠에 들지 않도록 유의하십시오.

2. 또한, 현재 당신보다도 먼저 자아를 찾고자 하는 존재가 있습니다. 그가 먼저 자아를 찾을 경우, 처음과 달리 자아의 상태에 변화가 있을 수 있습니다.

제한 조건: ―

제한 시간: 게이트 붕괴 전까지

보상:

1. ???

2. ??? + ???

'확실해! 이건 분명히 삼촌이 이 근방에 있다는 뜻이야!'

세샤는 숲을 가로지르는 내내, 크게 뛰는 심장을 진정시키느라 몇 번씩이나 숨을 가쁘게 쉬어야만 했다.

라플라스의 말대로 정말 이곳에 연우가 있다는 것을 확인할 수 있었으니까.

「오홍홍! 그러니까 제가 몇 번이나 말했잖아용. 여기에는 분명히 우리 주인님이 계시다공.」

라플라스는 마치 자신이 찾기라도 한 것처럼 껄껄 웃어 댔다. 그녀의 그림자가 크게 출렁이는 게 보일 정도였다.

「거기다 저렇게 길잡이도 있고. 매번 허탕만 치다가 이렇게 한번 된다 싶으니까 일이 계속 술술 풀리네용.」

라플라스가 말하는 건, 저만치 앞에서 하늘을 날고 있는 타계의 신이었다.

얼룩덜룩한 색을 가득 담고 있지만, 마치 가오리를 연상케 하는 생김새. 눈으로 예상되는 부위가 수십 개나 수시로 움직이면서 지상을 면밀히 살피는 모양새는 끔찍하게 보일 정도였다.

실제로 비위가 약한 플레이어들 중에는 타계 신의 외양을 묘사한 이미지만 봐도 경기를 일으키는 이들이 있을 정도였으니.

하지만 세샤는 별 대수롭지 않게 여기고 있었다. 근육질

스킨헤드 바니 보이라는 해괴한(?) 취향을 가진 존재와 오랫동안 같이 지내다 보니 이제는 그렇겠거니 하고 여기고 있었던 것이다.

「아무래도 혼돈의 흔적을 쫓고 있는 것 같은데…… 아주 유용한 레이더네용. 주인님을 찾고 나면 바로 뒤통수 쳐서 날려 버리면 될 것 같아용.」

뒤통수를 친다는 말을 참 어렵지 않게 한다는 생각에 세샤는 자기도 모르게 피식 헛웃음을 흘리고 말았다. 어렸을 적에 샤논과 같이 놀면서 불렀던 노래가 언뜻 떠올랐기 때문이었다.

하지만 추억은 잠시 묻어 두고, 진지하게 물었다.

'근데 그게 쉬울까? 보니까 거의 외신 급에 가까운 것 같은데…….'

「그새 잊으셨나 보네용.」

'……?'

「저 라플라스에용. 극권의 주인을 잇는 혼세팔신이랍니당. 마해의 왕이기도 하구용. 저런 건 제 귀엽고 깜찍한 펀치 한 방이면 꼴까닥이라구용!」

'하지만 그건 너프되기 전이잖아.'

당연한 말이지만, 권속이 주인으로부터 멀리 떨어져 있을수록, 그리고 그 시간이 길어질수록 좋을 것은 하나도 없었다.

그만큼 힘의 근원에서 멀어지는 데다가 보충할 시간도
적어진다는 뜻일 테니까.

라플라스가 그러했다.

연우의 권역이라면 모를까, 영체로 제멋대로 돌아다니는
데는 한계가 있을 수밖에 없었다.

더군다나 이곳은 그가 태어난 마혜나 '밤'과는 전혀 다
른 환경을 가진 곳이 아니던가. 소모된 힘을 보충하는 데도
한계가 있을 수밖에 없었다.

그렇기에 라플라스는 가진 전력에도 불구하고, 차정우와
함께 떠나지 못하고 지구에 남아야만 했고, 그 와중에도 세
샤의 그림자에서 머무는 시간이 아주 길었다.

현신해 있는 것만 해도 상당한 힘을 필요로 하니, 그것을
최소화시키기 위해서였다.

「그럼 사랑스러운 토끼 태클까지 더해야죵. 훙훙훙!」

하지만 라플라스는 전혀 걱정이 없다는 듯 장난스럽게
웃어 보였다.

무슨 생각이 있는 거겠지. 세샤는 그렇게만 생각하고 굳
이 깊게 캐묻지 않았다.

지금은 그저 타계 신의 이목에 잡히지 않고, 몰래 뒤를
쫓는 데만 집중하기에도 바빴으니까.

다만, 그만큼 문제도 있었다.

　[독이 감지되었습니다!]
　[독이 감지되었습니다!]
　……

　[권속 '라플라스'의 도움으로, 권능 '무채독'이
발동하여 독이 중화되었습니다.]
　[현재 감지된 독은 ???입니다.]
　[???에 대한 내성이 생겼습니다.]

'독성이 계속 더 짙어지고 있어.'

대기 중에 섞여 있던 독기가 상당히 지독했던 것이다. 거기다 숲의 중심 지역으로 갈수록 독기는 더더욱 노골적으로 짙어졌으니.

그녀야 라플라스의 도움으로 독기에서 자유로울 수 있었지만, 다른 탐사대원들은 모두 전멸을 면치 못할 정도로 독했다.

'거기다 발도 갈수록 깊이 빠지고. 근처에 늪이라도 있는 걸까?'

이곳 던전의 이름을 생각해 보면 분명 '늪'이라는 게 있을 것 같긴 했다.

그런 면에서 보자면 아무래도 목적지에 거의 다 가까워
진 것 같은데…….

그러던 그때.

꾸우우웅—

갑자기 녀석이 잘 날다 말고 도중에 멈췄다.

세샤도 재빨리 근처의 거목 뒤쪽으로 몸을 숨기면서 그
림자를 코밑까지 끌어 올렸다. 라플라스의 기운이 그나마
남아 있던 기척도 모두 지워 냈다.

'늪이잖아?'

빽빽하게 늘어선 가시나무 너머로, 끝도 없을 정도로 넓
게 이어진 늪지대가 보였다.

아니, 저걸 두고 '늪'이라고 할 수 있을까?

칠흑보다도 더한 어둠이 울렁이고 있었다. 기포가 마구
끓고, 그 위로 파도가 넘실대면서 수증기를 마구 뿜어 댔
다.

이렇게 멀리서 보고 있는 것만으로도 속이 울렁이고, 눈
앞이 빙글빙글 도는 듯한 느낌이었다.

'저건 대체……?'

['칠흑의 늪'을 최초로 발견하였습니다!]
[최초 업적을 달성하였습니다.]
[룬 '칠흑 세례'의 가호가 더해집니다.]

세샤는 명예의 전당과 마찬가지로 위대한 업적을 세운
이들에게만 자동으로 주어진다는 '최초 업적'의 보상을 받
고도, 전혀 그쪽으로 신경을 쓰지 못했다.

「홍홍홍. 이거 아무래도 우리가 생각했던 것보다 더 근
원적인 곳으로 온 것 같은데용?」

'그게 무슨 말이야?'

「저도 어렴풋하지만 첫 번째 왕에게 지나가는 말로 들었
던 적이 있거든용. 칠흑이 저문 곳, 빛이 빚어진 곳, 세상이
시작된 중심지에 이러한 '꿈'의 잔여물들이 남아 있다구
용. 아무래도 여기가 그곳인 것 같아용.」

'그렇다는 건?'

「저기 어딘가에 주인님이 계시다는 것이겠죵? 예상대로
주인님이 정말 칠흑왕의 다른 인격들과 싸워서 이겼고, 자
아가 되셨다면 저곳에 계실 테니까용.」

'안 되셨다면?'

「못 되셨다면…… 뭐, 그냥 다 같이 종말로 다이빙이겠
죵.」

'……'

「하지만 너무 걱정할 필요는 없지 않을까용? 주인님만큼 뒤통수 잘 때리는 분도 없잖아용. 아마 칠흑의 다른 마성들도 죄다 통수 갈기고 일어나실 것 같은데에?」

라플라스는 재미있어 죽겠다는 듯 말꼬리를 길게 쭉 뺐다. 세샤의 그림자가 크게 출렁였다.

「자, 그럼 여기서 우리가 뒤통수를 칠 준비를 할……!」

그렇게 라플라스가 강림을 시도하려는데.

이. 곳. 이.

아. 버. 지. 계. 신. 곳.

그. 런. 데.
힘. 이. 약. 해. 보. 여.

자. 아. 만. 남. 아 있.

곳곳에서 구슬픈 울음소리가 울린다 싶더니, 갑자기 여기저기서 어둑한 칠흑이 맺히면서 크고 작은 타계의 신들이 나타나기 시작했다.

몇몇은 늪지대에서 천천히 일어나기도 했으니. 꿈틀거리는 촉수 사이로 형형하게 빛나는 눈동자들이 괴기스러웠다.

['밤(녹스)'의 일부가 내려왔습니다!]

「……려고 했는데, 아무래도 아주 잠깐 전략상 후퇴를 해야겠는데용?」

라플라스가 살짝 기어들어 가는 목소리로 중얼거렸다. 그답지 않게 긴장감이 담겨 있었다.

늪지대에 출몰한 타계의 신은 모두 다섯.

셋은 그저 그런 중·하급으로 보였지만, 나머지 두 마리가 품고 있는 힘이 절대 적지 않았다.

당장 너프된 라플라스로서는 정면으로 부딪치기에 부담스러운 전력이었다.

'하지만 그렇다고 해서 물러날 수도 없어.'

세샤는 아랫입술을 질끈 깨물면서 어떻게든 저들의 빈틈을 노리고자 했다.

마음 같아서는 아버지와 삼촌의 권속들을 전부 불러온 뒤 다시 오고 싶었지만, 그랬다간 겨우 찾은 삼촌의 행방을 놓칠 가능성이 컸다.

더군다나 퀘스트 창도 설명하지 않았던가. 만약 타계의 신이 삼촌을 데리고 가 버린다면, 그 뒤에 어떤 악영향이 있을지도 모른다고.

'하지만 저들을 뚫고 갈 수 있을까……?'

하지만 세샤로서는 도저히 자신이 없었다. 그녀는 아직 초월은커녕 탈각의 근처에도 가지 못한 상태였으니까.

엄마, 아난타만 있었더라도 이런 걱정은 덜했을 텐데.

그런 걱정을 하는 사이.

'낮'. 오. 기. 전. 에. 끝. 낼.

서. 두. 르. 자.

타계의 신들은 저들끼리 무슨 대화를 나누더니, 신력을 응집시키면서 늪지대에 투여하기 시작했다.

쿠쿠쿠쿠……!

던전이 통째로 요동치기 시작했다. 끈적끈적한 늪지대가 일정한 방향 없이 서로 물고 물리는 파도를 일으키다가, 쫙 갈라진 수면 사이로 무언가를 천천히 토해 냈다.

그것을 본 순간, 세샤는 자기도 모르게 비명을 지를 뻔했다.

'삼…… 촌!'

그것은 연우였다.

정확하게는 검고 붉은 수십 쌍의 날개로 몸을 감싼 채 곤히 잠들어 있는 연우.

다만, 그는 단단해 보이는 결정(結晶) 속에 들어 있어 마치 죽은 것처럼 보이기도 했다.

하지만 연우의 얼굴은 십 년 전에 헤어졌을 때 봤던 것과 달라진 것 하나 없이 똑같았다. 아버지도 어머니도 권속들도 모두 지난 십 년 동안 달라졌지만, 삼촌만 홀로 시간이 정지해 있는 것 같았다.

「마음 단단히 잡아용, 애기씨. 여기서 기척이 발각되면 큰일 난다구용!」

라플라스의 경고에 세샤는 흔들리려는 기척을 겨우 추스를 수 있었다.

다. 른. 건. 어. 디.

다만, 세샤와 다르게, 타계의 신들은 연우를 발견하고 나서도, 무언가를 더 찾는지 일대를 쉴 새 없이 물색했다.

나. 중. 에. 찾. 자.

'낮 . 이. 움. 직.

그. 러. 지.

이. 곳. 은. 폭. 파. 할.

가오리를 닮은 타계의 신에게서 촉수가 뻗쳐 나오더니 연우가 든 결정을 칭칭 감았다.

이대로 내버려 뒀다간 정말 연우를 저쪽에 뺏길 것 같아, 세샤는 라플라스와 함께 당장 움직일 수밖에 없었다.

'단 한 번에! 한 번에 촉수를 자르고 삼촌을 가로채야 해!'

[스킬, '용마안'이 결(缺)을 좇습니다!]

그렇게 두 눈에 용마안을 활짝 열어 둔 상태로, 적절한 타이밍을 노리려는데.

"차 양!"

"조심하십시오, 저희가 구해 드리겠……!"

생각지도 못하게, 갑자기 뒤편에서 빅 마운틴과 살왕이 그녀의 이름을 부르면서 다급히 뛰어왔다.

「이런 미친! 하필 지금 이럴 때에⋯⋯!」

라플라스가 당장 찢어 죽여도 시원찮을 두 플레이어들의 목을 치려 했지만.

다. 른. 놈. 이. 있.

벌. 레. 따. 위. 가. 감. 히.

이미 세샤가 있는 것을 확인한 타계의 신들이 일제히 이쪽으로 의식을 돌렸다.

촤촤촤촤—

수천 다발로 이뤄진 촉수가 단숨에 쏘아졌다. 그 순간, 세샤를 보호하고 있던 그림자가 아주 높다랗게 일어나면서 촉수를 튕겨 내고, 동시에 그 위로 라플라스가 나타나면서 거대한 손으로 가장 앞에 있던 녀석을 후려쳤다.

「아주아주 귀여워 죽는 토끼 싸대기—!」

콰아아앙!

칠흑의 늪이 요동칠 정도로 커다란 충격파가 울리는 가운데.

꾸우우웅!

다른 타계의 신들이 응집시킨 신력을 세샤 쪽으로 날렸

다. 날카로운 칼바람이 하늘에서부터 소낙비처럼 빗발쳤다. 높이 치솟았던 늪의 일부가 뒤섞이면서 악취가 더 진하게 풍겼다.

세샤로서는 그것을 도저히 피할 수가 없었다. 다른 방향에서도 화염 폭풍이나 눈보라 같은 권능이 잇달아 휘몰아친 까닭이었다.

다급히 결계를 형성했지만, 저렇게 많은 권능 세례 앞에서는 바람 앞의 촛불처럼 위태롭기만 할 뿐이었다.

세샤는 저도 모르게 두 눈을 질끈 감으면서, 언젠가 위기속에서 자신을 구해 주었던 존재를 애타게 불렀다.

"삼촌!"

애타는 조카의 목소리가 울려 퍼진 그 순간.

콰직!

연우가 잠들어 있던 결정 위로 균열이 잔뜩 퍼졌다.

그리고.

와장창창—

유리 깨지는 소리와 함께 결정이 안쪽에서부터 크게 터져 나갔다.

　　　　*　　　　　*　　　　　*

　대체 이 지독하게도 새카만 세상에서 얼마나 시간을 보낸 걸까?

　백 년이던가, 이백 년이던가. 연우는 언제부턴가 시간을 헤아리는 것을 포기해 버렸다.

　어차피 칠흑 속의 세상과 바깥세상은 시간이 전혀 다르게 흐를 테니까. 바깥과 안쪽은 작용하는 '굴레'가 전혀 달랐던 것이다.

　그래도 확실한 건.

　웬만한 신격들도 도저히 버틸 수 없을 만큼 까마득한 시간이 흘렀을 거란 점이었다.

　　[투쟁의 신화가 화려하게 타오릅니다!]
　　[죽음의 신화가 두 개의 태엽을 빠르게 감습니다!]

　　[특성 '열광'이 칠흑을 물리칩니다.]

　만약 새롭게 만들어진 특성이 아니었더라면, 계속 환한 빛을 발하기도 힘들지 않았을까.

이곳은 칠흑. 모든 것을 집어삼키는 어둠만이 가득한 곳이니.

『아들아. 쉬고 싶다면 언제든 쉬어도 된단다. 이후부터는 이 아비에게 맡기고.』

언젠가 아버지 크로노스가 그렇게 말씀하신 적도 있었다.

다행이라면 다행이었다. 이 지독하기만 한 세상에서 자신 혼자만이 있는 건 아니었으니까. 아버지께서 계속 옆에서 의기를 북돋아 주고, 지쳐갈 때 즈음이면 항상 말을 걸어 주셨기에 연우는 이내 다시 기운을 차리고 일어설 수 있었다.

『언제나 볼 때마다 느끼는 것이지만…… 인간이라는 족속들은 참으로 신기해. 대체 어떻게 이렇게 계속해서 싸울 수 있는 거지? 대체 무엇이 있어 너를 그토록 지탱하게 만드는 것이지?』

기어 다니는 혼돈은 연우와 마성들의 싸움에 절대 참전하지 않고 늘 한 걸음 뒤로 물러서 있었다.

그는 연우의 권속이 아니었으니 굳이 싸움에 개입할 이유가 없었던 것이다.

아니, 강제로 권속으로 만든다고 해도, 녀석의 성격상 어떻게든 뒤로 내빼려 했겠지.

결국 기어 다니는 혼돈에게 필요한 것은 그의 호기심을 달래 줄 흥밋거리가 전부였으니까.

그런 면에서 보자면, 연우는 그가 여태껏 살면서 단 한 번도 만나지 못한 최고의 탐구 영역이었다.

『가족애? 아니면 영웅심? 대체 이해가 안 간단 말이지. 우리네들은 애당초 가지지 못하는 심리라 그런 것인가……. 아니면 필멸자 출신이니 가질 수밖에 없는 심리인가?』

언제나 효율을 추구하는 그의 입장에서는 연우의 도전이 너무나 무모하게만 보였다.

감히 아버지의 자아가 되겠다니?

아무리 아둔하다고 하시더라도, 그것은 그 비대한 몸집과 탐욕 어린 성정, 그리고 외신들조차도 이해하지 못할 커다란 사고관 때문에 그런 것일 뿐.

여러 우주와 차원을 단순히 '꿈'으로만 여기는 존재의 중심이 되겠다는 건…… '황'마저도 아래로 여기는 존재가 되겠다는 건…… 그로서도 도저히 엄두가 나질 않았던 것이다.

하지만 문제는 연우가 그러한 무모한 도전에서 조금씩 승기를 잡아 간다는 점이었다.

그래서 기어 다니는 혼돈은 몇 번이나 물었다.

대체 너는 무엇을 위해 움직이는 거냐고. 대체 무엇이 있어 너를 여기까지 끄집어 올릴 수 있었냐고.

거기에.

"좀 닥쳐."

연우는 손으로 입가를 훔치고, 피가 섞인 가래침을 내뱉으면서 말했다.

"정신 사나우니까."

그것이 대답이었다.

『……그렇군. 굳이 이유 따윈 찾을 필요가 없다, 그런 건가?』

기어 다니는 혼돈은 그런 연우의 태도에 한참 동안이나 고민을 하다가 그런 결론을 내렸다.

어딘지 모르게 그의 입가에는 만족에 찬 미소마저 걸려 있었다.

원래 감정 따윈 전혀 갖고 있지도 않던 그가 처음으로 내비친 감정이기도 했다.

어쩐지 연우와 계속 함께하면서 그의 감정에 많이 동화되었던 모양이었다.

『좋아. 아주 좋은 대답이 되었다. 하고 싶은 대로 하는 것일 뿐이고, 그래서 우둔한 아버지와 싸우는 것이라면…… 나도 거기에 대한 보답을 해 줘야겠지.』

파아아아!

기어 다니는 혼돈은 그 말을 끝으로 스스로를 해체시켰다. 원래의 형태인 사념 덩어리로 변해 칠흑 곳곳으로 흩어진 것이다.

마지막 호기심에 대한 만족할 만한 대답을 얻었으니, 더이상 불필요하게 자아를 유지할 필요가 없었던 것이다.

마지막까지 보고자 했던 연우의 투쟁 결과도 굳이 보지 않았다. 어차피 그의 눈에는 뻔히 보이는 듯했으니까.

대신에 그는 연우에게 다른 선물을 주었다.

바로.

마성에 대한 비밀이었다.

─우둔한 아버지시여……! 부디 나를 당신의
'꿈'으로 끌어들이시고, 제게서 아내와 자식들을 앗
아 간 저것들을 부디 물리쳐 주십시오!

한평생 산골에서 약초꾼으로 산 사람이 있었다. 하루 종일 산을 올라 캔 약초를 팔아 겨우 가정을 일구었지만, 그는 늘 행복했다. 아름다운 아내와 토끼 같은 자식들이 있었기 때문이었다.

그러던 어느 날. 소쿠리에 약초를 가득 채우고 기분 좋게 집에 돌아왔을 때, 그는 자식들이 모두 죽었다는 사실을 깨닫고 말았다. 그리고 아내가 어디론가 끌려갔다는 사실도.

아랫마을로 내려가 수소문했고, 1년 뒤에 겨우 알게 되었다. 산천 유람을 왔던 영주가 아내의 미모에 반해 납치를 시도했단 사실을.

아내를 돌려 달라고 성 앞에서 시위를 해 보기도 하고, 황도로 직접 찾아가 억울한 사연을 하소연해 보기도 했지만, 아무도 산골 무지렁이의 말을 귀담아들어 주지 않았다.

　—어찌하여 비밀이 풀리지 않는가! 우둔한 아버
　지시여, 부디 제 말을 들어 주십시오! 이 세상의 끝
　은 대체 어디에 있는 것입니까?

세상이 품은 비밀을 풀고자 200년이 넘도록 탐구를 시도하던 마법사가 있었다. 그것이 수십 대에 걸쳐서 대대로 내려오던 학파의 비원이기 때문이었다.

하지만 그 대에서도 아무것도 풀지 못했다. 아무도 그의 말을 들어 주지 않았다.

—아버지, 아버지…….

—아버지의 말마따나 우리는 이렇게 될 수밖에
없었던 모양이오.

—결국 난 이렇게 스러져야만 하는가. 아버지,
난 당신이 너무나 원통스럽습니다.

부모의 사랑을 절실히 갈구하였고, 인정을 받고자 한없
이 노력하였지만, 결국 자신은 그들의 출세를 위한 도구밖
에 되지 않았단 사실에 다리 밖으로 몸을 던졌던 재상.

미래를 약속한 연인을 두고 전쟁터로 끌려갔다가, 포로
가 되어 20년 후에나 고향으로 돌아올 수 있었던 귀환병.

평생에 걸쳐 검을 좇았고 그 끝을 보았지만, 끝끝내 주
군의 시기를 사서 억울하게 처형대로 끌려가야만 했던 기
사…….

연우는 수도 없이 나열된 그 많은 삶들을 일일이 지켜보
게 되었다. 심지어 어떤 삶의 경우에는 그가 직접 빙의되어
체험을 해 보기도 했다.

그들이 되고, 그들의 시야로 세상을 보게 되었다. 그들
의 사고관으로 생각을 품기도 하였다. 그러다 여러 차례의

'꿈'이 스쳐 지나가고 나면, 가슴 한편에서 텅 빈 무력감을 느끼기도 했다.

너는 우리들이 품고 있는 아픔을 이해할 수 있는가?

이 세상은 온통 부조리한 것들로 가득하다. '꿈'에서 깨고, 또 깨어도 결국 똑같은 세상만 되풀이될 뿐이지.

그리고 너 또한 우리에 못지않은 불운(不運)을 타고났고, 숙명(宿命)이 주는 무게에 어깨가 짓눌리지 않았더냐.

그것을 너는 완전히 떨쳐 낼 수 있는가?

마성이란, 수없이 응집된 한(恨).
지금은 허물어진, 각 세계에서 끝없이 눈물을 흘려야만 했고 끝끝내 아둔한 아버지의 보살핌을 받게 되었던 이들이 남긴 것이었다.
어쩌면 연우가 그중 하나로 선택되었던 데에는 그만한 이유가 있는지도 몰랐다.
하지만.
화아아악!

['하늘 날개'가 현자의 돌(오만·식탐·색욕)과
호응하여 화려하게 불타오릅니다!]

연우는 꿋꿋이 그들과 계속 싸우고, 물리치며, 먹어 치웠다. 그리고 그들을 이해하고, 체험하며, 동화되었다.

그렇군. 그것이 너만의 대답인 셈인가. 어설픈 위로보다는 이게 나을지도 모르긴 하지. 흐흐.

키키킥! 시건방지구나. 아주. 한낱 인간 주제에…….

그 때문인지 마성은 언제부턴가 크게 두 개의 부류로 나뉘게 되었다.

연우에게 호응하는 쪽과 적대하는 쪽으로.

호응하는 쪽은 충분히 자신들을 맡길 만하다고 생각하는 부류였고, 적대하는 쪽은 여전히 연우를 깔보거나 자신들처럼 만들어 버리고 싶어 하는 부류였다. 혹은 동정받는 것을 극도로 경멸하는 부류였다.

당연한 말이지만, 후자 쪽이 월등히 많았기에 여전히 연우는 고립된 채 싸움을 계속해야만 했지만.

그래도 전세는 이제 그 혼자서도 백중세를 이룰 수 있게
되었다.

* * *

"삼촌!"

그럴 때, 듣게 되었다.

자신과 마성만이 있는 세계를 뚫고 들어오는 어느 목소
리를.

너무 오랜 세월이 지나 버려, 이제는 거의 기억도 나지
않는 목소리였지만.

이름조차 잘 기억나지 않았지만, 오히려 그렇기에 더 선
명하게 와 닿는 목소리였다.

세샤.

나의 하나뿐인 조카.

가려는가?

그때, 연우는 고개를 뒤로 돌렸다.

다른 마성들보다도 훨씬 작은 크기를 가진 마성이 서 있

었다.

모든 마성 중 가장 위에 존재하는 우두머리.

이전에 그의 목숨을 앗아 가기 직전까지 갔던 그 녀석이
었다.

그리고 연우는 언제부턴가 그를 현인(賢人)이라고 부르
고 있었다.

별다른 뜻이 있는 건 아니었다. 말투가 그냥 그랬으니
까.

그리고 언제부턴가 마성과의 싸움은 현인과 그의 대결로
다다르고 있었다.

연우는 현인을 완전히 꺾고 나면, 진짜 칠흑왕의 자아로
거듭날 수 있으리라고 여기고 있었다. 이를테면, 녀석은 마
지막 관문이었던 셈이었다.

물론, 현인은 쉽사리 자신의 목을 내어 주지 않았다.

그러면서도 웃긴 점은, 현인은 연우의 공격을 일일이 막
아 내고 때로는 위협적인 공격성을 보이면서도, 평상시에
는 호의인지 적의인지 알 수 없는 아리송한 반응만 보인다
는 점이었다.

그래서 연우는 녀석을 이해하기를 포기했다.

대신 그와 피 튀기도록 싸우다가도, 이따금 잠시 멈추고
이야기를 많이 나누었다.

덕분에 서로에 대해서 많이 알게 되었고, 절대 상대방에게 양보란 없으리라는 것도 알게 되었다.

현인은 '꿈'이 끝나길 바라고.
연우는 '꿈'이 이어지길 원한다.

하지만 그렇기에 둘은 친구나 다름없는 존재가 되기도 했다.
지금도 마찬가지.
연우가 보인 반응에, 현인은 곧장 그렇게 물어왔다.
연우는 대답 없이 가만히 고개를 끄덕였다.
후후.
분명히 활자밖에 토해 내지 못하는 녀석에게서 그런 웃음소리가 난 것 같았다.

그대는 아직 '우리'를 완전히 이해하지 못하였어. '우리' 중에 그대를 인정하지 않은 이도 있고. 그런데도 괜찮나? 이대로 가 버리면, 여전히 남은 놈들이 계속 길길이 날뛸 텐데.

"어차피 이 싸움, 다 끝나지도 않잖아? 너희들 전부를 먹어 치울 때까지는. 아마 여기서 나가서도 무의식 한편에서는 계속 전투를 벌이게 될 테지. 끝없이."

그건 그렇지.

"결국 중요한 건 따로 있지 않나?"
연우의 눈이 다른 어느 때보다도 형형히 빛났다.
"내가 너희들을 전부 떨쳐 낼 수 있냐는 것."

호오. 자신만만하군. 자신 있나 보지?

"어느 정도는. 이 무저갱 같은 '알'을 깨고 나가면 그만이잖아?"
연우는 여전히 현인을 포함해 자신을 에워싼 마성들을 무시하고, 고개를 위로 들어 올려 위쪽을 보았다.
사실 그가 보고 있는 곳이 정말 '위'가 맞는지는 알 수 없었다. 이곳에서 방위 감각은 아무래도 필요 없는 것이었으니까.
다만 지금 그에게 중요한 것은 하나였다.
탈출구.

언제는 우리와 같이 저물 것처럼 이야기하더니…… 굳이 그러지는 않을 모양이로군.

"생각이 조금씩 바뀌었으니까. 가족들과 좀 더 있을 생각이야. 우리들끼리의 싸움은 그때 가서 마저 잇도록 하지."

하긴. 그대와의 대화는…… '우리' 간의 이해는…… 그리 쉽게 끝날 수 있는 게 아니긴 하지. 어쩌면 이것도 좋으려나.

연우는 어쩐지 표정을 읽을 수 없는 현인이 웃고 있는 듯한 느낌을 받았다.

그래. 좀 더 '꿈'을 즐기다 와라, 또 다른 '나'여.

단, 기억해야 할 것이다.

늘 말했듯이, '꿈'이 계속 이어지는 한 그대를 누르고 있는 불운과 숙명은 절대 떨칠 수 없다는 것을. 아마 언젠가 그대의 손으로 '꿈'을 끝내고 싶다는 생각이 들지도 몰라.

연우는 '흥' 하고 가볍게 콧방귀를 뀌었다.

"미안하지만, 그럴 일은 없어서."

그 순간, 연우를 둘러싼 세계가 빠르게 돌아가기 시작했다. 이 깊디깊은 칠흑에서 그가 차지하고 있는 비중이 어느새 절반이 넘었다는 증거였다.

[정지되었던 시간의 태엽이 빠르게 활성화됩니다!]

[정체되었던 탈각이 재진행됩니다. 99.8, 99,9%······ 100%!]

[탈각이 완성되었습니다.]

[7차 용체 각성이 완료되었습니다.]

······

[현재 상태: 흑신(黑神)]

[알 수 없는 이유로 초월은 실패하였습니다.]

알 수 없는 이유. 그것은 아마도 마지막 남은 관문인 현인을 아직 삼키지 못하였기 때문이겠지.

하지만 연우는 우선 이것만으로도 족했다.

평생 떨칠 수 없을지도 모른다고 생각했던 칠흑에서 벗어나고, 깨어나려던 '꿈'을 좀 더 유예시킨 것만으로도 일단 큰일을 치른 셈이었으니까.

콰직!

그 순간, 시간의 태엽이 빠르게 감기는 만큼, 칠흑을 따라 거대한 균열이 퍼져 나갔다. 그리고 그 균열 틈 사이사이로 환한 빛이 새어 들어왔다.

그것은 마치 새가 알을 깨고 나오는 듯한 광경을 연상케 했으니.

그렇기에 탈각(脫殼)이었다.

여태껏 연우를 묶고 있던, 칠흑이라는 껍질을 깨고 다시 세상 밖으로 나오려는 것이다.

그리고 연우가 힘을 준 순간.

콰아아앙!

칠흑이 있는 힘껏 터져 나가면서 새카맣던 세상이 사라지고.

"삼촌!"

비산하는 온갖 결정 조각들 사이로, 조카가 저 멀리서 애타게 자신을 부르는 모습이 보였다.

다 커서 숙녀가 되었지만, 그래도 단번에 알아볼 수 있었
다.

제 아빠를 많이 닮았구나. 그런 생각을 하면서.

콰르르릉!

연우는 오른손을 있는 힘껏 아래로 내리쳤다. 검붉은 검
뢰가 세상을 가로지르면서 자신과 조카 사이를 가로막는
모든 방해물들을 갈기갈기 찢어 버렸다.

Stage 86.
지구

“……!”

“……!”

“……!”

상황을 지켜보고 있던 플레이어들, '빅 마운틴' 웨이 첸과 '살왕' 다니엘을 비롯해서 뒤쫓아온 플레이어들은 안색이 새하얗게 질리고 말았다.

순간 자신들이 무언가 잘못 봤나 싶을 정도였으니.

세샤―차소영은 평상시 잘 웃지 않고 도도하게 있는 것으로 유명했다.

플레이어들 세계에서도 친분을 가지고 있는 이는 소수에

불과할 뿐. 나머지와는 공적인 관계라는 선을 미리 그어 놓고 절대 넘어오지 못하도록 만들곤 했다.

그러면서도 자선 행사나 봉사 활동 같은 좋은 일들에는 항상 얼굴을 내비치기도 했으니.

때문에 그녀는 생전에 인세에 두 번 다시 없을 아름다운 외모를 지녔지만, 그보다도 아름다운 마음씨를 지녔던 대배우 오드리 햅번에 주로 빗대어 표현되기도 했다.

그런데 그런 차소영이 갑자기 타계의 신들 틈 사이로 뛰어가더니 '삼촌'이라고 외쳤다.

처음에는 그게 무슨 말인가 싶었다.

삼촌?

알려지기로 차소영의 삼촌은 10년 전, 시작의 날 때 실종된 것으로 알려져 있었다.

그렇기에 그녀가 게이트 출현으로 인한 실종자들을 찾는 여러 모임과 협회에 모습을 내비치고, 이번 행사를 주도한 것이 아니었던가.

그런데 난데없이 그런 삼촌을 찾다니.

혹시 다른 귀환자들처럼 이곳에서 실종자를 찾은 걸까? 그것도 아니면 상황이 위험해지자 그냥 본능적으로 그를 찾은 것일 뿐일까?

이유는 알 수 없었지만.

그런 이유 따윈 아무래도 상관없어져 버렸다.

갑자기 타계의 신들 틈바구니에 있던 결정이 깨지면서 검고 붉은 벼락이 잇달아 쏟아졌으니까.

그것은 그들에게 커다란 충격으로 다가오고 말았다.

게이트가 열린 이후로, 수도 없이 많은 일들을 겪어 보았다지만. 그리고 그만큼 말도 안 되는 현상들을 보아 왔다지만, 그것과는 비교도 할 수 없는 파괴력이었기 때문이었다.

딱 보기에도 너무 단단해서 부러뜨리기가 쉽지 않을 것 같던 나무들이, 숲이 모조리 갈려 나가는 것과 동시에.

타계의 신들이 마치 구멍이 숭숭 뚫린 걸레쪽과 같은 모양새가 되더니 파스스, 흩어지고 있었던 것이다.

인간을 수호한다는 신과 악마들도 섣불리 부딪치기를 꺼려 한다는 존재들이. 너무나 쉽게.

[경고! 당신은 지금 최고 위험 지대에 입장하였습니다! 어서 탈출할 것을 강력히 권고합니다!]

[경고! 당신은 지금 최고로 위험한 권능에 노출되어 있습니다! 어서 현장을 벗어날 것을 강력하게 권고합니다!]

[경고! 당신은…….]

......

플레이어들의 망막에는 긴급 메시지가 다급하게 올라오고 있었다.

이곳에 있어서는 죽도 밥도 되지 않으니, 살고 싶거든 뒤도 돌아보지 말고 달아나라는 내용의 메시지.

하지만 이미 그들은 검뢰가 준 충격에 반쯤 넋이 나가 버린 상태였다.

아니, 그 수준을 넘어 검뢰가 흩어지고 나서도 곳곳에 튀어 오르는 불똥하며 짙은 탄내, 그리고 숨이 턱 하고 막힐 정도로 달아오른 대기 등이 그들의 발목을 단단히 묶고 있었다.

지금 이 순간, 저 눈에 띄었다가는 흔적도 남기지 못하고 사라져 버릴 것만 같았다.

그리고.

'데바'의 신, 바유의 사도이기도 한 다니엘은 전혀 새로운 메시지를 받고 있었다.

[바유에게서 메시지가 도착했습니다.]
[메시지: 저, 저자가 어떻게 여기에……?]

모신 이래 언제나 그를 위험으로부터 든든하게 지켜 주며, 드높은 하늘처럼만 느껴지던 신이.

다니엘은 그와 연결된 채널링이 단단히 경직된 것을 느낄 수 있었다.

그 너머로 신의 당혹스러움과 공포가 짙게 배어 나왔다.

[바유에서 메시지가 도착했습니다.]

[메시지: 나의 아이야. 어서, 어서 이곳을 빠져나가야만 한다. 아직 잠에서 깨어난 지 얼마 되지 않은 것 같으니, 정신을 차리기 전에 어서! 서둘러라!]

'시, 신이시여. 어찌 그렇게 말씀하십니까? 저자가 대체 누구이기에……?'

다니엘로서는 얼떨떨할 수밖에 없었다.

그로서는 바유가 이토록 격앙된 감정을 내비치는 것이 도통 이해가 가질 않았기 때문이었다.

타계의 신이 나타날 때까지만 해도 자신만만하게 자신이 지켜 주겠으니, 원한다면 얼마든지 저 여인을 구하여도 좋다고 말씀하셨던 분이 아니던가.

더구나 바유는 '풍천(風天)'이라는 이명까지 있을 정도로, 천계에서도 손꼽히는 존재였다.

데바를 상징한다는 여덟 대신격, 로카팔라의 한 명이기도 했으니.

그렇기에 다니엘도 그동안 인간들 중 손꼽히는 강자였던 것인데.

다니엘은 눈을 가늘게 좁혔다. 살왕이라는 호칭답게, 그는 뛰어난 안력을 가지고 있어서 아주 먼 거리에 있어도 상대가 어떤 생김새를 하고 있는지를 정확하게 알아볼 수 있었다.

검은 머리칼과 검은 눈. 입고 있는 옷마저 까맣긴 했지만 특별할 건 없었다. 전형적인 동북아시아인의 모습이었다.

그 외에 그에게서는 아무런 특징도 느껴지지 않았다. 신과 악마들이라면 응당 가지고 있을 위압감도 없었고, 상위권 플레이어들이 보일 법한 기도도 없었다.

그냥 조금 잘생긴 평범한 인간으로만 보이는데. 대체 왜……?

[바유에게서 메시지가 도착했습니다.]
[메시지: 무, 무, 무슨 짓을 하는 거냐! 어서 도망치래도……! 그, 그, 그랬다가 저자에게 걸리기라도 한다면……!]

그러던 그때, 바유가 다니엘의 돌발 행동을 막고자 채널 링을 다급하게 울렸지만.

　그보다 먼저 검은 머리의 사내, 연우가 이쪽으로 시선을 돌렸다. 그리고 다니엘과 눈이 마주쳤다.

　그 순간, 다니엘은 심장이 덜컥 내려앉는 게 아닐까 하는 생각이 들고 말았다.

　아니, 만약 바유와의 채널링이 아니었다면, 진즉에 절명 했을지도 모를 만큼 그는 큰 충격을 받고 말았다.

　단순히 눈이 마주치는 것만으로도, 그 속에 담긴 깊디깊 은 심연이 그의 영혼을 잡아먹을 것처럼 굴었기 때문이었 다.

　생명체라면 누구나 가질 수밖에 없을 본능적인 공포가 대가리를 치켜들었다.

　그것은 인간으로서 도저히 측량할 수 없을 만큼 아득한 격의 차이를 지닌, '죽음'이라는 개념 그 자체를 마주했을 때에 느낄 수밖에 없는 원초적인 감정이었다.

　"으, 으아아악!"

　다니엘은 안색이 새하얗게 질린 채로 비명을 질렀다. 그리고 어떻게든 그 자리를 빠져나가기 위해 뒤돌아 뛰었 다.

　"사, 살왕……?"

"정신 차리십시오, 다니엘! 왜 그러십니까!"

다른 플레이어들은 그런 다니엘을 이해하지 못해 소리쳤지만, 다니엘은 그런 것들이 전혀 귀에 들어오지 않았다.

[바유에게서 메시지가 도착했습니다.]

[메시지: 나의 아이야. 정신 차릴……!]

"비켜어어엇!"

바유가 다급하게 나섰지만, 다니엘은 이미 반쯤 미쳐 버린 나머지 칼까지 뽑아 그의 앞을 막는 주변인들에게 마구잡이로 휘둘렀다.

그 순간.

"동작 그만."

어디선가 나지막하게 울린 목소리에 다니엘의 행동이 뚝하고 거짓말처럼 정지했다.

너무나 조용했지만, 이상하게도 귓가에 정확하게 틀어박혔다.

절대 항거할 수 없는 힘이 숨어 있어 다니엘은 물론, 다른 플레이어들까지 마치 시간이 정지한 것처럼 꼿꼿하게 서야만 했다. 심지어 채널링으로 연결된 바유까지도.

[바유에게서 메시지가 도착했습니다.]
[메시지: ……하아. 아무래도 엿 된 것 같구나.]

바유의 짙은 한숨이 여기까지 전해졌다.

* * *

「이 라플라스에게는 짜릿한 것이어요! 하악! 하악! 주인님, 좀 더 크고, 굵고, 짜릿한 형벌을 주실……!」
"라플라스."
검뢰가 찢어 놓은 건, 세샤를 위협하려던 타계의 신들만이 아니었다.
개중에는 라플라스도 있었다.
연우가 굳이 의도했던 건 아니었다. 아무리 그라고 해도, 권속에게 해를 끼칠 만한 행동은 잘 하지 않았으니까. 그냥 갑자기 녀석이 다짜고짜 검뢰가 있는 곳으로 뛰어들었을 뿐이었다.
그러고 나서 저딴 말을 떠들어 대는 것이다. 어째, 보지 않은 동안에도 성격은 크게 달라진 구석이 없는 모양이었다.
갓 깨어난 연우로서는 처음 듣는 말이 저딴 것이었으니 짜증이 단단히 날 수밖에 없었고.

그러한 의사가 고스란히 전달되었던지, 한순간 라플라스의 주접이 중단되었다.

그래도 못 본 사이에 눈치라도 생긴 걸까. 연우가 그런 생각을 하는데.

「주인님.」

"……?"

「저를 더 그렇게! 경멸에 찬 목소리로! 혐오와 분노가 가득한 목소리로 또 불러 주시면 안 될까용?」

"……."

연우는 아주 잠깐 동안 라플라스와의 권속 계약을 중단하고, 도로 사념 덩어리로 찢어 놓을까 하는 충동이 들었다.

하지만 그랬다간 저 더러운, 욕망 가득한 사념 덩어리를 계속 그림자에 두고 있게 될 터. 그것도 문제라면 문제였기 때문에 연우는 초인적인 인내심을 발휘해 가까스로 참으면서 말했다.

"……닥치고, 먹어."

「하악하악! 분부 받잡겠습니다용!」

허공에 흩어진 라플라스의 조각들이 고스란히 그림자로 빨려 들어갔다. 동시에 그림자의 중간 부분이 길게 쭉 갈라지면서 톱니 이빨이 훤히 드러났다.

[권능, '하데스의 식령검'이 포악성을 드러냅니
다!]

마치 허기진 짐승이 먹이를 허겁지겁 먹어 치우듯이, 검
뢰에 찢겨 나갔던 타계 신의 조각들이 톱니 이빨 안쪽으로
모조리 빨려 들어갔다.

아. 버. 지.
우. 둔. 한. 아. 버. 지. 시. 여.

어. 찌. 하. 여.

왜. 저. 희. 를.

겨우 목숨만 붙어 있던 타계의 신들은 연우를 향해 애타
는 사념을 뿌려 댔다.

그들의 눈에 연우는 위대하시고도 아둔한 아버지, 칠흑
왕으로 보였으니까.

비록 완전하지 못한 일부에 불과하다고 하지만, 그래도
현재 칠흑왕이라 할 만한 이는 연우밖에 없었다.

그러니 그들로서는 당연히 아버지에게 도움을 호소할 수밖에 없었다. 아버지가 자신들을 버릴 거란 생각은 추호도 없었던 것이다.

하지만 그들을 보는 연우의 눈빛은 냉랭하기만 했다.

으득, 으드득!

꾸르륵, 꾸륵—

그렇게 한참 동안 그림자의 괴물이 타계의 신들을 꾸역 꾸역 뜯어먹고 난 뒤.

「하하하! 너무 맛있고, 간만에 배가 차는 기분인 것이에 용.」

라플라스는 기분 좋게 웃으면서 연우의 그림자 속으로 빨려 들어갔다. 드디어 주인을 만났으니 그 품으로 돌아가는 것은 권속으로서 당연한 의무였다.

오랜만에 근원과 연결되고, 먹이도 한가득 먹었으니 소화하는 데 상당한 시간이 필요하리라.

이제 좀 변태에게서 해방될 수 있겠군. 연우는 그렇게 생각하면서 옷자락에 묻어 있던 결정의 조각들을 다 털어 내고, 조용히 몸을 일으켰다.

그러자 텁텁한 공기가 코끝으로 느껴졌다.

애당초 이제는 일반적인 물리적 법칙이 없어도 생활하는 데 전혀 지장이 없으니 숨을 안 쉬어도 괜찮았지만, 그래도 한평생에 걸쳐 몸에 밴 버릇은 쉽게 없어지지 않았다.

'칠흑의 향. 늪이로군.'

연우는 자신이 서 있는 곳이 언젠가 크로노스의 꿈에서 보았던 칠흑의 늪이라는 사실을 깨닫고 쓰게 웃고 말았다.

칠흑의 늪은 '꿈'에서 현실로 이어지는 접점에서 형성되는 칠흑왕의 잔재.

당연히 자신이 깨어난다면 이런 곳일 수밖에 없었다.

그런 생각을 하다가.

"삼촌!"

연우는 갑자기 자신에게 와락 안기는 세샤를 보며 생각을 멈추고, 그대로 양팔을 뻗어 꼭 끌어안았다.

잠들기 전 봤을 때에 비해 훨씬 커져 있었지만. 그래도 어쩐지 그때처럼 체구가 아주 작고 가냘픈 것 같았다.

"삼촌, 정말 삼촌 맞는 거죠?"

"많이 컸구나. 키만 따진다면 제수씨보다도 크겠는데."

연우는 세샤의 머리를 쓰다듬어 주면서 가볍게 웃었다.

세샤는 그제야 상대가 연우의 탈을 쓴 다른 존재가 아닌, 진짜 연우라는 사실을 깨닫고 엉엉 눈물을 터뜨렸다.

"우리가…… 아빠랑 엄마가…… 다들 삼촌 얼마나 찾았는데, 왜 이제야 나타난 거예요……."

"미안하다."

연우는 당장 해 줄 수 있는 말이 그것밖에 없었기에 한참 동안 미안하다는 말만 되뇌어야 했다.

주변에 보는 눈들도 있었지만, 지금은 굳이 그런 것까지 신경 쓸 필요가 없었다. 어차피 움직임도 정지시켜 놨으니 남은 이야기는 그 뒤에 해도 되는 것이고.

아니, 아직 하나가 남았나.

연우는 세샤를 달래면서도, 한편으로는 싸늘한 눈을 하면서 허공을 가만히 응시했다. 그리고 가만히 입술을 달싹였다.

『거기 있는 건 다 알고 있으니, 이만 나와라. 제우스.』

그 말이 끝난 순간.

스륵!

타계의 신들이 죽은 자리, 공간이 열리면서 잔뜩 굳은 얼굴을 한 김범승이 조용히 착지했다.

"어떻게 알았지?"

『어떻게 알았지?』

김범승의 목소리와 다른 중저음의 목소리가 겹치면서 쩌렁쩌렁하게 울렸다.

그의 등 뒤로 푸른 그림자가 어스름하게 맺혔다. 두 눈도 마치 벽옥을 박은 것처럼 푸르스름한 빛이 돌고 있는 중이었다.

김범승. 정확하게는 그가 모시고 있는 신인 제우스가 임시 강림을 했다는 뜻이었다.

제우스.

연우에게 있어서 유전적 관계로는 친형이지만, 정서적인 관계로 봤을 때는 도저히 그렇게 부르기 힘들 인물.

연우는 어쩐지 그런 제우스가 이전에 봤을 때와 사뭇 많이 달라졌다는 생각이 들었다.

분명 사도를 중간 매개체로 두고 있는데도 불구하고, 그에게서 풍기는 기운이 도저히 예사롭지가 않았던 것이다.

연우가 칠흑왕의 자아가 되기 위해 수많은 마성을 잡아먹고 탈각을 이뤘듯이, 그 역시 보지 못했던 동안 어떤 큰 변화가 있었던 모양이었다.

그리고.

연우는 그가 그동안 무엇을 했는지 알 것 같았다.

"내 영역에 들어온 자도 알아보지 못한다면 그동안 내가 고생한 게 너무 쓸데없다 싶지 않나?"

"하긴. 그도 그렇군."

『하긴 그도 그렇군.』

하하하. 제우스가 그렇게 껄껄 웃는 동안.

세샤는 전혀 생각지도 못한 인물의 등장에 흠칫 놀라면서 자연스레 연우의 등 뒤로 숨었고.

츠츠츠—

그런 그녀를 보호하듯이 검의 파편들이 올라오더니, 조금씩 조립되면서 사람의 형상을 갖추었다.

크로노스. 그는 연우와 달리 살짝 침울한 얼굴로 제우스를 바라봤다.

『제우스. 네가 어째서 여기에 있는 거냐?』

"왜 그러십니까, 아버지? 아들이 아버지와 막냇동생, 그리고 조카를 만나 보고자 이렇게 직접 찾아왔는데, 기뻐하시지는 않고 왜 그리도 침울한 표정을 지으시는 겁니까?"

『왜 그러십니까, 아버지…….』

언제부턴가 두 개로 분리되었던 목소리가 점차 하나로 합쳐졌다.

『누가 보면.』

순간, 제우스의 한쪽 입술이 크게 비틀렸다.

『마치 제가 막냇동생과 조카를 죽이기라도 하기 위해 이곳에 온 것처럼 보이겠습니다.』

그 말이 끝나기 무섭게.

파앗!

제우스의 신형이 아래로 움푹 꺼지면서 사라졌고.

쐐애액!

크로노스가 순간 스퀴테의 검형으로 변하면서 연우의 손아귀에 빨려들어 갔다.

까아앙!

연우는 사선으로 스퀴테를 거칠게 휘둘렀다.

단순히 쇠가 부딪친 것인데도 불구하고, 던전이 통째로 울릴 정도로 거친 파동과 함께 제우스가 위로 튕겨 올랐다.

후후후. 그는 차갑게 웃으면서 허공에서 몸을 비틀어 저 멀리 지반에 꽂힌 종유석의 끄트머리에 내려앉았다.

그의 두 눈은 마치 서로 다른 보석을 박은 것처럼 찬란하게 빛나고 있었다.

연우는 그 순간 알았다. 제우스가 보유하고 있는 영혼석이 이제 한 개가 아닌 두 개라는 사실을.

그리고 그 속에서 일렁이고 있는 수없이 많은 잡다한 기운들을.

아니, 잡다하다고 표현하긴 했지만, 하나하나가 전부 손에 꼽히는 주신격의 기운들이었다. 그것도 '창조'와 '하늘'의 신위와 관련된 신력들만이 극한으로 압축되어 있었다.

저런 건 순수하게 기량을 기른다고 해서 불릴 수 있는 게 절대 아니었다.

강탈.

혹은 착취를 통해야만 쌓을 수 있는 것.

연우, 그 자신이 그렇게 성장했기에 너무나 잘 알고 있었다.

"대체 그동안 뭘 처먹은 거지?"

『글쎄. 그동안 먹은 게 한두 개가 아니어서. 사실 내가 이렇게 된 데에는 막내, 너의 도움이 적잖게 있었단다. 그건 아주 고맙게 생각해.』

"……주신격들을 많이도 먹었나 보지?"

『빙고.』

제우스가 히죽 웃는 모습을 보면서 연우는 가볍게 혀를 차야만 했다.

탑이 쓰러지고, 탑의 세계가 무너지는 동안.

'낮'과 '밤'이 전쟁을 치르는 와중에 수도 없이 많은 신과 악마들이 그 속에 매몰되거나 죽어 버렸다.

모두 도망치느라 여념이 없었던 것이다.

그런데 제우스는 당시 상황을 오히려 기회로 노렸던 모양이었다.

혼란은 뒤를 급습하기에 아주 좋은 환경이다.

제우스는 그런 환경을 적극 활용하여 신과 악마들의 사회를 마구잡이로 들쑤시고 다녔고, 필요하다면 그들을 모조리 먹어 치우고 다녔다. 식령을 거리낌 없이 벌이고 다녔던 것이다.

'하지만 식령의 대상은 철저하게 가렸어. 창조나 하늘과 관련된 신위를 가진 주신격들로만……. 용의주도하게도 일을 벌였군.'

신과 악마들을 잡다하게 먹어 치운다면 그만큼 빠르게 강해질 수 있다. 하지만 그래서야 격의 성장을 이루는 데는 한계가 있을 수밖에 없으니.

제우스는 한때 올림포스를 이끌며 크로노스를 권좌에서 끌어내기도 했던 자. 그런 이가 힘이 크게 모자랄 일은 없으니, 노릴 수 있는 건 딱 한 가지밖에 없었다.

황.

신격마저도 초월하여야만 닿을 수 있는 지고의 자리.

하늘.

창조.

이 두 가지는 제우스를 상징하는 신위였고, 녀석은 이것을 강화시킬 수 있는 방향으로 식령을 시도했다.

연우가 '죽음'이라는 개념을 거머쥐었듯, 제우스는 '창조'를 개념으로 격상시키고 싶었던 모양이었다.

그리고 아무래도 의도했던 바는 어느 정도 이룬 모양이었다.

한쪽 눈에 박힌 또 다른 영혼석은 그 과정에서 추가로 얻은 전리품일 테고.

물론, 아무리 그런들 '황'의 자리가 그리 쉽게 손에 잡히지는 않을 테지만.

하나 그렇다고 해서 무시할 수 있는 수준인 건 절대 아니었다.

『원래 계획대로라면, 우리 어여쁜 조카의 뒤를 밟아서 너도 똑같이 취하려 했었다만. 아쉽게도 그건 쉽지 않을 모양이야.』

연우는 눈살을 찌푸렸다. 세샤는 이를 악물었다.

『삼촌을 이토록 따르는 조카라니. 이 큰아버지로서는 조금 서운한걸, 세샤?』

제우스가 살짝 눈웃음을 지었다.

세샤는 차마 그 눈빛을 마주 보지 못하고 몸을 떨어야만 했다.

그런 그녀를 보호하듯이, 연우가 앞을 가로막아 섰다.

"결국 요점은 이거로군."

지이이잉!

"네가 여기서 뒈져 버리면 된다는 것."

콰르르릉!

연우는 스퀴테를 다시 크게 휘둘렀다.

겉보기에는 너무나 가벼운 동작으로 보였지만, 결과는 전혀 그렇지 않았다.

칼끝에서 떠난 검뢰가 단숨에 하늘과 대지를 잇달아 때리면서 제우스에게로 쏟아졌던 것이다.

상황을 지켜보고 있던 플레이어들은 마치 세기말이라도 찾아온 것 같은 어마어마한 광경에 경악하다가, 어느새 그들을 옭아매고 있던 힘이 사라졌음을 느끼고 저마다 어딘가로 숨어 들어가 바들바들 떨었다.

그리고 제우스는 그런 피조물들이 어떻게 있건 간에 전혀 상관없다는 듯이 허공에다 손을 뻗었다.

『번데기 앞에서 주름을 잡는 격이로군. 벼락을 다루는 것은 본디 나의 주관일진대.』

검뢰는 제우스에게 닿기도 전에 가로막혔다. 그의 손에서 노란색 뇌전이 생성되면서 검뢰를 옆으로 흘려 버린 탓이었다.

"그 번데기 맛이 어떨지 궁금하긴 하군."

하지만 연우는 가볍게 실소를 흘리면서 스퀴테를 연달아 휘둘렀다.

제우스가 생각보다 강해진 사실이 재미나긴 했지만.

만약 공격이 통하지 않는다면 더 거친 공격을 뿌리면 될 일이었다.

쿠릉, 쿠르릉—

검뢰를 잇달아 휘두르면서 이극, 삼극이 연달아 터지는 순간.

제우스를 포함한 던전은 그대로 터져 나가고 말았다.

* * *

"속보입니다! 현재 '아이돌' 차소영 양과 '빅 마운틴' 웨이 첸, '살왕' 다니엘 군터가 포함된 공략대와 채집반이 폭주 현상에 휩쓸려 실종된 지 사흘째……. 수색대는 만일에 있을 게이트 브레이크(Gate Break)에 촉각을 곤두세우고 있는 가운데……."

언클로징 게이트 '까마득한 태곳적의 늪지대'가 폭주 현상을 일으킨 것은 2개 조로 이뤄진 공략대가 들어가고, 별다른 이상 징후가 발견되지 않아 채집반까지 투입된 지 얼마 지나지 않았을 무렵이었다.

지난 10년 동안 줄곧 안정적이었던 게이트 오로라(게이트 주변으로 흐르는 마력장)가 크게 출렁이더니, 갑자기 오로라의 색이 적색에서 흑색으로 빠르게 변했던 것이다.

게이트 오로라는 색의 선명도가 짙어질수록, 그리고 어두워질수록 난이도가 급격하게 올라간다.

즉, 검은색은 극악한 난이도라는 뜻이었으니.

특히 '까마득한 태곳적의 늪지대'의 색깔은 그마저도 아득히 넘어서는 수준이었다.

칠흑색.

여태껏 지구에서도 단 두 번밖에 발견되지 않았으며, 그중 한 번은 아프리카를 하루아침에 죽음의 대지로 바꿔 버린 사태 때 보였던 최악의 색깔이었다.

그런데 그것이 한국, 그것도 수도인 서울 한복판에서 발생하고 말았으니…….

이 소식이 알려진 순간, 한국의 증시는 바닥으로 곤두박질치고 말았고, 서울과 경기의 모든 도로는 피난을 떠나려는 차량들로 가득 차게 되어 버렸다.

인접국인 북한과 중국, 일본과 러시아마저도 촉각을 곤두세우면서 혹여 발생할지 모를 만약의 사태에 경계 태세를 갖췄으니.

"빨리, 빨리 서둘러!"

"주변 경계 철저히 하고, 이탈자가 생기지 않도록 주의해!"

"플레이어들은? 그놈들은 대체 언제 온다는 거야? 젠장! 평상시에는 그렇게 잘난 척 거들먹거리더니, 이럴 때는……!"

수도방위사령부가 주축이 된 수도군단을 비롯해 최전방의 부대들이 아래로 모두 내려오고, 한미연합군 사령부도 급격하게 움직이는 가운데.

우지훈 준장은 게이트 브레이크에 대비해 바쁘게 움직이는 군 병력들을 보면서 엄지와 검지로 눈두덩이를 세게 문질렀다.

'……피곤하군.'

플레이어가 아닌 이상에야, 사흘째 잠도 제대로 자지 못하고 이곳만 지켜봤으니 당연하다면 당연한 일이었다.

이미 작전 현장에서 손을 뗀 지 오래고, 중간에 사령부의 명령을 제대로 듣지 않아 산골짜기로 좌천되어 퇴역만을 기다리고 있던 그가 아니던가.

그런데 갑자기 이렇게 지휘봉을 쥐게 되니 당연히 짜증이 날 수밖에 없었다.

아마 게이트 브레이크가 발생해 몬스터가 다량으로 쏟아지고 나면 모든 책임을 자신에게 뒤집어씌울 심산인 거겠지.

군이 군답지 못하고 정략적으로만 움직이는 것이 영 못마땅했지만…… 어쩌겠나. 정작 이런 긴박한 상황을 조율할 줄 아는 사령관 급은 자신밖에 없다는데.

우지훈 준장도 자신이 정치적 희생양이 될 걸 잘 알고 있었다. 그런데도 이 현장 지휘를 맡은 것은 어렴풋하게나마 남아 있는 지난날에 대한 그리움, 혹은 속죄일지도 몰랐다.

'차 중사, 자네가 아직까지 군에 남아 있었더라면 이야

기가 좀 달라졌을까?'

우지훈 준장은 언젠가 동생의 유해를 수습하러 간다며 한국으로 떠나고 난 뒤, 홀연히 종적을 감춘 옛 부하에 생각이 미쳤다.

사실 당시의 일은 두고두고 그의 가슴 속에 응어리로 남아 있었다.

부하가 그간 얼마나 많은 아픔을 겪었었는지 누구보다 잘 알고 있었으면서도, 정작 그의 심기를 달래 주지 못하였기 때문이었다.

작전을 수행하다가 동료들로부터 버림을 받아 죽음의 위기에 처하고, 돌아오고 나서도 연인을 잃어버리는 등 아픔을 겪었던 이.

그러다 실종되었다던 쌍둥이 동생마저 죽은 채로 돌아왔었을 때…… 그의 마음은 이미 당시에 꺼멓게 죽어 버렸을 것이다.

그런데도 자신은 수하가 한국에서 돌아오고 난 뒤에 위로를 해야겠다고만 여기고 있었을 뿐.

거기에 대해 깊게 생각하지 못했던 것이다.

그렇기에 수하가 전화로 다짜고짜 전역 신청을 한다는 말만 남기고 떠났을 때에도, 그저 '카인'이 사라진다는 사실에만 불안감을 느꼈었으니.

지금 생각해 봐도 당시의 자신은 참으로 못된 상사였던 셈이었다.

그래도 우지훈 준장은 이따금 그런 생각이 들곤 했다.

차 중사가 만약 실종되지 않고 군에 남아 있었더라면. 아니, 한국에 남아 있었더라면 어떻게 되었을까?

우지훈 준장은 한평생 살면서 그만한 인재를 본 적이 없었다. 냉철한 판단력과 우수한 반사 신경, 그리고 뛰어난 운동 신경까지.

돌이켜보면 그는 애당초 군보다는 플레이어로서의 재능이 특출난 사람이었다.

그런 그가 만약 아직 있었더라면, 혼란스럽기만 한 이 모든 상황들이 조금은 괜찮아졌을까 하는 생각이 자꾸 들 수밖에 없었다.

'아니. 애당초 이 많은 혼란들을 한 사람의 힘으로 어떻게 막을 수 있을지도 모른다고 생각하는 게, 늙은이의 헛된 망상일지도 모르지만……'

그래도 궁금하긴 했다.

지금쯤 그가 어떻게 살고 있을지.

잘 살고는 있을지.

어디서 굶고 다니는 건 아닌지…….

치직!

그렇게 이런저런 생각에 잠긴 동안, 무전기가 노이즈를 내면서 보고가 이어졌다.

[이제 곧 공략대가 투입될 예정입니······.]

이번 게이트 브레이크는 어떻게 해서든 발생되어서는 안 된다는 게 한국은 물론, 미 정부도 가진 공통된 판단이었고.

이를 위해 특별히 어젯밤 미국에서부터 특수 부대가 도착한 참이었다.

스피리얼 밴드. 오로지 S급의 플레이어들로만 이뤄진, 미국이 자랑하는 최강의 공략 부대가 간단한 휴식 시간을 가지고 투입되려는 것이다.

거기다 이러한 한국 소식을 접한 여러 대기업들이며 9대 길드들까지 도움을 주겠다는 의사를 밝혀 왔으니.

우지훈 준장은 부디 그들이 공략에 성공했으면 하는 바람뿐이었다.

그렇지 않으면 자신이 평생 살아왔던 고향을 다시는 못 밟게 될 수도 있을 테니까.

그렇게 공략 부대가 추가 투입된다는 보고와 함께, 일련의 플레이어들이 일사불란하게 게이트로 진입하려던 그때.

[게이트 폭주! 갑자기 브레이크가 발생합니다!]

[그게 대체 무슨 소리야? 아직 브레이크까지 리미트 타임이 4시간 넘게 남았는데!]

[이유를 알 수 없습니다! 오로라에서 발산되는 마력장의 수치를 도저히 측정할 수가 없……!]

[스피리얼 밴드는? 대체 뭘 하고 있는 거야!]

경악과 비명으로 가득한 무선 통신이 수도 없이 오고 가는 가운데.

[브레이크가 발생합니다! 3, 2……!]

콰아아앙!

게이트가 폭발했다.

마력이 한가득 뭉쳐진 불기둥이 하늘 높이 치솟으면서 화염 폭풍이 먼지구름을 잔뜩 껴안은 채 삽시간에 주변으로 퍼져 갔다.

여기저기서 비명과 절규가 터져 나왔지만, 굉음이 너무 큰 나머지 일절 들리지 않았다.

그런 와중에 우지훈 준장은 볼 수 있었다.

불기둥 사이로 튀어 오르는 두 줄기의 거대한 뇌전을.

그리고 서로 상반된 색을 자랑하는 뇌전 중에서, 특히 검은색 뇌전의 끄트머리에서, 익숙한 얼굴이 보인 것 같았다.

'차 중사……?'

우지훈 준장은 눈앞의 인물이 방금 전까지 그리고 있었던 사람이라는 생각이 강하게 들었다.

너무 멀어서 확신할 수 없었지만, 어쩐지 '카인'이 맞을

거 같다는 직감이 든다.

다만, 너무나 급작스럽게 사라져 버렸다. 게다가 품에 다른 누군가가 안겨 있는 것 같았는데…….

하지만 우지훈 준장의 생각은 길게 이어지지 못했다.

치칙!

[준장님! 어서 명령을……! 브레이크 뒤에 있을 웨이브 위험……!]

방금 전의 게이트 브레이크로 마력장이 퍼지고 있어서 그런 건지, 교신에 노이즈가 잔뜩 껴서 무슨 말을 하고 있는지 전혀 알 수 없었지만.

우지훈 준장은 곧장 정신을 차릴 수 있었다.

게이트 브레이크는 단순히 게이트가 부서지면서 생기는 폭발만이 문제가 아니다. 그 뒤에 있을 몬스터 웨이브(Monster Wave)가 가장 큰 문젯거리였다.

하지만 우지훈 준장은 도저히 군 병력들에게 명령을 내릴 수가 없었다.

곧이어 하늘에서부터 불어닥친 굉음과 폭발 때문이었다.

콰르르릉—

하늘을 따라 넓게 퍼져 나가는 검고 붉은 벼락 줄기와 노란색 섬광을 보면서 그는 작게 중얼거렸다.

"시, 신격이 왜……?"

그리고 그 시각.

그 자리에 있던 스피리얼 밴드를 비롯한 모든 플레이어들은 공통된 메시지를 보고 있었다.

[경고! 당장 현재의 위치에서 벗어나십시오!]

[경고! 측정이 절대 불가능한 존재가 강림하였습니다. 어서 현재의 위치를 벗어날 것을 강력하게 권고합니다!]

[경고! 현재의 행성에서 탈출하십시오. 계속 남아 있을 경우, 생사를 장담할 수 없습니다!]

*　　　*　　　*

지구에서 활동 중인 플레이어들에게 있어 가장 기쁜 순간이라면, 바로 신과 악마들로부터 사도직을 제안받을 때였다.

제아무리 재능 따윈 찾아볼 수도 없고, 성장 가능성도 없는 F급 플레이어라고 하더라도, 초월적인 힘을 지닌 존재로부터 선택을 받게 된다면 하루아침에 운명이 달라지기 때문이었다.

일반적인 플레이어들은 절대 꿈도 꾸지 못할 권능 급 스킬을 받을 수 있을 뿐만 아니라, 신을 추종하는 신도들의 수장이라는 절대적인 권력을 얻게 되는 것이니까.

하지만.

그와 별개로 플레이어들이 가장 두려워하는 순간은 바로 '직접' 신과 악마들을 만나는 것이었다.

신은 오만하다. 그리고 악마는 괴팍하다.

그들의 성정은 인간들의 잣대로 절대 판단할 수가 없었다.

그렇기에 사도들도 모시는 신으로부터 이따금 계시(啓示)와 신탁(信託)만 받기를 바랄 뿐. 그들이 직접 내려오는 것은 꺼려 하는 편이었다.

속내를 도저히 읽을 수가 없기 때문이었다.

만약 저들이 어떤 일로 심사가 언짢아지기라도 한다면, 그들의 운명 따윈 파리 목숨과 다를 바 없어지는 셈이니.

그렇기에 이따금 신과 악마가 발견되었다는 소식이 들릴 경우, 그곳은 보통 언클로징 게이트로 남겨 두는 편이었다.

신과 악마의 성역일지도 모르는 데다가, 단순히 유희를 나온 것일 뿐이라고 하더라도 굳이 엮여서 좋을 건 없었으니까.

처음 '까마득한 태곳적의 늪지대'의 오로라가 전대미문의 칠흑색으로 판정 났을 때, 우려했던 점도 바로 이것이었다.

게이트 브레이크나 몬스터 웨이브도 문제이지만, 그 속에 악마라도 한 마리 들어 있는 게 아닌가 싶어서.

아주 간혹가다가 봉인된 악마를 무찌르라는 말도 안 되는 시련을 던져 주는 게이트들도 있었기에 들 수밖에 없는 생각이었다.

그런데 그것이 현실이 되었다.

"츠, 측정을 할 수 없다고?"

"이게 무슨……!"

"서, 설마 '언터처블'이라도 나타난 건가?"

한편, 현장에 있던 플레이어들을 비롯해 게이트 브레이크에 대비해서 여러 첨단 장비로 현장을 감시하고 있던 '안전 통합 지휘부'도 발칵 뒤집히고 있었다.

플레이어들에게 공지 사항으로 떠오른 경고 메시지 때문이었다.

측정이 불가능하다는 것.

그것은 언터처블(Untouchable)을 의미했으니.

물론, 인간들에게 있어 모든 신과 악마들은 '손을 댈 수 없는' 존재들이었지만, 그중에서도 최선두를 달리는 이들은 따로 분류되고 있었다.

주신.

혹은 대신격을 포함하여 소속된 사회 없이 홀로 유희를

즐기는 존재들.

정확하게는 '혼자서도 충분히 지구를 원시 행성으로 돌릴 수 있는' 무력을 지닌 존재들을 의미했다.

대표적으로 케르눈노스, 비마질다라, 아가레스, 헤르메스 등이 여기에 해당했으니.

"젠장! 가뜩이나 비마질다라의 활동 때문에 남미 쪽 피해가 커도 너무 큰 상황인데……!"

"대체 저런 놈들이 어떻게 한꺼번에 나타난 거야?"

"오! 주여. 저희 인간들에게 주시는 고난이 저 빌어먹을 게이트 말고도 또 있단 말씀이시나이까."

그런데 그 급의 존재들이, 하나도 아니고 둘이나 나타났다?

당연히 통합 지휘부로서는 패닉 상태에 빠질 수밖에 없는 내용이었고, 가뜩이나 칠흑색 오로라로 인해 한국을 우려에 찬 눈으로 주시하고 있던 UN 안전 관리국도 이러한 사실을 속보로 접하고서 비상 경계령을 내려야만 했다.

중국과 일본, 러시아를 비롯해 동남아시아와 태평양 건너의 미국까지도 일련의 사태에 대비해 군 경계령을 발동시키기도 했다.

"서둘러! 저 두 존재들의 정체가 대체 무엇인지, 신명부터 소속된 사회까지 전부 알아 와! 당장!"

"그, 급보입니다!"

"또 뭔데?"

"사망한 것으로 판단되었던 살왕과 빅 마운틴의 공략대가 전원 무사한 채로 발견되었다고 합니다!"

"뭐? 저 폭발에서 사람이 살아남았다고?"

"정확한 사실 내용을 확인 중에 있습니다!"

"생존자가 있다면 이건 절대 그냥 넘어갈 수 없는 사안이다. 다른 정보국에 정보가 넘어가지 않도록, 생존자들의 신병 확보부터 서두르라고 해! 어서!"

그리고 갑작스레 출현한 두 존재의 정체를 정확하게 파악하기 위해 각국의 정보기관이 바쁘게 움직이는 가운데.

콰릉, 콰릉, 콰르르르—

연우와 제우스의 충돌은 극에 달하고 있었다.

'조금 불편한데, 이건.'

연우는 마음에 들지 않는다는 듯이 미간을 살짝 찌푸렸다.

저만치 먼 곳에서 의기양양하게 웃고 있는 김범승—제우스의 꼴을 보고 있노라니 배알이 꼴렸던 것이다.

물론, 그가 마음만 먹는다면 저 정도쯤은 쉽게 찢어 버릴 수 있었다.

직접적인 강림도 아닌 이상에야 별 어려울 것도 없으니까.

아니, 진짜 제우스의 본신과 싸운다고 해도, 설사 녀석이 두 개의 영혼석을 부린다고 해도 연우는 그를 꺾을 자신이 있었다.

그래서 차라리 제우스를 찾아서 다리 몽둥이를 부러뜨려 놓고, 매번 제우스를 볼 때마다 징징거리는 아버지 앞에다 던져 줘 버릴까 하는 생각도 잠깐 들었지만,

문제는 녀석을 '생포' 해야 한다는 점이었다.

'마음에 안 든다고 그냥 모가지를 바로 댕강 잘랐다간 아버지가 많이 우울해하실 테니. 거기다 이블케에 대한 정보도 알아내야 하고.'

하르모니아도 죽은 이때. 이제 연우에게 있어서 상대해야 할 적은 이블케밖에 남아 있지 않았다.

문제는 이블케의 목적도 성향도 알 수가 없다는 점이었다.

그를 찾을 수 있을 만한 단서는 딱 하나, 제우스밖에 없었으니.

그러니 이러나저러나 연우로서는 제우스를 반드시 살려놔야만 했다. 사지 멀쩡하게는 아니더라도 최소한 입은 붙여 놔야 하지 않겠나.

문제는 녀석은 절대 그렇게 호락호락하게 생포될 만한 녀석이 아니라는 점이었으니.

물론, 그런 상황들을 전부 무시하고, 그냥 모른 척 죽여 버린 뒤 사자 소환을 해서 신병을 구속해 버리는 것도 방법이긴 했다.

하지만.

가장 큰 문제는 따로 있었다.

'이곳은 스테이지가 아니니까.'

탑의 층계라면 부서뜨려도, 백업된 데이터가 있으니 언제든 복구할 수 있었다.

그래서 탑에 있을 때는 그렇게 뒤도 안 돌아보고 마구잡이로 날뛰었던 것이지만, 지구는 여러모로 달랐다.

여기서 힘을 잘못 개방한다면? 그냥 모든 게 끝장이었다.

연우의 감각은 예민하다.

이미 지구상에서 벌어지는 모든 활동들, 인간을 포함한 모든 생명체들의 활동들이 시시각각 인지 정보로 수용되고 있는 중이었다.

가뜩이나 자신의 등장으로 소란스러운 것도 귀찮은 판국에, 실수로 나라가 두어 개쯤 날아가기라도 한다면 그냥 귀찮은 정도로도 안 끝날 게 분명했다. 아니면 지구라는 행성 자체가 그냥 가루가 되어 버릴 수도 있었고.

물론, 지구에 별다른 미련이 남아 있는 건 아니었다.

하지만 그렇다고 해도 명색이 그의 고향이 아닌가.

더군다나.

'르' 뤼에가 묻혀 있는 곳이기도 하니. 잘못 건드린다면 어떤 일이 발생할지 몰라.'

잠에서 깨어나자마자 제우스를 본 것만 해도 짜증 나는 판국인데, 녀석이 거기다 더 화를 부채질하는 모양새였다.

그리고.

제우스도 연우의 그런 생각을 너무 잘 알고 있었다.

『날 계속 이렇게 죽이려 들다간 이곳을 전부 날려 버리고 말 텐데. 그래도 괜찮나? 듣기로는 여기가 아버지가 도망쳤던 곳이며 너의 고향이기도 하다면서?』

깔깔 웃는 모습이 더 짜증 나기만 했다.

"게이트라고 했었나?"

"네? 네."

한편, 연우의 품에 안겨 있던 세샤는 멍하게 있다 말고 화들짝 놀라면서 연우를 올려다보았다.

게이트가 너무 쉽게 터져 버리는 것부터 드높은 열권 지역에 올라와서 격전을 치르는 것까지, 세샤로서는 여태껏 어안이 벙벙하기만 했다.

그리고 확실히 깨달을 수 있었다. 자신의 삼촌이 이미 디디고 있는 위치가 대단해도 너무 대단하다는 것을.

그녀 역시 차정우의 인연으로 말미암아, 여러 초월자들과 인연을 맺고 있었지만. 그들 중 어느 누구도 연우에 비할 바는 아니었으니까.

그러다 갑자기 게이트에 대해서 묻자, 세샤는 정신을 차리고 고개를 끄덕였다.

게이트.

연우가 잠들고 난 뒤에 빚어진 새로운 현상이었으니, 궁금한 게 많으실 테지.

싸우시는 와중에 왜 갑자기 그런 걸 묻는지는 알 수 없었지만, 제우스를 상대하는 데 중요한 열쇠가 될지 모른다는 생각에 세샤는 바짝 긴장했다.

그런데.

"왜 이렇게 약한 거지?"

"······네?"

"내구도가 너무 형편없어. 그냥 검뢰만 뿌렸을 뿐인데 그렇게 쉽게 터져 나가 버릴 줄은."

"······."

"원래 그런가? 아니면 거기만 유독 그런 거였나?"

"······."

세샤는 순간 하고 싶은 말이 너무 많았다.

방금 전 삼촌이 아주 가볍게 부수고 나온 곳은 십 년 동안 아무도 공략하지 못할 정도로 극악한 난이도를 자랑하던 언클로징 게이트 중 한 곳이었다고.

원래대로라면 사회 하나가 들어가서 저들끼리 치고받고 싸운다고 해도 충분히 수용 가능한 곳이라고 말이다.

아무래도 삼촌은 제우스를 그냥 던전 안에서 잡을 목적이었던 것 같은데…… 그게 이뤄지지 않고 갑자기 밖으로 나오게 되니 당황한 것 같았다.

"만약 원래 그렇게 약한 거면, 대체 다른 인간들은 어떻게 거기서 활동할 수 있는 거지? 뭐만 하려고 하면 그냥 쉽게 부서져 나갈 텐데?"

하지만 세샤는 거기에 대해 차마 아무 답변도 할 수 없었다. 연우는 진지해도 너무 진지했다.

"이대로는 안 되겠군. 다른 방책을 강구해야겠어."

"네? 무엇을 하시려고……?"

세샤는 우려에 찬 시선으로 연우를 바라봐야만 했다. 여기서 또 무슨 사고를 치시려고요? 언제나 기상천외한 일들을 벌이던 삼촌이었기에 걱정이 들 수밖에 없었다.

하지만 세샤가 무슨 말을 꺼내기도 전에.

"저물라."

연우가 나지막한 목소리로 뭐라고 중얼거렸고, 세샤는 순간 등골이 오싹해지는 느낌에 허리를 쭈뼛 세워야만 했다.

여전히 활짝 열려 있던 용마안을 통해 결로 뒤덮여 있던 시야가 모조리 뒤틀리는 것이 보였다.

세계가.

법칙이.

진리가.

변하고 있었다.

온 우주의 대부분을 채우고 있던 암흑물질이 그대로 내려와 지구를 뒤덮었다. 마치 막이 내려와 무대를 감추듯이, 지구에서 벌어지던 모든 활동과 현상들이 이면 속으로 감춰졌다. '꿈' 속으로 잠겨 마치 원래 없던 것처럼 사라졌다.

대신에 그 위에 있는 것은 오로지 연우와 세샤, 그리고 제우스뿐.

『'꿈'을 현실에 덧칠해 버린다고……?』

지구를 두고 겁박을 일삼던 제우스도 적잖게 당황한 눈치였다. '꿈'의 위에 있는 것도 더 이상 그가 인형처럼 갖고 놀던 김범승이 아니었다. 제우스, 그의 본체가 서 있었다. 노란 곱슬머리를 사자처럼 길게 늘어뜨린 옛 주신의 모습.

세샤는 저도 모르게 헛바람을 들이켰다.

지금 연우가 아무렇지 않게 벌인 행동이, 실은 얼마나 대단한지를 잘 알고 있었으니까.

용언(龍言).

용종 중에서도 성인식을 치르고, 나아가 수많은 마나를 품으면서 '고대'의 칭호를 받은 이들만이 부릴 수 있다는 언령 마법.

아니, 정확하게는 아무리 용언이라고 해도 법칙을 이렇게 자유롭게 조작할 수는 없었다. 이건 그마저도 훨씬 뛰어넘은 무언가였다.

이 정도라면 법칙을 새롭게 창조했다는 말이 어울리지 않을까?

임시 세계를 창조하여, 그 속에다 제우스를 가둬 버린 것이다.

그리고 그곳에서 연우는 용의 날개를 활짝 펼쳤다.

그 순간, 세샤는 볼 수 있었다.

연우의 뒤편으로.

아니, 그가 서 있는 공간 위쪽으로, 웬만한 항성 따위는 우습게 볼 만한 엄청난 몸집과 기세를 자랑하는 검붉은 빛의 용이 서 있는 것을.

거마신룡.

저것이야말로 연우의 '진짜' 본체가 틀림없었다.

"세샤. 위험하니 일단 넌 물러나 있어."

연우가 가볍게 손을 흔들자, 칠흑이 번져 오면서 세샤를 감싸 안았다.

　그리고.

　[7차 용체 각성]
　[권능 전면 개방]

　[하늘 날개]

　콰아앙!

　연우는 하늘 날개를 활짝 펼치면서 제우스에게로 쇄도했
다.

＊　　　＊　　　＊

　'뭔 이런……!'

　제우스는 갑자기 이상한 공간으로 '빨려들어' 오게 되자
크게 충격을 받은 상태였다.

　—오효효! 칠흑을 너무 무시하지 않는 게 좋으실
텐데요?

　—그래 봤자 백 년도 묵지 못한 피조물 따위.

—그 발언, 아스가르드나 다른 초월자들이 들으면 기겁을 하겠는데요?

—하! 그런 머저리들과 나를 비교하는 건가? 나는 그래도 신왕을……

—오효효효. 알고 있습니다. 제우스 님이 신왕을 꺾은 유일한 신이라는 사실을요. 하지만 말씀은 똑바로 하셔야지. 그렇다고 해서 신왕의 칭호를 대신 쥐게 된 건 아니었을 텐데요?

—…….

—여하튼 제가 드릴 수 있는 말은 그게 전부입니다. 비록 유전적 형질을 공유하지는 않아도, 어쨌거나 당신들은 형제이지요. 하지만 그 전에 그는 칠흑입니다.

—……그래서, 뭐?

—칠흑이란 말입니다. 천마가 겨우 잠재울 수 있었던. 모든 우주의 꿈을 그리는 칠흑이요.

제우스도 칠흑왕이 얼마나 위대한 존재인지를 잘 알고 있었다.

신 중 신. '황' 이라는 단어로도 규정하기 힘든 원초적인 관념의 존재. 아니, 관념이라고 규정할 수도 없을 존재.

하지만 그래도 제우스는 연우를 여태껏 내심 깔보고 있었다.

그가 칠흑왕의 힘을 거머쥐었고, 그중에서도 인격의 일부가 되었다는 사실은 분명히 대단한 일이었다.

그리고 실제로 어떻게 올포원—비바스바트가 죽고, 탑이 붕괴되는지도 지켜본 바가 있었다.

하지만 단순히 그뿐.

그래서 뭘 어쩌란 말인가?

제우스, 자신도 그동안 가만히 있었던 건 아니었다.

식령에 식령을 거듭하고, 주선석도 하나 우연찮게 탈취하여 습득할 수 있었다.

이미 스스로 그 자신의 힘은 오래전에 탑에서 천계를 놀라게 만들었던 루시엘에 못지않으리라고 여기고 있는 중이었다.

루시엘이 14개의 찬란한 영혼석을 품에 안고 있었다지만, 자신은 그에 못지않은 창조신의 신위를 안고 있었으니까. 오히려 위대하기로 따진다면 자신이 가장 위대한 셈이었다.

그러니 시건방지기 짝이 없는 막냇동생을, 감히 자신의 주제도 모르고 신을 운운하는 놈을 처치해 버릴 생각이었다.

그리하여 크로노스를 다시 무저갱으로 빠뜨리고, 올림포

스를 이 손에 넣어 진짜 '신왕'이 누구인지를 가르쳐 줄 생각이었다.

물론, 그렇다고 해서 제우스, 그가 볼품없이 직접 뛰어다닐 수는 없는 노릇.

그렇기에 자신을 대신해 움직일 장기 말을 찾고자 했고, 그 대상으로 김범승을 선택했다.

김범승은 시작의 날에 가족을 잃은 고아였다. 다만, 보통 실종 피해 가족들과 다른 점이 있다면, 그는 시작의 날이 어떻게 발생했는지 직접 두 눈으로 본 사람이란 점이었다.

그는 허공에서 '방주'가 공간을 가르고 나타나는 것을 직접 목격했었다. 그리고 그런 '방주'를 쫓아 달려온 여러 존재들로 인해 여태껏 얌전하기만 하던 지구에 커다란 격동이 일어난 것까지도.

당시 상황이 너무 급박했기에 여러 존재들은 김범승을 미처 발견하지 못했다.

아니, 알았다고 해도 신경 쓸 겨를이 없었다는 표현이 옳겠지. 그들에게 한낱 피조물의 목격 따윈 아무래도 상관없는 것이었으니까.

자신들로 인해 생긴 후폭풍에 도시 하나가 궤멸되었어도. 한 어린아이가 부모와 형제를 잃었었어도, 아무래도 상관없었던 것이다.

그리고 그 뒤로…… 김범승은 시작의 날을 일으킨 그 원흉들을 찾기 위해 떠돌아다녔다.

웃긴 점은 어려울 거란 생각과 다르게 원흉을 아주 쉽게 찾을 수 있었단 점이었다.

차소영.

최연소 S급 플레이어로 소개되었던 아이가, 당시 현장에서 목격했던 존재와 똑같이 생겼었으니까.

그렇기에 복수 따윈 불가능할지도 모른다는 절망에 빠져 있을 때, 제우스가 손길을 내밀었다. 그리고 그는 충실한 제우스의 개가 되어 세샤와의 접점을 만들기 위해 노력했다.

제우스 역시 세샤의 뒤를 밟다 보면 연우가 언젠가 발견될 거라고 예상했었기에 느긋하게 기다리고 있었던 것인데…….

그리고 잠에서 깨어난 연우를 발견했을 때는 여유롭기까지 했다.

그리고 형으로서. 그리고 신으로서. 주제도 모르고 날뛰는 녀석이 제 분수를 파악할 수 있도록 나섰건만.

정작 본때를 보여 주기는커녕, 오히려 본체가 녀석의 심상 세계로 끌려오고 말았으니.

더군다나 저게 대체 무엇이란 말인가.

연우의 뒤편에 시립해 있는 것.

본체로 보이는 모습.

용?

아니. 까마득한 세월을 지배자로 살아왔지만, 용 중에 저런 모습을 갖춘 종은 어디에도 없었다.

신의 신력, 악마의 마기, 용의 마력, 거인의 투기까지…… 초월종이라 불리는 네 개 종족의 힘이란 힘을 전부 극단적으로 쑤셔 넣은 것 같았다.

절대 융화될 수 없는 것들이 합쳐진 만큼, 그만큼 부자연스럽거나 언밸런스한 느낌이 들어야 하는데…… 문제는 그런 것도 전혀 없다는 점이었다.

더군다나 칠흑을 따라 퍼져 나오는 드래곤 피어는 제우스의 양어깨를 강하게 짓누르기까지 했으니.

그 순간.

제우스는 얼굴이 붉으락푸르락해지고 말았다.

아주 잠깐이라고 해도, 자신이 기세 싸움에서 밀렸다는 사실이 못내 수치스러웠던 것이다.

한편으로는 위화감이 들기도 했다.

칠흑을 무시하지 말라던 이블케의 경고가 떠올랐으니까.

『인간 따위……!』

제우스는 인상을 흉측하게 일그러뜨리면서 뇌기를 발산했다. 녀석이 칠흑에다 자신을 가둬 두려 한다면, 그 칠흑을 찢어 버리면 될 일.

주선석, '자선(Caritas)'과 '근면(Industria)'이 각각 시린 빛을 토해 냈다.

영혼석의 마력이 섞이면서 몇 배로 증폭된 뇌기가 거미줄처럼 사방팔방 뻗쳐 나가면서 당장이라도 연우를 찢어 버릴 것처럼 이글거렸다. 그의 분노만큼이나 대단한 열기였다.

하지만 제우스의 말은 길게 이어지지 못했다.

무언가 눈앞으로 휙 하고 지나간다 싶더니, 어느새 그의 입 앞으로 스퀴테의 칼끝이 달려들고 있었다.

"내가 언젠가 말한 적 없었나?"

그리고 스퀴테만큼이나 가까이 접근한 연우가 차갑게 웃고 있었다.

"넌 혓바닥이 너무 길어."

[프레셔]

[스트림]

[브레스]

콰르르릉!

검뢰가 터졌다. 게이트를 폭발시켜 버리고, 여러 타계의 신들을 찢어 버리던 그 검뢰.

하지만 제우스의 눈에는 거대한 형체의 용이, 아가리를 크게 젖히면서 숨결을 내뱉는 것으로 보였다.

연우가 휘두르는 검뢰는 용종의 권능인 브레스처럼, 원소를 극한으로 압축시켜 터뜨리는 것과 크게 다를 바가 없었다.

제우스는 '흡!' 하고 헛바람을 들이켜고 말았다. 반사적으로 얼굴을 뒤로 빼면서 뇌기를 앞으로 끌어모았지만, 그보다 먼저 스퀴테가 그의 안면에 작렬하고 있었다.

『크아아악!』

제우스는 우측 입꼬리 부근이 길게 찢어진 상태가 되어 아래로 추락했다.

그의 얼굴은 한순간에 흉측하게 변해 있었다. 칼자국이 귓가까지 길게 이어지면서 얼굴의 절반이 통째로 날아간 데다가, 검뢰의 화력 때문에 다른 부위도 온통 새카맣게 타버린 탓이었다. 머리통이 터져 나가지 않은 게 신기할 지경이었다.

더 큰 문제는 신력으로 인한 상처 회복이 전혀 이뤄지질 않는다는 점이었다.

두 개의 영혼석이 공명(共鳴)을 일으키면서 막대한 양의 마력을 쏟아 내고 있었지만, 오히려 그럴수록 얼굴로 침투된 화상이 더 크게 번져 나가면서 삽시간에 신체(神體) 곳곳으로 퍼져 나갔다.

> ['죽음: 독사(毒死)'가 이식되었습니다!]
> ['죽음: 아사(餓死)'가 이식되었습니다!]
> ['죽음: 병사(病死)'가 이식되었습니다!]
> ['죽음: 갈사(暍死)'가 이식되었습니다!]
> ......

죽음에는 수많은 종류가 따른다.

중독에 따른 독사, 굶어 죽는 아사, 병에 의한 병사나 더위로 인한 갈사, 노사(老死), 형사(刑死) 등등…….

그러한 것들이 복합적으로 어우러지면서 죽음이라는 개념을 이루니. 그것은 스스로를 불멸자라고 부르는 신과 악마조차도 결코 완전히 피할 수가 없는 개념이었다.

연우는 바로 그런 죽음이란 개념을 대변하는 개념신이나 다를 게 없었고.

거기다 이식된 죽음에 일부 묻은 '투쟁'의 개념은 무언가에 부딪치면 부딪칠수록 더 거세게 저항하는 특징을 지니고 있으므로, 주선석의 반발은 오히려 죽음의 개념에다 기름을 끼얹는 꼴밖에 되지 않았다.

『감히! 감히이이이……!』

"훨씬 더 잘생겨졌군."

『뒈져 버렷!』

제우스는 으르렁거리면서 뭉쳐 뒀던 벼락을 크게 터뜨렸다.

우르르, 콰쾅!

이대로 칠흑을 모두 불사르는 게 아닐까 싶을 정도로 강렬한 뇌격이 연우의 머리 위로 떨어졌지만.

쿠르르르—

연우는 제우스를 빠르게 뒤쫓으면서 검뢰를 잇달아 터뜨렸다. 이극에서 삼극, 사극에서 오극까지. 칼끝에서 터진 검고 붉은 섬광은 너무나 손쉽게 제우스의 뇌격을 튕겨 내고, 막아 내고, 찢어 버렸다.

하지만 여기저기로 번져 나가는 폭발과 매연, 그리고 마력장이 너무 거센 탓에 제우스는 미처 그것을 파악하지 못했고.

『푸하하! 그래. 이제야 내가 누군지 알⋯⋯!』

덕분에 자신의 뒤편에서 공허를 열어젖히면서 나타나는 연우를 미처 발견하지 못했다.

"일단 그 재수 없는."

연우의 조소 섞인 목소리를 듣고서야 황급히 고개를 뒤로 돌릴 정도였다.

"눈깔부터 압수."

촤아악!

연우는 스퀴테를 횡으로 휘둘렀다.

〈천공의 벽〉. 제우스가 자랑한다는 권능은 제대로 형성되기도 전에 박살이 나 버렸다.

아니, 애당초 상대가 되지 않았다는 표현이 더 옳았다.

제우스가 벼락을 내리는 족족 스퀴테가 허망하다 싶을 정도로 너무 쉽게 갈라 버렸으니까. 그리고 칼끝은 끝내 영혼석이 박혀 있던 제우스의 눈두덩이 위를 빠르게 갈라 버렸다.

촤아아악!

『……!』

제우스는 비명을 지르지도 못했다. 이미 체내로 파고든 죽음 중 '갈사(渴死, 목이 말라 죽음)'가 목젖과 식도 부근을 바짝 오그라들게 만들어 영혼의 목소리까지 가로막아 버린 탓이었다.

덕분에 제우스는 더욱더 고통스러울 수밖에 없었다. 신력과 자연스럽게 연결되던 영혼석의 마력 공급이 도중에 차단되니, 그나마 고통을 덜어 주었던 통각 제어권까지 완전히 사라져 버리고 말았다.

그리고.

['죽음: 소사(燒死)'가 이식되었습니다!]

화르르륵!

화상 자국에서 튀어 오른 불씨가 한순간 몸 전체로 완전히 번지면서, 마른 장작을 태우는 불길처럼 활활 불타올랐다.

연우는 잇달아 스퀴테를 추가로 휘두르면서 제우스의 손발을 잘라 내고, 나중에는 가슴팍에까지 칼끝을 박아 넣었다.

퍽. 그런 소리와 함께, 스퀴테가 박힌 자리로 검은 그림자가 먹물처럼 번져 나오면서 불길을 완전히 뒤덮었다.

[권능, '하데스의 식령검'이 식령을 시도합니다!]

찰칵찰칵!

톱니 이빨이 거세게 부딪치면서 제우스의 영혼을 게걸스럽게 먹어치웠다.

[제우스의 신화 속에 담겨 있던 '옥황상제'를 식령하는 데 성공했습니다!]
[제우스의 신화 속에 담겨 있던 '아룸'을 식령하는 데 성공했습니다!]

......

제우스는 고통에 몸부림치면서도 이를 거부하려 아득바득거렸다. 그동안 힘겹게 식령했던 창조신의 신화들이 모조리 연우에게로 넘어가고 있었던 것이다.

하지만 이미 영혼석은 물론 두 눈까지 잃어버린 상황에서 저항하는 데는 한계가 있을 수밖에 없었고.

츠츠츠츠—

결국 그를 게걸스럽게 탐하던 그림자가 사라지고 난 뒤에 남은 것은, 쭉정이처럼 깡마르게 변해 버린 몰골이었다.

마치 뼈다귀 위에 피부 거죽을 씌운 것 같은 모습. 생기를 모두 빼앗긴 모습이었다.

여기서 그냥 칼만 휘두르면 제우스의 목숨도 너무 쉽게 사라질 테지만.

『......연우야.』

여태껏 침묵을 지키고 있던 크로노스가 내뱉은 한 마디에 연우는 마지막 남은 목숨까지 거두지는 못했다.

"알겠습니다, 알겠어요."

연우는 가볍게 한숨을 내쉬며 두 손을 들어 보였다. 물론 대신에 제우스를 절대 도망칠 생각조차 못 하도록 만들 생각이었다.

좌르륵, 좌륵!

칠흑 곳곳에서 피어난 공허에서 쇠사슬이 튀어나와 녀석의 몸뚱이를 옴짝달싹 못 하게 꽁꽁 묶어 버렸다.

"생각보다 너무 쉬운데."

연우는 그런 녀석을 한쪽 어깨에 가볍게 이면서 자리를 벗어났다.

그래도 제법 강해졌기에 저항이 거셀 줄 알았는데, 생각보다 쉬워도 너무 쉬웠다.

아니면.

'내가 너무 강해졌든가.'

피식.

연우의 입술 사이로 삐져나온 실소가 무너지는 칠흑에 묻혀 사라졌다.

*   *   *

연우가 떠나간 뒤.

무너지는 칠흑 속에서 무언가가 아주 조용히 떨어졌다.

외눈안경을 쓴 양복 차림의 고블린. 이블케였다.

"오효효효. 그러게 이렇게 될 것 같아서 그리 조심하라고 당부했던 것인데. 하여간 누굴 닮아서 이리도 오만한 건지 모르겠단 말이지요."

이블케는 방금 전까지 제우스의 흔적이 남아 있던 곳을 보면서 가볍게 혀를 찼다.

그래도 아주 유용하게 쓰일 수 있는 장기 말이었는데.

제우스는 자신이 잘났기에 그만큼 강해진 걸로만 생각하고 있었지만, 사실 그렇게 될 수 있었던 건 물심양면으로 이뤄진 이블케의 도움이 있었기 때문이었다.

그런데 제힘에 취해 망아지처럼 날뛰다가 저딴 꼴이 되고 말았으니 짜증이 날 수밖에.

앞으로 저만한 장기 말을 어디서 구해야 할지, 그리고 또 언제 쓸만하다 싶을 만큼 키울 수 있을지, 이블케로선 한숨만 나올 따름이었다.

물론, 그렇다고 해서 방법이 전혀 없는 건 아니었다.

이블케의 주변에는 여전히 많은 말들이 몰려 있었으니까.

그와 함께 탑을 빠져나왔던 중앙 관리국뿐만 아니라, 여전히 종말을 향해 달리겠답시고 움직이는 시의 바다까지.

"이예도 있고 말이지요."

이블케는 외눈안경을 고쳐 쓰면서 싱긋 웃었다.

"일단은 좀 더 어떻게 될지 지켜보도록 해야겠군요. 오효효."

이블케는 꽉 주먹을 쥐고 있던 손바닥을 살짝 펼쳐 보였다. 방금 전까지 제우스의 보석안을 이루고 있던 두 개의 영혼석, '자선'과 '근면'이 들려 있었다.

그는 그것을 도로 입 안쪽으로 던져 넣어 가볍게 삼키더니, 씩 웃으면서 자취를 감추었다.

그리고 그가 있던 자리로, 칠흑이 와르르 무너졌다.

*　　　*　　　*

"진짜, 얘는 어디로 간 거야……? 별일 없어야 할 텐데."

아난타는 거실을 초조하게 돌아다니면서 손톱을 지근지근 깨물었다.

세샤가 언클로징 게이트에 들어가고 폭주가 일어난 뒤, 아난타는 계속 조급해지는 것을 어떻게 할 수가 없었다.

마음 같아서는 자신도 똑같이 무장을 챙겨서 딸이 있는 곳으로 달려가고 싶었지만, 지금은 도저히 그럴 수가 없었다.

"……저치들도 전혀 가질 않고."

아난타는 슬쩍 커튼을 열어 창밖을 보았다가 인상을 찌푸렸다. 대문 밖에 얼마나 많은 취재진들이 몰려 있는지 소란스러워도 너무 소란스러웠다.

국제적인 아이돌인 세샤의 실종 소식에 어떤 기삿거리라도 건질 수 있지 않을까, 하는 하이에나 같은 것들이 몰려든 것이다.

저것들, 그냥 날려 버릴까? 아난타는 아주 잠깐 그런 충동이 들었다.

탑에서도 저와 비슷한 일을 겪었던 적이 있지 않던가.

마녀들의 집요한 추격으로부터 세샤를 보호하기 위해 수도 없이 많은 싸움을 벌여야만 했던 나날들.

물론, 그때보다야 이곳 지구에서의 생활이 훨씬 평화로운 게 사실이었지만, 그래도 저렇게 '법'을 방패 삼아서 막무가내로 일을 저지르는 것들을 보면 화가 날 수밖에 없었다.

그래도 아난타는 화를 꾹 삭이면서 커튼을 다시 치고는 한숨을 내쉬었다.

게이트 폭주 소식이 속보로 전달되고 난 뒤, 세상은 아주 급박하게 돌아가고 있었다.

게이트 브레이크가 있고 나면 으레 있어 왔던 몬스터 웨이브는 전혀 일어나지 않고, 그저 하늘을 온통 뒤덮을 정도로 커다란 폭발만 있었을 뿐이었으니까.

그리고 지금은 추가 폭발과 여진이 많이 가라앉으면서 구조와 탐사가 동시에 이뤄지고 있는 중이었다.

그리고 돌아온 결과는 신기하게도 대부분의 공략대와 채집반의 생존.

아직 정확한 경과보고는 이뤄지지 않아 아난타로서도 그 내막은 알 수 없었지만.

어떻게 그런 폭발과 폭주 속에서 살아남을 수 있었는지, 당사자들도 적잖게 당황하고 있는 눈치인 것 같았다.

다만, 생존자들이 '대부분'이라고만 표기된 것은, 두 사람이 홀연히 실종되었기 때문이었다.

한 명은 채집반의 어느 이름 모를 플레이어였고.

다른 한 명은 이번 행사를 주관하기도 했던 세샤였다.

그러니 세샤에 대한 소식만 기다리고 있는 아난타로서는 속이 바짝바짝 타들어 가는 기분이었다.

그래도 당장 움직이지 않는 것은 사실 저 밖에 있는 취재진들 때문이 아니었다.

아난타는 주변의 눈치를 크게 신경 쓰는 성격이 아니었고, 만약 저들이 자신을 방해한다면 뒷일은 생각지도 않고 그냥 치워 버릴 용의도 있었다.

그런데도 그러지 않는 건, 그만큼 자신의 딸을 믿고 있기 때문이었다.

어렸을 때야 자신이 품어 주고 도와줘야만 하는 아이였지만, 지금은 충분히 제 앞가림을 할 수 있을 만큼 똑똑한 아이였으니까.

남들이 봤을 때는 여전히 보살핌이 필요한 어린 여중생이라 하더라도, 세샤는 보통 또래 아이들과 많이 달랐다.

그 조막만 하던 아이가 이만큼 컸다는 사실이, 더 이상 자신의 손길을 필요로 하지 않는다는 사실이 이따금 안타깝긴 했지만.

그래도 아이가 크면서 부모의 곁을 떠나는 건 아주 당연한 수순이라고 받아들이고 있었다.

다만, 용납되지 않는 점이 딱 하나 있긴 했다.

"차정우…… 이 인간, 정말 돌아오기만 해 봐. 아주 등짝을 날려 버릴 거니까."

딸이 이 지경으로 위험에 처해 있는데도 불구하고, 아비라는 인간은 대체 어디서 뭘 하고 자빠져 있는 건지.

아난타는 몇 년째 소식도 없는 차정우가 얄밉기만 했다.

물론, 그렇기에 그 역시 아무 이상이 없기를 간절히 바랄 뿐이었다.

그러던 그때.

"엄마아아!"

아난타는 밖에서부터 들리는 목소리에 정신이 번쩍 들었다. 딸의 목소리였다.

똑같이 그 말을 들은 취재진들도 들썩거렸다.

"차소영 양이다!"

"어, 어디?"

"위!"

"헉! 하늘에서 내려온다고? 저, 저런 스킬도 있었나?"

"뭐 해, 어서 카메라 돌리지 않고!"

"그런데 차소영 양을 안고 있는 저 남자는 누구지? 처음 보는데?"

"차소영 양과 함께 실종되었다던 채집반이라도 되나 보지!"

"하지만 그는 분명히 F급······."

"시끄럽고, 어서 카메라 들라고!"

아난타는 그동안 카메라가 찍을 수 없도록 꼭 닫아 놨던 창문을 활짝 열었다.

"세······!"

딸에게 한 마디를 쏘아붙이려 했던 아난타는 저도 모르게 얼어붙고 말았다.

처음에는 남편이 돌아온 줄로만 알았다.

하지만 남편과 생김새만 같을 뿐, 풍기는 분위기가 전혀 다르다는 사실을 깨달았을 때. 그리고 그의 뒤에 활짝 펼쳐져 있는 날개가 검고 붉다는 것을 알았을 때. 아난타의 눈가에는 눈물이 차올랐다.

"엄마! 내가 누구 데려왔게?"

세샤는 연우의 품에서 훌쩍 뛰어내려 창가로 내려앉았
다. 방실방실 웃는 얼굴에는 지구로 오고 난 이래 조금씩
드리워져 있던 그림자가 전부 지워져 있었다.

연우가 조심스레 뒤따라 집 안으로 들어왔다. 이렇게 정
문이 아니라 창문으로 들어와도 되는 건지, 낯선 집에 아주
잠깐 주춤거렸지만. 그는 곧 입가에 엷은 미소를 띠면서 인
사했다.

"오랜만입니다."

"어서 오세요, 아주버님. 기다리고 있었어요."

*　　　*　　　*

'여기가 세샤와 정우 녀석이 사는 집이란 말이지?'

연우는 감회가 새로운 얼굴로 거실과 마당을 쓱 훑어보
았다.

서울 서초구 한복판에 위치한, 넓은 마당까지 딸린 4층
짜리 단독 주택.

자신이 한국에 살 때까지만 하더라도 그렇게 가정환경이
좋지 않았던 것을 감안한다면, 정말 생각지도 못하던 집에
서 살고 있는 셈이었다.

하지만 어찌 보면 이게 당연한 거긴 했다.

아무리 몸만 다급하게 빠져나왔다고 해도, 그들이 탑에 머무는 동안 쌓은 재산은 상당한 것이었으니까.

그중 일부만 해도 지구에서는 큰 가치를 지니고 있을 게 분명했다.

하물며 탑과 비슷하게 시스템이 정착된 현재의 지구 환경이라면 더더욱.

'지구가 이렇게 바뀌었을 줄은 생각도 못 했는데.'

연우는 아난타와 세샤에게서 무너지는 세계에서의 탈출 이후, 지난 10년 동안 지구에서 있었던 일들에 대한 이야기를 들을 수 있었다.

원래대로라면 그리 쉽지 않았을 지구 정착 과정이, 시작의 날로 대변되는 재앙의 발생으로 인해 혼란기가 찾아오게 되자 비교적 수월하게 이루어질 수 있었다고 한 것부터.

세샤가 그동안 자선 활동을 계속 벌이면서 연우를 찾고자 수고를 마다하지 않았다는 사실까지.

"헤헤헤."

세샤는 자신의 이야기가 나오게 되자, 멋쩍게 웃었다.

본인이 보는 앞에서 그런 이야기가 오가니 뭔가 부끄러웠던 것이다.

아난타는 그런 딸이 귀엽다는 듯이 머리를 쓰다듬어 주고는 가볍게 웃으면서 물었다.

"간만에 고향 공기 맡아 보신 기분은 어떠세요?"

"고향이라…….."

연우는 커피잔을 살짝 내리면서 작게 읊조렸다.

입가에 씁쓸하게 웃음이 걸렸다.

여태껏 생각지 못한 질문.

덕분에 그는 한순간 여러 생각이 들 수밖에 없었다.

애당초 그에게 고향이란 그리 정감이 가는 단어가 아니었으니까.

아니, 오히려 그에게 좋지 않은 기억만을 가져다주는 곳일 뿐이었나.

아버지가 없고, 어머니를 잃고, 동생이 사라졌던 곳. 그에게는 좌절과 절망밖에 남아 있지 않아 등을 져야만 했고, 아주 잠깐 돌아왔을 때에는 동생의 사망 소식을 전해 받았던 곳.

그렇기에 연우는 다시는 고향으로 돌아올 생각 따윈 하지 않았다.

아픔만을 주는 곳이 고향이라면 그냥 가슴 속에서도 잊는 게 제일 좋았으니까.

그리고 어쩌다 보니 다시 돌아오게 된 지금.

아난타가 던진 질문에 대한 대답은.

"……잘 모르겠습니다."

사실 그것도 그냥 그럴싸하게 만든 대답이었다.

그냥 아무렇지도 않았다.

그만큼 아픔이 가신 걸까. 아니면 감정이 무뎌져 버린 걸까. 그것도 아니면 더 이상 고향이 주는 무게가 별달리 무겁지 않은 걸까.

어쩌면 그냥 고향이라는 것 자체가 더 이상 그에게 별 중요한 의미가 되지 못한다는 말이 맞을지도 몰랐다.

칠흑에서 너무 오랜 세월을 지내고 말았으니까. 그리고 그곳에서 체험하고 경험했던 수많은 '꿈'들은 그로 하여금 몇 번씩이나 '연우'가 아닌 다른 존재로 살게 만들기도 했다.

그렇기에 사실 지금 연우는 '연우'라는 정체성도 많이 무뎌져 있는 상태였다.

그가 살아온 삶은, 따지자면 현재 '낮'에 속하는 신과 악마들도 좁쌀만 하다고 여길 만큼 아주 기나긴 세월이었으니까.

영겁(永劫). 그렇게 표현할 수 있을 것이다.

그렇기에 연우는 이미 너무 까마득한 세월을 살아 아둔하기까지 하다는 칠흑왕에 가장 가깝다고 할 수 있었다.

즉, 지구라는 세계는 무수히 많은 '꿈'의 일부일 뿐이며, 그저 그가 발원한 장소라는 것. 그 이상도 그 이하의 의미도 지니지 않았다.

하지만 그런데도 불구하고, 그가 여전히 연우라는 이름을 고수하고 있는 이유는 딱 하나.

'아직 이곳에 내 인연이 남아 있으니까.'

최소한 이곳에 남아 있는 인연들을 모두 정리하고, 그와 함께 있었던 악연들까지 전부 정리해야 하지 않겠는가.

세상 곳곳에 남아 있는 인과율이 여전히 연우를 단단히 묶어 이곳에 있게 만드는 셈이었다.

그리고.

'반드시 해야 힐 일도 있고.'

꿈이란 언젠가 저물기 마련이다.

연우는 이 '꿈'이 유예되었다고는 하나, 얼마나 더 유지될 수 있을지 잘 알고 있었다.

말하자면, 계시록의 마지막 장을 이미 알고 있는 셈이었다. 그러면서 거슬러서 중간 부분을 보고 있는 셈이었으니.

다만 연우는 그 마지막 장을 향해 달려가는 과정에 있는 빈 페이지들을 자신이 원하는 방향으로 써 보고 싶은 마음이었다.

아난타로서는 연우의 그런 속내를 알 수 없었기에 그가

오랜만에 고향으로 귀환해 얼떨떨해하고 있다고만 생각하며 가만히 웃고 있을 뿐이었지만.

연우는 얼핏 그런 아난타의 속내를 읽을 수 있었지만, 모른 척 넘기면서 이야기를 나누는 내내 걸렸던 다른 부분에 대해 물었다.

"그런데 '방주'라는 것 말입니다만."

"네."

"혹시 어떤 것이었는지 여쭈어도 되겠습니까?"

"음…… 사실 그건 저희도 잘 모르겠어요. 아가레스가 저희를 인도하면서 옛 고대신들이 남긴 안배라고만 했었을 뿐이라. 저희가 본 것도 그냥 단순한 '배'였었구요."

'배?'

연우는 잡힐 듯 안 잡히는 무언가가 머릿속을 요란하게 울리는 것만 같았다.

"다른 특이점은 없었습니까?"

"조금 특이했던 점이라면, 그곳에서 전혀 생각지도 못하게 바이 더 테이블의 수장님이나, 아나스타샤 님을 만났다는 것 정도……."

연우는 한순간 눈이 퍼뜩 뜨였다.

"저희도 처음에는 깜짝 놀랐었어요. 탑 외 지역을 빠져나올 때까지만 해도, 설마 그이와 아주버님의 고향으로 오게 될 거라고는 생각도 못 했었으니까요. 그런데 아나스타 샤 님은 그걸 두고 아주 '당연한' 안배였다고 하셨어요."

한순간, 연우의 머릿속이 바쁘게 돌아갔다.

"혹시 그 방주라는 것, 퀴리날레의 유산이라고 하였습니까?"

이번에는 아난타가 놀란 눈이 되어 연우를 바라보았다.

"어떻게 아셨어요? 분명히 그런 말씀들을 하셨었……."

연우는 아난타의 뒷말이 더 이상 귀에 들어오지 않았다.

오로지 단 한 가지 생각만이 머릿속을 물들일 뿐이었다.

방주.

그것은 어머니의 유산이었다.

퀴리날레의 유산이 왜 탑에 남아 있는지는 알 수 없었다.

하지만 그것을 일행들이 필요로 할 때, 바이 더 테이블이 기다렸다는 듯이 나섰다면 연관성이 없을 수가 없었다.

'퀴리날레의 마지막 남은 후예는 어머니였고, 바이 더 테이블은 어머니의 가신이 만든 것이었으니까.'

원래 '꿈'을 유예하는 데 성공하고 나면 바이 더 테이블을 찾아갈 생각이긴 했다지만.

연우는 아무래도 생각했던 것보다 훨씬 일찍 가야 할지도 모르겠다는 생각이 들었다.

그러던 그때.

"그런데 아주버님."

방주에 대한 연우의 생각은 오래가지 못했다.

아난타가 조심스러운 태도로 다른 질문을 던졌으니까.

"우리 그이의 영혼은 어떻게 되었는지 여쭐 수 있을까요?"

연우는 한순간 대답하지 못하고 침음을 삼켜야만 했다.

사실 세샤를 만나고 아난타와 재회했을 때부터 가장 먼저 그 질문을 해 올 것이라 예상했다.

그런데도 여태껏 묻지 않은 건 연우에 대한 배려일지도 몰랐다.

"세샤."

"으, 응? 네?"

세샤는 옆에서 케이크를 먹다 말고 화들짝 놀라 눈을 동그랗게 떴다.

"잠시 방에 들어가 주지 않겠니?"

세샤는 아주 잠깐 아난타와 연우를 번갈아 보았다. 그녀 역시 영특하니 지금부터 중요한 이야기가 오고 갈 것이란 것쯤은 쉽게 알 수 있었다.

아버지에 대한 중요한 이야기이니 자신도 듣고 싶은 마음이 굴뚝같았지만.

눈이 마주친 아난타도 그러라며 무겁게 고개를 끄덕이자, 세샤는 어쩔 수 없이 자리에서 일어나야만 했다.

여전히 어른들에게는 아이 취급을 받는 현실이 못내 억울하기도 해서 미련이 남은 얼굴로 두 사람을 돌아봤지만, 연우와 아난타는 이쪽으로 시선을 주지 않았다.

결국 세샤가 약간 뚱하면서도 걱정되는 얼굴로 방에 들어가고 나서, 연우는 마력을 주변에다 뿌려 보이지 않는 막을 만들었다.

아난타도 그것을 느끼고, 지금부터 연우가 아주 중요한 이야기를 하리라는 것을 눈치챘다. 저도 모르게 허리를 쭈뼛 세우면서 연우에 집중했다.

그리고.

"없었습니다."

생각지도 못했던 대답에 눈을 동그랗게 떴다.

"그게 무슨 말씀……?"

연우는 씁쓸한 표정이 되어 고개를 가로저었다.

"제가 아직 못 찾은 곳이 있을지도 모르겠지만…… 칠흑 안에는 없었습니다."

연우는 마성들을 연달아 잡아먹으면서 수많은 '꿈'을 꿨다. 그리고 '우리'가 되어 살아 보기도 했다.

그리고 그런 와중에 연우가 '연우'라는 정체성을 유지할 수 있었던 건, 단 하나의 목적이 있었기 때문이었다.

동생. 차정우의 영혼을 찾는 것.

칠흑왕은 동생의 영혼을 가지고 뭔가를 저지를 듯한 뉘 앙스를 항시 풍겨 댔고, 연우는 그렇기에 스스로 칠흑왕의 인격이 되기를 자처했다.

그들을 통째로 집어삼킬 수 있다면, 동생의 영혼도 결국 자신의 소유가 되는 것이니 충분히 되살릴 수 있으리라 여 겼기 때문이었다.

그래서 샅샅이 뒤졌지만…… 찾을 수가 없었다.

아니, 아예 없다는 표현이 옳았다.

그만한 영혼이 칠흑에 녹아들었다가 어디론가 빼돌려졌 다면, 분명히 흔적이 남아 있어야만 했다. 설사 흔적이 없 더라도 그것을 본 마성들이 있어야 했지만, 돌아오는 대답 은 모두가 한결같았다.

보지 못하였다.

분명히 우리가 갖고 있었으나, 사라졌다.

칠흑 속에 있는 '꿈'의 어딘가로 흘러 들어간 것일지도.

이게 대체 말이나 되는 일이란 말인가.

칠흑왕조차 찾지 못하는 영혼의 행방이라니.

애당초 영혼이라는 것이 칠흑에서 비롯되었고, 무의식 세계를 이루는 근간을 칠흑에 두고 있다는 것을 감안한다면 절대 있을 수가 없는 일이었다.

생사 여부를 떠나, 모든 영혼이 칠흑으로 연결되기 마련이니까.

"그럼, 대체 어떻게 되는 거죠?"

아난타의 목소리는 크게 떨릴 수밖에 없었다.

여태껏 연우가 칠흑 속을 헤매고 있었던 이유를 잘 알고 있었기에. 그리고 그가 언젠가 돌아올 거라고 굳게 믿고 있었던 그녀로서는 간담이 철렁일 수밖에 없었다.

특히 차정우의 사념체가 지금 이 시간에도 '낮'의 후계로서 보이지 않는 곳에서 계속 '밤'과 전쟁을 벌이고 있다는 것을 감안한다면…….

그래서 초월을 이루지 못하여 계속 상처를 입고, 그만큼 사념을 조금씩 잃어 간다는 것을 알고 있기에 뭘 어떻게 받아들여야 할지 혼란스럽기만 했다.

"저는 일단 누군가가 훔쳐 갔을 거라고 생각하고 있는 중입니다."

"누…… 가요? 그게 가능이나 한 일인가요?"

연우는 이번만큼은 대답하지 않았다.

아무런 물증도 확증도 없지만, 의심이 가는 인물은 있었다.

'이블케.'

당장 연우가 아는 이들 중에 그런 짓이 가능할 만한 자는 그밖에 없었다.

'탑이 세워질 때부터 허물어질 때까지 전부 관여했고, 시의 바다를 자극해서 종말을 부르고, 칠흑왕이 깨어나는 것까지…… 그 모든 일들에 이블케의 마수가 닿아 있었다. 녀석의 정체가 뭔지는 알 수 없지만, 무언가 있는 게 분명해.'

그렇기에 연우가 이블케의 행방에 대해 계속 신경을 쓰는 것이다.

'미끼가 제대로 물려야 할 텐데.'

연우는 생각을 정리하면서 아난타에게 물었다.

이블케와 마찬가지로 확인해야 할 것이 있었다.

"방주, 어디에 있습니까?"

*　　*　　*

'대체 상황이 어떻게 된 건지 모르겠군……. 후! 이제 조용히 퇴역하는 일만 남았다고 생각했는데, 갑자기 말년에 이게 무슨 일인지. 그때 현장을 맡으라고 했던 윗선 지시를 그냥 거부했어야 했어.'

이동하는 차 안.

우지훈 준장은 새카맣게 칠해져 바깥이 보이지 않는 차 창을 보면서 땅이 꺼져라 한숨을 푹푹 내쉬었다.

포탄이 떨어져도, 아니, 듣기로는 레서 드래곤이나 드레 이크 같은 하위 용종이 브레스를 뿜어도 충분히 버틸 수 있 도록 탄탄하게 설계되었다는 리무진.

원래대로라면 대통령이나 국무총리 같은, 의전 서열이 높은 이들이 탈만 한 것이었지만.

지금 우지훈 준장에게는 이동용 감옥이나 다름없었다. 탄탄한 만큼, 외부의 도움이 없으면 내부에서도 절대 문을 열 수 없도록 되어 있었으니까.

그리고 지금 그가 타고 있는 차는 '자유를 위한 세계 각성 자 협회(World Player Council for Freedom, 약칭 WPCFF)' 혹은 '협회'라고 더 많이 불리는 UN 안전 관리국 산하 국 제기구의 소유물이었다.

그리고 그는 지금 협회의 한국 지부 쪽으로 끌려가고 있 는 중이었다.

그 이유에 대해서는 전혀 알지 못했다. 그냥 평상시처럼 출근을 위해 집을 나서던 길에 갑자기 정체 모를 낯선 리무 진 한 대가 그의 앞을 가로막았을 뿐이었으니까.

그리고 당연한 말이지만, 우지훈 준장은 자신들과 함께

가자고 말하는 그들의 제안을 거절할 수가 없었다. 겉보기엔 아주 정중해 보여도, 자신에게는 그것을 거절할 힘 따윈 없다는 것을 너무나 잘 알고 있었으니까.

아무리 군에서 큰 권력을 지녔다고 할 수 있을 '별' 이라고 해도, 초국가적 · 초법적인 권한을 지녔다는 말까지 도는 협회를 대상으로 배짱을 부릴 수는 없는 노릇이었다.

'뭐, 내가 잘못한 것도 없지만 말이야.'

우지훈 준장은 협회에서 왜 자신을 찾는 거냐는 질문을 던졌지만, 그때마다 요원들은 앵무새처럼 '보안상 말씀드릴 수 없습니다' 라는 답변만 내놓을 뿐이었다.

하지만 우지훈 준장은 어렴풋이 이유를 알 것 같았다.

얼마 전에 자신이 현장 지휘를 맡았던 언클로징 게이트, '까마득한 태곳적의 늪지대' 의 브레이크 사태에 대해 정확한 내막을 듣고 싶은 거겠지.

아무리 다른 목격자들의 증언이며 부하들의 보고가 있다고 해도, 직접 현장 지휘관의 이야기를 듣는 것보다 정확하지는 않을 테니.

'그러고 보니 당시 게이트 브레이크로 인해 상당히 시끄럽긴 하지…….'

정확하게는 그냥 시끄러운 정도가 아니라, 전세계가 들썩일 정도였지만.

물론, 세계 곳곳에 퍼져 나간 속보에서는 '빠른 조기 대처'를 운운하면서 큰 폭발은 있었을지언정, 몬스터 웨이브는 미연에 차단하여 공략대와 채집반을 모두 구출했다는 식으로 발표가 되었지만.

협회를 비롯해 각국의 정보국들은 이번 사안에 촉각을 곤두세우고 있는 상태였다.

처음으로 나타난 칠흑색의 오로라. 그리고 거기서 나타난 두 명의 신적인 존재들.

특히 그중 한 명이 올림포스의 옛 주신, 제우스이거나 그와 관련된 존재일지도 모른다는 추측이 나돌았을 때에는 충격에 빠지기도 했다.

그만한 언터처블이 나타났다면 장난으로라도 국가 하나가 지도상에서 지워질 수 있을 텐데, 심지어 두 개체나 나타난 셈이었으니.

협회로서도 긴급하게 움직일 수밖에 없을 테지.

'어쩌면 국정원에서 나를 데려가기 전에 먼저 입을 봉해 두려는 것일 수도 있고. 이런 식으로 정치적인 희생양이 되어 끌려가긴 싫었건만. 흠……!'

우지훈 준장의 미간에 골이 살짝 깊게 팰 무렵.

"도착하셨습니다."

한참이나 어디로 이동하는지 모르게 움직이던 리무진이 처음으로 정지했다. 선글라스를 쓴 요원이 문을 열어 주며 밖으로 안내하자, 우지훈 준장도 살짝 긴장한 기색으로 나섰다.

소싯적에는 국제연합군에 몸을 담그기도 하고, 특수 부대를 직접 운영해 본 경험도 있던 그였지만. 나이를 먹어서 그런지 배짱보다는 걱정이 먼저 들었다.

'안가(安家)인가? 아니, 그러기엔 또 너무 크기가 큰데. 군사 보안 시설이로군.'

아무래도 미군이 관리하는 구역에 있는 곳으로 들어온 모양이었다.

우지훈 준장은 요원의 안내에 따라 시설의 깊숙한 곳으로 들어갔고, 거기서 생각지도 못한 인물을 만나고 말았다.

'저 사람은…… 조슈아?'

그도 잘 알고 있는 얼굴이었다.

조슈아 T. 브라이언.

협회장의 오른팔로서, 협회 창설 초창기에 그들의 지배를 거부하고 각지에서 사고를 치기 바쁜 플레이어들을 대상으로 전쟁을 벌여 그들을 전부 협회에 강제로 소속되게 만든 일등 공신.

당연한 말이지만, 그 과정이 단순히 설득과 회유만으로 이뤄졌을 리 만무했으니. 꽤나 많은 숫자의 플레이어들이 그의 손에 목이 꺾여야만 했다.

문제는 그가 권력을 잡고 있는 지금도 한창 현역으로 활동하고 있다는 점이었다. 플레이어들로 구성된 여러 범죄 조직들이 제멋대로 날뛰지 못하는 이유도 그가 있기 때문이었으니.

그렇기에 플레이어들은 그를 가리켜 '사냥개'라고 불러 댔다.

물론, 그건 어디까지나 플레이어들 사이에서 비하적인 의미로 쓰이는 은어였을 뿐. 국제 사회의 일반 시민들은 그에게 절대적인 지지를 보내곤 했다. 우지훈 준장도 그런 시민들 중 한 명이었고.

다만, 우지훈 준장은 이렇게 눈앞에서 조슈아를 보게 되자 간담이 서늘해지는 기분이었다.

무슨 눈빛이 저렇게도 흉흉한 건지. 한창 아프리카에서 활동하던 때에 그의 밑에 있던 이들을 보는 것 같았다.

'전쟁의 여신의 선택을 받았다고 하더니⋯⋯. 확실히 기백이 남다르군.'

조슈아가 묵묵히 다가와 손을 내밀었다.

"Mr. Woo?"

우지훈 준장은 조슈아의 손을 맞잡으면서 영어로 인사했다.

"반갑습니다, 조슈아."

조슈아의 눈이 살짝 커졌다.

"영어를 잘하시는군요."

"타지 생활을 오래 했던 터라."

"국제군의 비밀 작전을 지휘한 경험이 풍부하고, 아프리카에서는 그 유명한 '카인'을 양성하기도 하셨다고 들었습니다만. 아주 겸손하시군요. 예상했던 것과 인상이 다르셔서 많이 놀랐습니다."

'이미 내 뒷조사는 싹 다 마친 모양이로군. 뭐, 당연하다면 당연한 거겠지만.'

우지훈 준장은 입맛이 썼지만, 내색하지 않고 살며시 웃었다.

"부하 사병들이 열심히 뛴 것에 제가 숟가락만 올렸을 뿐이지요. 전부 허명일 뿐입니다."

"인품까지 훌륭하시군요. 미스터 우 같은 분을 이렇게 홀대하시고. 음! 한국이 생각보다 인재난이라고 들었는데, 이유를 알 것 같긴 하군요."

타인이 무작정 띄워 주는 것에 일희일비할 나이는 지났기에 우지훈 준장은 쓴웃음만 지을 뿐이었다.

도리어 몇 시간 전까지만 해도 자신이 세상에 살고 있는 지조차 모르고 있던 유명 인사가 이렇게 듣기 좋은 말을 하는 것에 촉각을 곤두세울 수밖에 없었다.

한편으로는.

'단순히 내 목격담을 듣고 싶어서 부른 건 아닌 것 같은 데 말이지.'

우지훈 준장이 퇴역을 염두에 둘 만큼 나이를 먹은 이 순간까지도 내심 자랑스러워하는 것이 있다면 바로 '감'이었다.

반드시 어떤 선택을 내려야만 하는 상황 속에서 빠르게 결정을 내리는 감.

그리고 수많은 위기가 있었던 아프리카에서 그 감은 틀린 적이 거의 없었다.

"저를 이곳에 부르신 이유를 들을 수 있을까요?"

"성격이 급하신 분이시로군요. 저도 차라리 그게 편하니, 거두절미하고 바로 말씀드리겠습니다. Ms. Christie, 화면을 띄워 줘."

대기하고 있던 비서가 패드를 조작하자, 그들의 머리 위로 커다랗게 떠 있던 스크린이 어떤 화면을 비췄다.

그것은 우지훈 준장에게도 낯이 익은 장면이었다. '까마득한 태곳적의 늪지대'가 게이트 브레이크를 일으킨 뒤에 일어난 폭발.

마치 핵이라도 터진 것처럼 평방 수 킬로미터에 달하는 지역이 먼지구름으로 뒤덮이고, 수백 미터나 되는 버섯구름이 일어나고 있었다. 그리고 연쇄 작용으로 발생하는 화염과 뇌전 폭풍까지.

"이건 저희 측 인공위성 AP—17이 측정 불가의 마력장에 의해 붕괴되기 직전에 마지막으로 촬영한 장면입니다. 미스터 우도 보셨을 광경이지요. 그리고."

신호를 받은 크리스티가 다시 패널을 조작하자, 검은 버섯구름의 끝부분으로 화면이 확대되었다.

거미줄처럼 수많은 갈래로 퍼져 나가는 뇌전 폭풍의 위쪽으로 두 개의 뇌기가 하늘 높이 튀어 오르는 것이 보였다.

마력장 때문인지 초점이 크게 흔들렸지만, '무언가' 가 있다는 것은 바로 알아볼 수 있었다.

'두 언터처블!'

우지훈 준장은 폭발 당시에 자신이 목격했던 것이 화면에 담겨 있자 크게 눈을 뜨고 말았다.

"초점이 많이 흔들렸지만, 이렇게 아주 운이 좋게 언터처블을 촬영하는 데 성공할 수 있었습니다."

아마 저 촬영본은 협회 내에서도 극비로 취급되는 비밀 자료일 것이다.

그런데도 스스럼없이 바로 보여 주었다는 것은 지금부터 꺼낼 말이 본론이라는 뜻일 터였다.

"언론에도 암암리에 퍼졌다시피 언터처블 중 한 명은 올림포스의 옛 주신, 제우스일 가능성이 아주 높다고 저희 측도 판단하고 있습니다. 다만, 이 검붉은 뇌기를 다루는 존재에 대한 것은 알려진 바가 전혀 없어 각국의 정보국이 혼란에 빠진 상태입니다."

저희도 마찬가지였지만 말입니다. 조슈아는 그렇게 말하면서 뒷말을 덧붙였다.

"하지만 저희는 이 언터처블에 대한 마력장을 세밀하게 분석하는 한편, 우연찮게 아주 오래전에 입수했던 첩보를 하나 떠올릴 수 있었습니다. '게이트가 생성되기 전, 탑이 있을 시절에 최초로 신이 된 인간이 지구인이다' 는 것이었지요."

"그, 그게 사실이오?"

우지훈 준장은 전혀 생각지도 못한 내용에 놀라 저도 모르게 되물었다.

'탑' 은 게이트가 열린 이후에 도시 전설처럼 떠돌던 풍문이었다. 일반인들에게까지도 널리 알려진. 그런데 그게 실제로 있고, 인간이 신이 된 케이스가 있었다고?

인간이 신이 된다니. 도무지 말도 안 되는 소리라고 말하고 싶었지만, 불현듯 스치는 생각이 있었다.

'설마?'

그가 두 언터처블을 목격했을 때 떠올렸던 생각.

"그리고 지난 10년 동안 실종된 이들의 데이터베이스를 조회해 본 결과, 이 언터처블은 이 사람일지도 모른다고 판단을 내렸습니다."

스크린 위로 수많은 얼굴들이 지나가다가 한 사람의 사진에서 멈추었다. 그리고 옆쪽 스크린에 있던 확대된 언터처블과 이목구비가 겹쳐지면서 'SAME'이라는 단어가 떠올랐다.

하지만 그런 것을 다 떠나, 우지훈 준장의 눈에는 영어로 된 닉네임과 한글로 된 성명만이 눈에 들어올 뿐이었다.

Code Name: Cain.
차연우.

"현재는 탈영병의 신분이라지요? 저는 이자를 저희 협회에 소속시키고자 합니다. 도와주시겠습니까?"

우지훈 준장의 눈꺼풀이 파르르 떨렸다.

*   *   *

'방주'를 처음 보게 되고 난 뒤, 연우가 느낀 감정은 아주 간단했다.

'작군. 생각보다.'

연우는 모두가 빠져나온 '배'라고 하기에 아주 큰 규모를 가지고 있으리라 생각했다.

못해도 지구에서 사용하는 대형 선박쯤은 될 줄 알았던 것이다.

하지만 방주는 끽해야 일반 가정집 크기밖에는 되지 않았다.

이래서야 그 많은 인원을 어떻게 수용할 수 있을까 싶다마는.

'가능하겠지. 괜히 공간의 프네우마라고 불렸던 게 아닐 테니까.'

연우는 방주 안쪽에 마련된 공간이 아마 웬만한 스테이지쯤은 쉽게 채우고도 남을 만큼 큰 크기를 자랑할 거라고 예상하고 있었다.

프네우마와 함께 '낮'에서도 손꼽히는 명문 일족이라 불렸다고 하지 않는가.

공간을 상징한다면 그만한 장치쯤은 되어 있겠지.

다만, 연우가 신기했던 점은 방주가 아니었다.

여태 방주가 보관되고 있는 공간이었지.

'아공간…… 아니, 단순히 이걸 아공간이라고 할 수 있을까?'

연우가 방주를 둘러싼 아공간을 둘러보는데, 옆에서 아난타가 설명을 덧붙였다.

"탑의 세계를 빠져나온 이후로, 방주는 여태껏 아공간에 넣어 두고 있었어요. 사실 탈출할 때 외에는 쓰는 방도도 잘 모를 것 같아서…… 그래도 이따금 관리를 위해서 찾아오긴 하는데, 그때마다 놀라곤 해요."

사실 방주가 있는 곳은 단순한 아공간이라고 할 수가 없었다.

별세계(別世界).

기존의 우주나 차원과는 전혀 다른 방식으로 존재하는 세계였다.

하늘이 있고, 해와 달이 있으며, 별이 총총 박혀 있다. 상쾌한 바람이 불고, 풀잎도 흔들렸다. 서 있는 것만으로도 속이 확 트이는 듯한 기분을 주는 곳이었다.

햇살도 따사로워서 가만히 있으면 잠이 절로 올 정도였으니. 그 느낌이 연우에게는 너무나 익숙하기만 했다.

까마득한 세월이 지나면서 이제 가물가물하지만, 그래도 여전히 머릿속에 남아 있는 아련한 감정.

'어머니.'

그런 생각이 드는 것이 단순한 우연일까.

다만, 이 세계에는 시간이 흐르질 않았다.

모든 순환이 자연스럽게 이뤄지고는 있지만, 그게 전부였다. 이곳에서는 무언가가 죽는 일도, 태어나는 일도 없었다. 낮과 밤도 정지된 상태 그대로였다.

"그럼 둘러보시고 말씀주세요."

아난타는 연우가 깊은 생각에 잠겨 있는 것을 보고 홀연히 자취를 감추었다. 바깥으로 통하는 문을 이용해서 지구로 돌아간 것이다.

"아버지."

그의 부름에 스퀴테가 분해되었다가, 인간 형체로 조립되었다.

크로노스는 연우가 무엇을 물으려는지를 잘 알기 때문에 고개를 가로저었다.

『아니. 몰라. 여기에 대해서는 나도 아는 바가 없다.』

연우가 미간을 좁혔다.

"하지만……."

『안다. 네가 무슨 말을 하고 싶은지. 그래도 정말 내가 해 줄 수 있는 말은 그것뿐이구나. 너도 알다시피 나는 내가 프네우마인지 뭔지 하는 것의 후손인 줄도 여태 모르고 있었잖아? 퀴리날레가 무엇인지도 네가 아니었다면 평생 몰랐겠지.』

어머니와 관련된 것이니 아버지가 잘 아시지 않을까 생

각했던 것이지만.

역시나 안일한 생각이었던 걸까.

'하긴…… 아버지와 어머니가 처음에 손을 잡으셨던 것도 사랑이 아닌 정치적인 동맹 때문이었으니. 아버지라고 해서 어머니에 대해 다 아시기는 힘들겠지.'

이 방주는 분명히 어머니가 아버지를 찾아 지구로 넘어오시기 전에 남긴 물건이 분명했다.

곳곳에서 느껴지는 신력이 어머니의 품성과 너무 많이 닮아 있었으니까. 이보다 확실할 수는 없을 것이다.

문제는 어머니가 이것을 왜 남기셨냐는 것인데…….

단순히 탑이 언젠가 무너질 것을 대비해서 자식들 중 누군가가 쓰라고 남기신 걸까?

하지만 그렇다고 하기엔 너무 비밀스럽게 전승되었고, '낮'의 존재들밖에 알지 못했다.

'역시 바이 더 테이블을 방문할 수밖에 없나.'

어차피 연우도 그들을 언젠가 방문하겠다는 약속을 지킬 생각이었으므로, 같이 일을 풀어 나가면 될 것 같았다.

『그보다, 아들아.』

연우는 크로노스 쪽으로 시선을 돌렸다.

『훨씬 손쉬운 방법이 있는데, 왜 너는 굳이 그러지 않고 꼭 돌아가려고 하는 거냐?』

순간, 연우는 전혀 생각지도 못한 곳에서 말문이 턱 막혔다.

하지만 크로노스의 태도는 진지했다.

『예전부터 궁금했던 것이다만, 너는 꼭 네 엄마를 소환해서는 안 된다는 강박이라도 있는 것처럼 행동하던데. 혹시 내 생각이 틀렸더냐?』

"……."

『이 아버지가 못난 나머지 너희 형제들에게 여태 제대로 아비 노릇도 제대로 한 적이 없다만. 그래도 그것만큼은 꼭 물어보고 싶었단다.』

연우는 쓰게 웃고 말았다.

그러다 아주 잠깐 말하기를 주저하다가, 속에 든 감정을 조심스럽게 꺼냈다.

"그 말씀…… 맞습니다."

『뭐……?』

"지금이라도 어머니를 부를 수 있고, 영혼을 찾을 수도 있을 테지만…… 최대한 뒤로 미루고 싶었습니다."

『어째서?』

"아버지도 보시다시피 지금 저희 형제 꼴이 말이 아니지 않습니까."

『…….』

"정우는 크게 다친 상태고, 저도 제대로 된 상태라고 하기 힘드니까요. 게다가 아버지도 사실 크게 다치셨던 적이 있으시니…… 좀 저희 부자(父子)들 꼴이 괜찮아지면 그때 직접 뵙고 말씀드릴 생각이었습니다."

『흠……!』

크로노스는 심사가 복잡한 얼굴이 되어 침음을 내뱉고 말았다.

연우의 생각도 어느 정도 이해가 되었으니까.

사실 그가 연우의 입장이 되어도 크게 다르진 않을 것 같았다.

만약 레아가 그들 부자를 보면 어떻게 생각할까?

모든 게 자신의 탓이라면서 자책하지는 않을까? 어쩌면 못난 어미 때문에 모든 가족이 고생한다면서 몸조차 못 가눌지도 모른다.

레아가 깊은 병에 걸린 이후. 차정우는 그녀의 병을 치료할 약을 찾고자 탑으로 넘어갔다가 그런 일을 겪었고, 녀석을 어떻게든 데리고 나오고자 했던 크로노스도 횡액을 당했다.

연우는 어떻게 말로 표현 못 할 시련들을 여러 차례 겪다가, 겨우겨우 아버지와 동생을 찾아냈다지만. 그래도 여전히 시련은 현재 진행형이다.

더군다나 올림포스에 두고 온 다른 자식들의 상황도 그리 좋은 편이 아니었으니.

그렇다 보니 자꾸만 머뭇거려지게 되는 것이리라.

마음만 먹으면 얼마든지 레아를 사자 소환할 수 있는데도 불구하고, 도저히 그럴 엄두조차 내지 못하는 것은.

『……네 걱정은 어떤 건지 잘 알겠다. 나라고 해서 다르지는 않을 것 같으니. 하지만 모든 게 정리되고 난 뒤에 네 엄마를 부르면, 그때 네 엄마가 받게 될 충격이나 원망은 생각지 않아도 되는 거냐?』

"……."

『네 엄마는 항상 희생만 했던 사람이다. 가족들을 위해서. 그러고도 항상 부족하다고 생각했던 아주 착한 사람이지. 그런데 그런 사람의 가슴에다 더 큰 대못을 박으려는 거냐?』

크로노스는 연우를 잔뜩 노려보고 있었다.

『난 그딴 꼴 절대 못 본다.』

연우는 크로노스에게 무슨 말을 하려는 듯 입을 벙긋거리다 다시 삭이기를 반복했다.

"아버지."

『왜?』

"다른 말씀은 안 드리겠습니다. 다만 이번만큼은 아무것도 묻지 마시고, 그냥 굳게 절 믿어 주시면 안 되겠습니까?"

『……무슨 믿는 구석이라도 있는 거냐?』

"……."

연우는 아무 대답 없이 가만히 크로노스를 바라보았다.

크로노스는 무언가 하고 싶은 말이 많은 눈치였다. 특히 연우가 가진 '생각'이란 게 도통 무엇인지 알 수가 없으니 묻고 싶은 마음이 굴뚝같았다.

한편으로는 불안감이 들기도 했다.

여태 칠흑에서 연우와 계속 같이 있었는데도 불구하고, 그가 그동안 어떤 결정을 내렸는지 도통 짐작이 가질 않았으니까.

더군다나 지금 보이는 태도는 어쩐지 멀리 사라져 버릴 것 같은 느낌을 주기도 했다…….

'아무리 인성이 파탄 난 아들이라지만, 그래도 제 부모 앞에서 그딴 짓은 하지 않겠지.'

크로노스는 일말의 불안감을 털어 버리고, 끝끝내 묻지 못한 채로 깊게 한숨을 내쉬었다.

『그래. 여태껏 네 할 일은 네가 알아서 잘해 왔으니 이번 에도 무슨 생각이 있는 거겠지.』

"감사합니다."

『대신에 이것 하나만큼은 알아 둬라. 만약에 네 엄마…… 아니.』

크로노스가 처음으로 눈에 힘을 잔뜩 주었다.

『내 여자 눈에서 또 눈물을 흘리게 했다간, 내 손에 맞아
죽을 줄 알아라.』

"……!"

연우는 자기도 모르게 피식 웃고 말았다.

아버지에게 이런 강단이 있었었나? 잘 기억은 나지 않았
다.

그래도 최근 들어 우울한 모습만 보이시던 것과는 달라
서 보기 좋았다.

"걱정 마십시오. 그보다 아버지."

『왜?』

"제가 아버지보다 더 센데 어떻게 절 때리시겠단 겁니
까?"

『…….』

크로노스는 아무런 대답도 하지 않았다.

*   *   *

"나와."

츠츠츠—

연우의 간단한 명령에 그림자가 길쭉하게 늘어나더니,

그 위로 쇠사슬에 결박된 제우스가 나타났다.

제우스의 몰골은 도저히 말이 아니었다.

생기란 생기는 모두 빨린 채, 겨우 숨만 붙어 있는 상태. 그 때문에 격도 한없이 쇠락해서 신력 생산도 좀처럼 이뤄지지 않는 상태였다. 당장 숨이 끊어지지 않은 게 용할 정도였다.

『후후. 이게 누구신가. 우리 막내가 아니신가. 그래. 이형이 보고 싶기라도 해서 불렀나 보지?』

그런데도 불구하고, 제우스는 위엄을 잃지 않으려는 듯 연우를 노려보면서 입술 끝을 잔뜩 비틀었다. 부서진 눈알이 피로 번들거렸다.

신의 목소리, 진언(眞言)을 내뱉는 것도 멈추지 않았다. 그래서야 그나마 겨우 남아 있는 신력도 몽땅 소진될 게 분명했지만, 전혀 개의치 않는 눈치였다.

하지만 그런 모습이 더 안타까울 뿐이라, 크로노스는 차마 제우스를 제대로 보지 못하고 고개를 옆으로 돌리고 말았다.

연우도 굳이 아버지에게 흉한 모습을 보여 주고 싶지 않았기에 자신과 제우스만 있는 공간을 별도로 유리시켰다.

"너에게 묻고 싶은 건 많지만, 아버지가 계시니 짧게 몇 가지만 묻고 끝내지."

『흐흐. 언제나 내게 있어서는 지옥과도 같았던 아버지가, 이렇게라도 아버지 노릇을 하시는군.』

"이블케, 어디 있지?"

『물으면 순순히 '예, 이렇습니다요' 하고 대답해 줄 거로 생각하나?』

"아니. 그러진 않겠지. 너도 자존심이 있을 테니까."

『그럼 왜 묻는 거지?』

"확인해 볼 게 있었으니까."

『……?』

제우스는 연우가 무슨 말을 하는지 알지 못해 미간을 좁혔다.

하지만 연우는 제우스에게서 한 발 뒤로 떨어지면서 조소를 날렸다.

"이블케가 어디에 있는지 모르는군. 그와의 연결 고리도 끊어졌고."

그 말에 처음으로 제우스의 낯이 살짝 흔들렸다.

『너, 설마……?』

"영혼은 칠흑에서 비롯된다는 거, 모르나?"

연우의 두 눈은 화려한 황금색으로 빛나고 있는 중이었다.

[용신안]

[화안금정]

[검은 구비타라 — 현자의 눈]

[천안통]

연우는 여태껏 제우스의 영체를 포함해 그를 둘러싼 모든 것들을 꿰뚫어 보고 있었다.

그에게 작용하는 모든 축복이나 가호 따위를 낱낱이 파악하는 것으로도 모자라, 영혼까지 영자(靈子) 단위로 하나하나 파악해 버린 것이다.

이래서야 제우스가 여태껏 쌓은 신화가 통째로 드러날 수밖에 없으니. 거기서 파생된 신위, 신격, 신성 따위가 모조리 노출된 것이나 마찬가지였다.

당연한 말이지만, 권능과 신권도 이미 연우에게 들통났으니, 이후에 그가 운 좋게 재기한다고 해도 더 이상 연우를 거스를 수 없을 게 분명했다.

여하튼.

연우는 제우스라는 '데이터'를 파헤쳐 약점을 모두 파악해 냈고.

연결 고리 중 어디에도 이블케가 닿아 있지 않다는 것을 확인할 수 있었다.

『차연우우우우!』

쿨럭, 쿨럭!

우웨에엑!

제우스는 분노에 젖은 나머지 괴성을 지르다 말고, 갑자기 바닥에다 머리를 처박고서 피를 한참이나 게워 냈다.

하나같이 검게 죽은 피들. 분노가 너무 큰 나머지, 그나마 남아 있던 신력도 역류를 일으킨 것이다.

저대로 둔다면 그냥 죽어 버리고 말 테니, 일단 숨은 붙여 놔야겠지. 연우는 그렇게 생각하면서 제우스를 도로 그림자로 밀어 넣었다.

들어가는 내내 원망하는 눈치가 느껴졌지만, 연우는 전혀 아랑곳하지 않았다.

하아아!

뒤쪽에서 크로노스의 한숨 소리가 들리는 것 같았지만.

연우는 전혀 아랑곳하지 않았다.

때마침 외부로 돌렸던 그림자가 돌아왔기 때문이었다.

이블케에게 던졌던 미끼.

녀석이 가져갔던 두 개의 주선석에 심어 두었던 그림자였다.

「정말이지 아무리 봐도 우리 주인님의 인성은 너무 훌륭

해용!」

그때, 잠시 외출했던 그림자를 받아들인 연우의 그림자
가 크게 출렁거렸다. 재미있어 죽겠다는 듯이 라플라스가
키득거렸다.

그도 그럴 것이, 방금 전에 외출을 나갔다가 돌아온 그림
자가 바로 제우스의 사도, 김범승이었기 때문이었다.

사실 따지고 보면, 이유가 어떻게 되었건 간에 결과적으
로 김범승에게 있어 연우와 세샤 가족은 철천지원수나 다
름없었다.

하필 그들이 방주를 타고 지구로 넘어왔던 시점에 맞닥
뜨려 가족들을 잃어버리고 말았으니까.

그렇기에 김범승은 십 년도 넘는 시간 동안 자신의 존재
를 숨기면서 세샤에게 접근할 만한 기회를 노렸고, 드디어
그 뜻을 이룰 수 있게 되었다.

비록 연우를 만나면서 모든 게 물거품이 되고 말았지만.

그리고 지금은 제우스와 함께 그림자 속으로 빨려 들어
와 한낱 망령으로 영락해 버린 상태였다.

「가만히…… 두지 않을……!」

보통 망령들이 너무 쇠락한 나머지 대부분 생전의 기억을
유실해 버린다는 것을 감안한다면, 김범승은 꽤 특이한 경
우였다. 그는 억지로나마 자아를 유지하고 있는 중이었다.

그만큼 연우에 대한 원망이 아주 깊단 뜻일 테지.

물론, 그런 자아와는 반대로 자유는 없었기에 연우가 부리는 대로 움직일 수밖에 없는 꼭두각시 인형 신세였지만.

그래서 녀석은 그동안 주선석에 붙들린 채로 이블케의 뒤를 밟아야만 했다.

그리고 되돌아온 지금은 보고를 해야 했지만.

끼아아!

「나는…… 말을 하지 않을…… 으아아아!」

연우에게 절대 말하고 싶지 않아 하는 의사와 다르게, 그의 망령은 여태 자신이 보고 겪었던 것들을 전부 사념의 형태로 줄줄이 토해 냈다.

라플라스는 바로 이점을 두고 인성을 운운한 것이었다. 아무리 그래도 자신에게 원한을 가진 이를 이렇게 갖고 노는 게 그리 좋은 일은 아니었으니까.

하지만 사실 연우로서도 어쩔 수 없는 측면(?)은 있었다.

여태까지 그가 모았던 권속들, 부를 비롯한 이들이며 망자 거인, 사룡들은 전부 동생에게 붙여 준 상태.

때문에 당장 그에게 남아 있는 권속은 라플라스가 전부였다. 하지만 라플라스를 주선석에 묻어 두어서야 이블케에게 들키기 십상이니, 비교적 약한(?) 김범승을 이용할 수밖에 없었던 것이다. 당장 그가 소울 컬렉션에 넣어 둔 영혼이 그것뿐이었으니까.

다만 억울한 점이 있다면, 그 역시 김범승의 영혼이 그다지 마음에 차지 않는다는 점이었다.

흔히 신의 사도라면 그 신의 위격에 따라서 사도가 가지는 영격도 달라지기 마련인바. 당연히 제우스의 위격을 생각한다면, 김범승의 영격도 높은 편이어야 했다.

아니, 실제로 꽤 높은 편이기도 했다.

하나, 문제는 그 정도로 연우의 눈에 차기는 힘들다는 점이었다.

여태껏 수많은 신과 악마들을 상대해 오며 그들의 영혼을 강탈해 온 연우다. 사도가 된 지 몇 년 되지도 않은 필멸자의 것이 어디 눈에 차기나 할까.

'빨리 정우를 찾아서 권속들을 회수하든가 해야지, 원.'

일개 망령이 보고 들어서 파악할 수 있는 정보량에도 한계가 있을 수밖에 없으니, 김범승이 가져온 정보도 그리 양이 많거나 질이 좋은 건 아니었다.

단편적으로 분리된 정보 조각이 전부였다.

'이걸로는 부족해. 조금 더 필요하겠는데.'

만약 이곳이 탑이었다면 이런 부분적인 정보를 가지고도 이블케의 위치가 어디인지 빠르게 파악할 수 있었겠지만.

이곳은 탑이 아닌 지구. 그리고 수도 없이 펼쳐진 세계와 차원이 있었다. 이 정도 정보만으로 정확한 좌표를 찾아낸 다는 건 모래사장에서 바늘 찾기나 다름없었다.

'어차피 곧장 녀석이 있는 위치로 갈 생각도 없고.'

연우는 가능하다면 계속 이블케에게 눈을 붙여 둘 생각이었다.

여태껏 녀석이 하던 짓을 봐서는 뜻을 함께하고 있는 동료가 있거나, 배후가 있는 게 분명했다.

이왕에 이블케를 잡을 거면 그들의 본거지를 쳐야겠지.

"계속 감시해."

끼아아!

연우는 손에 붙들고 있던 김범승의 망령을 가볍게 쳐 냈다.

그러자 그림자가 찢어지는 귀곡성을 내뱉으면서 도로 흩어져 사라졌다. 현재 뿌리가 박혀 있는 주선석의 그림자로 귀소한 것이다.

「하여간! 참으로 멋진 인성인 것이에옹!」

라플라스는 그것을 보면서 아주 즐거워했지만.

　　　　*　　　　*　　　　*

"뭔가 재미난 게 있으세요?"

소녀, 사리나 주니오르는 품에 꽃을 잔뜩 안은 채로 쪼르르 달려와 물었다.

얼굴에 검은 재가 덕지덕지 많이 묻어 있긴 하지만 해맑은 얼굴. 특히 양손에 잔뜩 들고 있는 것으로도 모자라, 귀나 머리에도 꽃을 잔뜩 꽂고 있어 진한 향이 강하게 풍겼다.

그녀 자체만 두고 본다면, 두말할 나위 없이 평화로운 광경이었다.

다만, 사리나가 있는 주변은 전혀 그렇질 못했다.

모든 게 엉망이었으니까.

분명히 며칠 전까지만 해도 끝없는 스카이라인을 그리고 있었을 마천루들은 모두 포탄이라도 맞은 것처럼 뼈대만 남아 휑했고.

잘 닦여 있었을 도로는 곳곳이 내려앉아 크레이터가 형성되어 있거나, 그 위로 무너진 건물 파편들이 아무렇게나 쏟아져 있는 상태였다.

더불어 황량하게 부는 바람 속에도 황색 먼지가 자욱하게 섞여 있었으니.

곳곳에 마련된 건물 무덤군에는 부서진 전차나 날개를 잃은 항공기들, 총기류 따위가 널브러져 있었다.

마치 끔찍한 전쟁이라도 벌어진 듯한 모습.

주변 어디에서도 인기척이나 생명체의 흔적이 느껴지지 않았다.

그렇기에 이런 곳에 홀로 있는 8살 난 해맑은 소녀는 이질적으로 느껴질 수밖에 없었지만.

사리나는 그런 것을 전혀 아랑곳하지 않았다.

태어났을 때부터 지금에 이르기까지, 이런 폐허들은 그녀에게 있어 너무나 익숙하기만 했으니까.

약하면 죽고, 강자에게 모든 걸 빼앗기는 것이 당연하다고 여겨지는 세상. 폭력과 억압이 가득한 이곳에서 항상 약자의 위치에 있었던 그녀가, 지금은 강자의 위치로 올라갔을 뿐이었다.

그리고 그건 모두 눈앞에 있는 존재 덕분이었다.

아수라왕.

본명을 발음하기 어려워하던 그녀에게, 그는 자신을 그렇게 부르라고 말하였다.

사리나에게 있어 그는 영웅이었고, 하늘이었으며, 아버지였고, 어머니였다.

아수라왕. 사리나의 영웅인 비마질다라는 명상에 잠겨

있다 말고 천천히 눈을 떴다.

그러다 자신에게 바짝 얼굴을 붙인 사리나를 가만히 응시했다. 별을 박아 넣은 듯 반짝이는 두 눈에는 웃고 있는 자신의 모습이 비치고 있었다.

웃고 있다, 라…….

비마질다라는 그런 자신의 모습이 너무 낯설게 느껴졌다.

그가 웃을 때는 그리 많지 않으니까.

물론 있긴 있었다.

보통 조소나 비웃음을 지어서 그렇지.

하지만 지금 짓고 있는 웃음은 분명히 기쁨에 찬 미소였다.

그러니 사리나, 이 깜찍한 꼬맹이도 신기하다는 듯이 바라보는 것일 테지.

그녀와 함께한 지 1년이 다 되어 가지만, 여태껏 이렇게 웃을 때는 거의 없다시피 했으니까.

항상 '싸움'을 외치면서도, 이 행성에 온 이후로 그리 흥미진진한 싸움을 해 본 적이 없었기에 그는 상당히 욕구 불만인 상태였다.

"재미난 거라……. 그래. 아주 재미난 거지."

"어떤 거예요? 사리나한테도 가르쳐 주세요!"

사리나의 두 눈은 이제 별이 와르르 쏟아지기라도 할 것처럼 반짝였다.

비마질다라와 함께하는 생활은 항상 즐겁지만, 때로는 또래 친구가 없어 심심하기도 하다. 그러니 혹시 재미난 놀이라도 생겼을까 싶었던 것이다.

"친구가 왔단다."

"우와! 아저씨한테도 친구가 있었어요?"

"음! 글쎄. 모르겠구나."

"응? 친구가 왔다면서요. 그런데 그게 무슨 말이에요?"

"나는 그를 친구라 생각한다만, 그는 나를 친구로 생각하는지 모르겠어서 말이다."

"에이! 그런 게 어디 있어요. 친구면 친구고, 아니면 아닌 거지."

"그런가?"

"그럼요!"

비마질다라는 딱 잘라서 말하는 사리나를 보면서 헛웃음을 흘리고 말았다.

세상만사가 그녀의 말처럼 딱 잘라서 말할 수 있는 것이라면 얼마나 편하고 좋을까.

"전 아저씨를 친구라고 생각하는데, 그럼 아저씨는 저를 그렇게 생각 안 하고 있어요?"

그때, 사리나가 앙증맞게 양손을 허리에 얹으면서 내뱉은 소리에 비마질다라는 눈을 동그랗게 뜨고 말았다.

그러다 가만히 '친구'라는 단어를 읊조리면서 고개를 끄덕였다.

"맞지. 나와 너는 친구 사이였지."

"그렇죠? 헤헤헤."

사리나는 엄했던 얼굴에서 다시 밝은 표정으로 돌아가 헤실거렸다.

비마질다라는 그녀가 자신이 대답을 주기 전까지 얼마나 심장이 크게 요동치고 있었는지를 잘 알고 있었다.

불안했던 거겠지. 1년 내내 보호자라고 여기며 따라다녔던 사람이, 자신을 아무렇지 않은 것으로 치부해 버릴까 봐. 또다시 버림을 받을까 봐 두려웠을 것이다.

그녀가 한가득 든 꽃. 저건 그녀와 똑같았다.

뽑혀 버린 나머지 돌봐 주지 않으면 시들고 말 꽃.

비마질다라는 그것을 잘 알기에 사리나의 머리를 가만히 쓰다듬어 주었다.

그러면서 고개를 들어 하늘을 바라보았다.

이 행성의 정 반대편.

그곳에 또 다른 '친구'가 있었다.

"친구, 라."

그를 떠올리니, 다시 입가에 미소가 번졌다.

흥미진진한 미소.

"그래. 우린 친구였지. 그렇게 칼을 겨누었는데 어찌 아니라 할 수 있겠나. 그러니 어서 오게, 친구. 이제야말로 지난번에 이루지 못한 승부를 겨뤄 볼 때가 아닌가."

지구의 대기를 타고 흘러온 칠흑이 피부를 따끔거리게 하고 있었다.

그렇게 멀게 돌고 돌아온 공기가 이 정도일진대, 진짜는 얼마나 더 재미날까?

비마질다라는 곧 찾아올 싸움이 너무 기대되어 미칠 것만 같았다.

*   *   *

탈영병인 '카인'을 협회로 귀속시키겠다.

우지훈 준장은 순간 이야기를 잘못 들은 줄로만 알았다.

"다, 다시 말씀해 주시겠소?"

어느새 공손했던 존대도 흐트러져 있었다.

그만큼 조수아가 방금 전에 내뱉은 말은 아주 충격적이었으니까.

하지만 조수아는 전혀 잘못 들은 게 없다는 듯이 또박또

박 끊어서 말해 주었다.

"탈영병은 군법에 있어 최고 사형까지도 가능한 중죄입니다. 하물며 '카인'은 당시에 아프리카 소말리아 지역에서 중요 비밀 작전을 수행하고 있던 중이었고, 일신상의 불우한 일이 있어 잠시 자리를 비웠던 것이지요. 그런데 그 뒤로 자취를 감추었습니다. 이는 국제법을 어긴 것이라고도 볼 수 있을 것입니다."

"……."

"일급 기밀로 분류되었다고는 하나, 당시 '카인'의 소속이 단순히 한국군이 아닌, 국제 연합군으로 분류되었다는 것을 감안한다면 더더욱 있을 수 없는 일입니다. 해서 저희는 그에게 기회를 주고자 합니다."

"……어떤 기회 말이오?"

"당연히 속죄를 할 수 있는 기회이지요. 다시 돌아와 세계 평화와 안전, 그리고 질서를 위해 적극적으로 협조하겠다는 의사를 보인다면 정상 참작을 해 줄 생각입니다."

우지훈 준장은 지끈거리는 관자놀이를 꾹꾹 눌러야만 했다.

말이야 바른 말이다. 탈영병에 대한 엄벌 조항은 한국군이든 미국군이든 다를 게 없었고, 당시 '카인'이 군에서 차지하고 있던 위치를 생각해 본다면 기밀 유지를 위해서라도 그는 발견 즉시 사살이 가능한 상황이었다.

그런 그가 10년 만에 돌아왔으니 저렇게 이야기하는 것도 틀린 말은 아니지만.

"하지만…… 그게 어떻게 가능하단 말이오?"

문제는 상대가 언터처블이라는 점이었다.

그것도 제우스와 다퉜던.

비록 승부는 곧이어 찾아온 이상한 어둠에 잠겨 알 수 없었지만, 결코 만만치 않은 싸움이 있었던 건 분명했다.

그런 존재를 강제로 귀속시키겠다고?

대체 어떻게?

함부로 대들었다간 한국, 아니, 한반도 자체가 지구상에서 지워져 버릴 수도 있을 텐데?

"그러니 우지훈 준장의 도움이 필요한 것입니다."

우지훈 준장은 문득 든 생각에 주변을 빠르게 훑어보았다. 그리고 안색을 딱딱하게 굳혔다.

어느새 보안 요원들이 그의 주변을 삥 에워싸고 있었던 것이다.

정체는 알 수 없었지만, 조슈아가 특별히 부린다는 협회 직속의 특수 부대, '헬 하운드'가 분명했다.

"……인질극이로군."

"미스터 우는 '카인'에게 있어 친부나 다름없는 존재라

불렸다고 알고 있습니다만, 그렇지 않습니까?"

"그와 나는 단순한 상관과 부하 관계였을 뿐이오."

"그전에 나누셨던 연락이나, 주변인들의 진술은 다르던데요."

'내 뒤를 아주 샅샅이도 뒤졌군. 어제 반찬으로 뭘 먹었는지도 알겠어.'

"여하튼 제 생각은 그렇습니다. 아무리 신격을 갖췄다고 해도, 결국 인간은 인간입니다. 한계가 있을 수밖에 없겠지요. 그리고 실제로…… 외부에 밝혀지진 않았지만, 저흰 탈각을 이루기도 했던 '존재'를 레이드하는 데 성공하기도 했었습니다."

"……!"

"과거에 있었다던 탑의 하이 랭커나 아홉 왕에는 못 미칠 것이나, 저희들은 저희 나름대로 비밀병기를 마련하고 있으니까요. 그리고 무엇보다."

"……?"

"저를 뒷바라지해 주시는 여신께서도 직접적으로 도와주겠다고 하셨었으니, 걱정할 건 없습니다."

"……!"

우지훈 준장은 적잖게 놀란 상태였다.

조슈아의 신은 초월자들의 세계에서도 손에 꼽히는 존재

였으니까. 전쟁뿐만 아니라 지혜와 승리, 심지어 문명까지 주관한다는 그녀가 직접 나선다면 아무리 언터처블이라고 해도 당해 낼 수 없으리라.

하지만.

우지훈 준장은 저들의 자신만만한 태도에서 계속 위화감을 느껴야만 했다.

"……내가 플레이어들의 세계에 대해서는 문외한이나 다름없지만, 그래도 한때 '카인'의 직속상관이었던 몸으로서 한 가지만 경고해도 되겠소?"

"귀담아 경청하도록 하지요."

"'카인'은 그리 호락호락하지 않소. 모두가 불가능하다고 생각했던 것들도, 그가 손을 대면 마치 마술처럼 풀리곤 했지."

"마술이라……. 충고 감사합니다, 미스터 우. 하지만 그 충고를 듣기엔 이미 너무 늦어 버린 것 같군요."

조슈아가 시니컬하게 웃었다.

"이미 저희 측 일원들이 움직였으니 말입니다."

*   *   *

토마스 리.

그는 수하들, '헬 하운드'의 공격대와 함께 망원경을 통해 방금 전에 공략지로 분류된 곳을 바라보고 있었다.

겉보기엔 강남 노른자위 땅에 위치한, 돈이 썩을 정도로 많은 어느 부호의 마당 딸린 단독주택으로만 보였지만.

사실 저곳은 여느 S급 언클로징 게이트에 못지않은 위험성을 내포한 장소였다.

어쩌면 오늘, 남미에서 발발한 초유의 사태, '아수라장(阿修羅場)'에 버금가는 재해가 한국에 벌어질지도 몰랐다.

때문에 현재 주변 일대에서는 지역 주민들의 소개(疏開)가 빠르게 이뤄지고 있는 중이었다. 그 과정에서 빚어지는 혼란이나 항의 같은 것들은 전부 묵살되었다.

그리고 그 빈자리들을 탱크와 같은 기갑 부대들이 도로를 따라 올라와 채우면서 촘촘한 포위망을 형성하고 있는 중이었고.

'작전'이 개시되었다는 말이 들리면, 대기 중인 항공 부대도 곧장 움직일 터였다.

이 모든 게 한 명의 언터처블을 잡으려는 헬 하운드를 지원하기 위해 준비된 것들이었다.

'한국을 도망치듯이 나왔던 내가 이런 위치에까지 오르다니. 후후. 이걸 두고 금의환향이라고 해야 할지, 매국이라고 해야 할지.'

토마스 리는 젊은 시절, 실수로 사업에 실패하고 빚을 잔뜩 진 채로 도망치듯이 한국을 떠나야만 했던 때가 떠올라 저절로 감개무량해졌다.

그때는 혹시 채무자들에게 들키기라도 할까 봐 야반도주를 해야 했고, 미국으로 건너가서도 정체를 들키지 않기 위해 항상 숨어 다녀야만 했으니까.

하지만 그의 인생이 완전히 달라진 건, 바로 10년 전의 '시작의 날' 덕분이었다.

'모든 게 달라졌지. 당시의 일 때문에.'

게이트 때문에 가족과 재산을 잃고, 길바닥에 나앉은 사람들이 많은 반면.

반대로 밑바닥 인생을 전전하다가 한몫을 단단히 거머쥐어 인생 역전을 하는 이들도 많았다.

토마스 리가 바로 그런 케이스였다.

워낙에 많은 사람들이 죽어 나간 까닭에 행방불명자도 많았고, 덕분에 그들의 신분을 몰래 사들이는 것도 쉬웠다.

그 덕분에 그는 '이선웅'이라는 이름을 버리고, '토마스 리'라는 그럴듯한 재미 교포 3세로 신분 세탁을 마칠 수 있었으니.

거기다 뛰어난 각성 자질까지 보유하고 있단 사실을 뒤늦게 알아내면서, 그의 인생은 하루아침에 달라지게 되었다.

조수아의 눈에 띄었고, 그는 토마스 리가 불법 체류자인 것을 알면서도 합법적으로 미국에 머물 수 있도록 도와주었다. 또한, 올림포스의 대신격, 아레스의 사도가 될 수 있도록 주선을 해 주기도 했으니……!

조수아가 모시는 아테나에는 미치지 못하더라도, 아레스 역시 손꼽히는 전쟁의 신.

그의 기상과 전력을 고스란히 전수하는 것만으로도, 토마스 리는 이미 SSS급으로 분류되기에 충분했다.

시작의 날이 열린 이후, 모든 계급 체계가 뒤바뀌어 버린 세계에서 단숨에 최상위 귀족으로까지 발돋움하게 된 것이다.

그러니 토마스 리가 조수아의 충실한 '개'가 되는 것도 당연한 일이었다.

'개의 개라. 그것도 참 우스운 단어이긴 하지만. 이전에는 꿈도 꾸지 못했던 생활들을 즐길 수 있게 되었는데 무엇을 못 할까?'

충견의 충견은 지금도 자신의 처지에 만족하고 있었다.

지금도 마찬가지.

언터처블을 상대해야 한다는 말도 안 되는 난이도의 공략을 해야 한다지만.

사실 그는 크게 걱정하지 않았다.

'어그로, 딜, 힐러, 버퍼…… 전부 부족할 게 없으니까.'

헬 하운드는 협회 산하의 전문 '사냥꾼' 집단이었다.

한번 설정한 목표를 절대 물고 놓치지 않는 사냥개들.

그리고 그런 목표는 같은 인간이라고 해서 다를 건 없었다.

실제로 몇 번씩 비밀리에 임무를 완수해서 협회와 적대적이던 S급 플레이어들을 사고사로 위장해 보기도 했었고, 얼마 전에는 최초로 탈각을 이뤘다고 알려졌던 플레이어를 사냥하는 데 성공하기도 했다.

'그렇게 고고한 척 굴다가 붙잡혔을 때에 짓던 굴욕적인 모습은…… 후후!'

원래대로라면 반신(半神)을 잡는 것은 헬 하운드 전원의 목숨을 걸어도 성공할까 말까 한 수준이었지만, 얼마 전에 그들이 벼려 낸 새로운 무기가 있었기에 가능했던 것이다.

그러니.

토마스 리는 이번 공략도 실패하지 않을 거라고 생각했다.

'무엇보다 우리에겐…… 올림포스도 있고.'

태생이 반골인 토마스 리가 협회에 계속 붙어 있고, 조슈아에게 10여 년 동안 충성을 지속하는 또 다른 이유가 이것이었다.

어느 세력을 가져다 놓아도 그들의 힘을 절대 거스를 수 없으리란 확신이 있었기 때문이었다.

신이 배후로 있다는데, 그것도 사회가 통째로 지켜 준다는데 어느 집단이 협회를 거스를 수 있을 것인가!

토마스 리는 앞으로도 협회를 뒷배로 두고서 '교정' 한다는 명목하에 자신보다도 못한 약자들을 철저하게 짓밟고, 그들의 일그러진 낯을 보는 맛으로 살아갈 생각이었다.

이건 중독되어서는 도저히 끊을 수가 없는 마약이나 마찬가지였으니까.

'여기 있는 언터처블은 또 얼마나 오만하고, 붙잡혔을 때의 표정은 얼마나 일그러질지 벌써부터 궁금하군. 후후후!'

치직, 치지직!

그때, 토마스 리의 옆구리에 꽂아 두었던 교신기가 노이즈를 내면서 목소리를 뱉어 냈다.

[작전, 시작합니다.]

[승인한다.]

[1진, 투입됩니다.]

토마스 리의 허락이 떨어지자, 공략지의 근방에 있던 버퍼 군단이 앞으로 나섰다.

원래대로라면 힐러와 함께 가장 후방으로 물러나 있어야 하는 지원 집단이지만, 지금은 달랐다.

상대가 본격적으로 움직이기 전에 손발을 묶어 놔야만
했으니까.

"〈침묵의 늪〉!"

"〈침묵의 늪〉!"

"〈침묵의 늪〉!"

버퍼들이 일제히 외치는 주문과 함께 공략지 위로 거대
한 마법진이 떠오르더니, 저주가 수도 없이 쏟아졌다.

침묵의 늪은 올림포스의 대신격 중 한 명인 디오니소스
가 협회에 특별히 내려 준 주문으로, 다수의 시전자가 함께
발동하게 되면 권능 급의 위력을 발휘한다.

주변에 피해가 최대한 미치지 않도록 목표 대상이 있는
공간을 따로 분리하고, 임시로 구축된 심상 결계 속에 가둔
다. 그리고 강제로 디버프를 잔뜩 걸어 목표 대상의 힘을
최대한으로 빼 버리게 되는 것이다.

당연한 말이지만, 신의 사회에서도 수위권에 꼽히는 올
림포스의 대신격이 내어 준 것인 만큼, 웬만한 신격들도 이
속에서는 자유로울 수가 없었다.

이전에 붙잡힌 반신도 바로 여기에 당하고 만 것이고.

파아아!

그렇게 헬 하운드를 비롯해 공략지가 따로 구축된 세상
으로 떨어지고.

[2진, 투입.]

뒤에서 대기하고 있던 두 번째 열이 앞으로 나섰다.

그들은 보스 레이드에서 주로 어그로를 담당하는 탱커들이었으나, 일반적인 공략 부대와는 궤를 달리했다.

그들은 저마다 양손에 기다란 쇠사슬을 들고 있었다.

웬만한 사람의 몸뚱이보다도 훨씬 크고 굵직한 쇠사슬. 탱커들 모두 일반 범인들은 생각도 할 수 없는 완력을 지니고 있는데도 불구하고, 겨우겨우 들고 움직이는 게 고작일 정도로 무겁기도 했다.

신진철. 듣기로는 신과 악마들도 이곳에 결박되면 절대 헤어 나올 수 없다던가?

역시나 올림포스에서 내려 준 신물이었다.

여기에 그들이 여러 실험을 통해 개발한 효과들을 부여함으로써 무기의 형태로 만들어 내는 데 성공했으니. 침묵의 늪과 함께 반신을 잡을 수 있었던 가장 큰 공신이 바로 이것이었다.

촤르르륵!

탱커들이 투입되면서 일사불란하게 움직이자, 공략지 주변으로 쇠사슬이 아주 촘촘하게 엮였다. 멀리서 보면 거대한 실뜨기 같기도 했다.

마치 재빠르게 움직이는 쥐를 잡기 위해 덫을 놓는 것처럼. 이것은 토마스 리가 명령을 내린 순간, 언터처블을 잡을 덫이 될 터였다.

[다음. 3진, 앞으로.]

2개의 열로 나뉘어 있던 딜러 중 선열이 움직였다.

그들에게 힘을 주는 이는 역시나 올림포스의 대신격들, 아폴론과 아르테미스였으니. 각각 태양과 달을 관장한다는 이들이었다.

"〈태양의 단죄〉!"

"〈태양의 단죄〉!"

한쪽의 영창이 떨어지면서 하늘에서는 거대한 태양이 떠올라 뜨거운 불길을 이글거렸고.

"〈달의 혹궁(酷弓)〉!"

"〈달의 혹궁〉!"

다른 한쪽에서는 냉기가 잔뜩 집약된 얼음 화살이 무더기로 맺히면서 공략지 주변을 뺑 에워쌌다.

지시가 떨어지면, 태양은 당장 아래로 떨어져 공략지 일대를 단숨에 불바다로 만들어 버릴 것이고.

거기서 살아서 튀어나온 이들은 얼음 화살이 일일이 꿰뚫어 사냥하게 될 터였다.

[4진은 목표가 나타날 때까지 대기한다.]

정석대로라면, 보스 레이드에서 가장 크게 날뛰어야 할

딜러 본진은 이제야 나섰으니.

그들의 얼굴에는 하나같이 자신만만한 기색이 가득했다.

이번 공략도 절대적으로 성공할 것임을 전혀 의심하지 않는 눈치였다.

아니, 오히려 이번에 언터처블을 사냥하는 데 성공함으로써 얻게 될 명망과 보너스를 벌써부터 기대하는 눈치였다.

그도 그럴 것이, 그들 모두 올림포스 소속의 크고 작은 신격들의 사도들이었으며.

치장하고 있는 무구들도 하나같이 협회에서도 전 세계 각지에서 어렵사리 수입한 신물 급 아티팩트들이었으니.

그들의 머릿속엔 '진다'는 개념 자체가 이미 사라진 지 오래였다.

"서둘러서 끝내고 집에 돌아가자고."

"그래. 그리고 오늘 사냥이 성공적으로 끝난다면, 남미 쪽에도 충분히 가능성이 생긴단 뜻이겠지."

"그런데 이렇게까지 준비를 하는데, 언터처블이라면서 어째 나타나질 않아?"

"신진철 보고 벌써 겁먹은 거 아냐?"

심지어 저들끼리 낄낄거리기 바쁘던 그때.

공략지의 문이 열리며 한 여자가 천천히 걸어 나왔다. 그 순간, 딜러들의 수다도 거짓말처럼 뚝 그쳤다. 상대는 그들도 익히 잘 아는 얼굴이었으니까.

세샤는 잔뜩 굳은 표정으로 딜러들을 지나, 저 먼 곳에 위치해 있던 토마스 리를 정확하게 노려보았다.

"이게 대체 무슨 짓이죠, 토마스?"

"오랜만입니다, 차 양. 게이트 브레이크에서 홀로 탈출해 귀가하셨다는 보고는 받았습니다만, 정말 이렇게 만나게 될 줄은 몰랐습니다."

토마스 리의 말에는 뼈가 잔뜩 들어 있었다.

얼핏 게이트 브레이크라는 초유의 사태를 겪고도, 다른 이들을 도와줄 생각도 하지 않고 혼자 도망치기에 급급했다는 식으로 들렸다.

자연스레 세샤의 표정도 딱딱하게 굳을 수밖에 없었다.

"올림포스가 당신들에게 힘을 빌려준 건, 어디까지나 그들을 대신해 지구상에서 빚어질 수 있는 혼란을 잠재우고, 질서와 평화를 유지하라는 훈시에요. 그런데 이렇게 사사로이 힘을 남용하는 건가요?"

"남용한 적 없습니다."

"그럼 지금 이건 대체 뭐죠?"

"위협이 될지 모르는 위험 분자에 대한 대비일 뿐이지요. 저희는 어디까지나 지구인으로서 탈각을 이뤘다는 존재가 있다기에, 평화를 논의하기 위해 찾아왔을 뿐입니다."

"칼을 들고 겁박하는 게, 평화를 위한 것이라구요?"

"말씀드렸잖습니까? 만약의 사태에 대비한 저희들의 방비책일 뿐입니다. 만약 언터처블이 비협조적으로 나섰을 때, 저희로서는 어떻게 곧장 대처할 수 있는 수단이 없으니 말입니다."

세샤는 이를 바득바득 갈았다.

자신들은 어디까지나 정당방위일 뿐이라고 그럴듯하게 포장하여 태연한 투로 지껄이는 토마스 리의 태도가 짜증 났기 때문이었다.

"그보다 궁금한 것이 있습니다. 차 양은 대체 언터처블, 아니, '카인'과 대체 무슨 사이십니까? 정말 그동안 차 양께서 말씀하신 실종 가족이 '카인'이었던 것입니까?"

세샤는 굳이 대답할 필요가 없는 질문에 아무 반응도 보이지 않았다.

그저 조용히 입술 끝만 비틀어 올릴 뿐.

"그거 알아요?"

"무엇을 말씀이십니까?"

"당신들이 멍청하다는 거요. 지금 당신들이 칼을 겨누고 있는 상대가 누군지도 전혀 모르고 있잖아요?"

"무슨……!"

"아테나 언니가 이 사실을 알게 된다면 기겁을 할 텐데. 아니, 토마스, 당신은 아레스 오빠의 사도였으니 그쪽이 더 식겁하려나?"

토마스 리는 인상을 찌푸렸다.

'언니? 오빠?'

마치 친척, 그것도 친한 사촌이라도 부르는 투가 아닌가.

'아이돌이니 뭐니 하면서 언론이고 주변이고 죄다 떠받들어 주다 보니, 정말 자신이 특별한 뭐라도 되는 줄로만 아는군. 리플리 증후군도 아니고, 미치기라도 했나?'

토마스 리는 더 이상 세샤와 대화를 나눌 필요가 없다고 생각했다. 그의 눈에 세샤는 협회가 그동안 필요해서 언론에 내놓은 얼굴마담일 뿐이었다. 때문에 그는 세샤가 제대로 된 플레이어라고 생각해 본 적이 단 한 번도 없었다.

필요가 없어진다면 얼마든지 옆으로 치울 수 있을 인형. 그 이상도 그 이하도 아니었다.

"말이 안 통하는군. 4진은 전원 앞으로. 언터처블이 공략지에서 나오게끔 숨통을 조인다."

치이익!

[아이돌이 방해를 할 때는 어떻게 합니까?]

"방해가 있을 시, 해당 대상을 협회 공적으로 지정하여

사살하도록 한다."

그렇게 딜러들이 앞으로 천천히 움직이면서 압박을 하는 와중에도, 세샤는 비웃음을 멈추지 않았다.

오히려 한층 더 크게 웃을 뿐이었다. 능력은 쓸 생각도 않고 있었다.

그제야 토마스 리도 무언가 이상하다고 생각해 뭐라고 추가 명령을 내리려는데.

찰칵!

공략지, 주택의 대문이 열리면서 한 남자가 천천히 걸어 나왔다.

노골적으로 귀찮아 죽겠다는 듯한 얼굴.

"삼촌! 저 사람들이⋯⋯!"

세샤는 황급히 몸을 돌려서는 마치 부모에게 고자질을 하러 가는 아이처럼 쪼르르 달려가 뭐라고 쪼잘쪼잘 떠들어 댔다.

반면에 토마스 리는 속으로 쾌재를 외치고 있는 중이었다.

남자의 얼굴이 명령을 하달받을 때에 받았던 몽타주와 똑같았기 때문이었다.

'역시나⋯⋯! 지휘부의 추측이 맞았어!'

언터처블의 정체는 정말 '카인'이 맞았던 것이다.

"카인! 우리는 WPCFF에서 나온……!"

토마스 리는 곧장 그에게 뭐라고 말을 하려 했지만.

그보다 먼저 연우가 아주 차갑게 말허리를 잘라 버렸다.

"아레스, 3초 준다. 당장 튀어나와."

토마스 리의 얼굴이 시뻘겋게 달아올랐다.

뭐?

아레스더러, 튀어나와?

아레스는 자신이 모시는 신이다. 비록 스스로가 열렬한 신앙심을 품고 있는 신자라고 생각한 적은 없었지만, 그래도 그는 모시는 신에 대한 자부심이 아주 대단했다.

전 세계에서도 모르는 사람이 거의 없다시피 할 정도로 아주 유명한 그리스 로마 신화에서 단연 가장 높은 자리 중 일석(一席)을 차지하고 있고.

제우스의 수많은 자식들 중에서도 헤라에게서 태어난 적통이기도 하지 않던가.

비록 망나니라는 소문이 있는 것도 사실이었지만, 고대 로마가 한창 이름을 날리던 시절에는 '마르스'라는 이름으로 제우스에 버금가는 신앙을 자랑하기도 했었으니.

그런 아레스를 마치 수하 부르듯이 부르는 모양새에 당연히 부아가 치밀어오를 수밖에 없었다.

세샤도 그렇고, '카인'도 그렇고. 둘 다 올림포스를 너무 쉽게 여기는 것을 보니, 아무래도 단단히 미친 게 틀림없었다.

게이트 브레이크를 겪으면서 뇌에 무슨 이상이라도 생긴 걸까.

"셋."

하지만 연우는 아무래도 상관없다는 듯이, 여전히 싸늘한 얼굴을 한 채로 숫자를 헤아렸고.

토마스 리는 개소리하지 말라면서 한마디를 쏘아붙이려는데.

『뭐야? 왜 이렇게 채널링이 흔들려? 뭐라도 있나? 야! 대체 무슨 일……!』

별안간 낯선 목소리가 골을 뒤흔들었다.

토마스 리는 눈을 동그랗게 떴다. 여태껏 명색이 사도가 되고 나서도, 단 한 번도 들어 보지 못했던 신의 목소리가 아닌가!

다른 사도들은 모시는 신과 줄곧 잘만 이야기를 나눈다고 들었지만, 그는 그동안 신탁이나 계시를 따로 받은 적이 없었다. 하지만 토마스 리는 그것을 나쁘게 생각한 적이 없었다.

신께서 그를 시험하시는 것으로만 여기고 있었으니까. 그런데 드디어 지금 이 순간 듣게 된 것이다.

처음에는 순간 다른 놈이 수작질을 부리는 건가 싶었지만, 토마스 리는 직감적으로 알 수 있었다.

이 목소리는 자신이 모시는 신, 아레스의 것이 분명하다는 것을.

채널링이 강하게 떨렸고, 무엇보다 영혼이 울리고 있었다.

신께서 분노하고 있음이라!

그래서 곧장 신명을 더럽히고자 하는 저 무엄한 작자에 대해서 고자질을 하려는데, 갑자기 아레스가 투덜거리다 말고 도중에 말을 멈췄다. 아주 잠깐이지만 적막이 흘렀다.

무슨 일이라도 있나 싶어 채널링에 집중하는데.

딸꾹!

아주 미약하게나마 그런 소리가 들렸다.

'따, 딸꾹?'

무언가 전혀 생각지도 못한 곳에서 화들짝 놀랐을 때 보통 저러지 않던가.

"둘."

『저, 저, 저, 저 양반이 왜, 왜, 왜, 저, 저, 저기에 있어? 부, 분명히 깨, 깨, 깨어나면 우리가 알 수 있게 아테나 사도한테 마, 마, 말해 놨었……!』

'시, 신이시여?'

아레스는 마치 절대 만나서는 안 될 존재라도 만난 것처럼 목소리가 격하게 떨리고 있었다. 토마스 리는 채널링을 통해 아레스가 느끼는 감정을 정확하게 읽을 수 있었다.

경악.

충격.

공포.

'시, 신이시여?'

워낙에 심한 감정적 동요이기에 토마스 리도 똑같이 거기에 휩쓸릴 수밖에 없었다.

이대로 있다간 정신이 통째로 날아갈 판이라, 토마스 리는 아레스에게 왜 그러냐면서 그의 이름을 불렀지만. 아레스의 귀에는 사도의 애타고 간절한 목소리가 전혀 들리지 않는 듯했다.

"개긴다, 이거로군. 좋아. 하나."

그런 와중에도 카운터는 착실하게 떨어지고 있었고.

『으아아아아아!』

아연실색한 아레스의 비명이 골을 거칠게 흔들더니, 갑자기 채널링이 격하게 울리면서 또렷해졌다. 토마스 리의 정신이 뒷전으로 밀려나면서 거대한 영혼이 그의 몸을 대신 차지했다.

강신(降神)!

화아악, 하면서 강풍이 불어닥쳤다. 거대하고 웅장한 신력이 내려앉으면서 토마스 리의 주변에 있던 플레이어들은 하나같이 경악성을 내뱉었다.

"시, 신이 내려온다!"

"갑자기 여기서?"

"대장의 신이라면 아, 아레스잖아? 아레스가 나타난다고? 대체 왜……?"

하지만 그런 여러 의문들을 뒤로한 채, 토마스 리의 머리 위로 떠오른 배광이 한껏 빛을 뿜어 댔다가 빠르게 사그라졌다.

헬 하운드의 플레이어들은 긴장한 기색으로 침을 꼴깍 삼켰다. 몇몇은 환희에 젖기도 했다.

아무리 만반의 준비를 했다고 하더라도, 신께서 직접 도와주신다면 승부는 완전히 달라지는 법이었으니까. 그들은 모두 승리를 한층 더 확실히 장담하고 있었다.

이제 곧 그들의 신께서 저 시건방진 작자를 혼내 주시리……!

"영……!"

『스토오오옵!』

연우가 마지막 운을 띄우려는 순간, 토마스 리가 펄쩍 뛰어오르더니 연우 앞으로 넙죽 엎드렸다. 아니, 정확하게는 토마스 리의 몸뚱이에 빙의한 아레스였다.

『아, 아레스가 신 차연우 님을 뵙……!』

"늦었어."

아레스가 허겁지겁 뭐라고 소리를 치려 했지만, 이미 연우의 입술 끝은 더 크게 비틀리고 있었다.

그리고 가볍게 허공에다 손을 흔들었다. 마치 파리를 내쫓기라도 하듯이.

하지만 결과는 절대 가볍지 않았다.

콰아아앙!

『꾸에에엑!』

갑자기 땅에서부터 그림자가 거칠게 일어난다 싶더니, 그대로 아레스를 거칠게 후려쳤다. 아레스는 돼지 멱 따는 소리를 내면서 저만치 튕겨 나 데구루루 바닥을 굴러야만 했다.

"……"

"……"

"……"

한편, 그 광경을 지켜보고 있던 플레이어들은 하나같이 넋이 나간 표정이었다.

우, 우리들이 대체 지금 뭘 본 거지?

혹시 환각이라도 보고 있는 걸까?

모두 그런 표정이었다.

하나 당연한 말이지만, 이 별도로 유리된 공간에서는 그런 환각 따윈 절대 있을 수 없었다.

"역시 3초 준다. 선착순 다섯 명, 실시."

콰릉, 콰릉, 콰르릉!

쿠쿠쿠쿠—

['헤라클레스'가 강림합니다!]

['디오니소스'가 강림합니다!]

['아폴론'이 강림합니다!]

['아르테미스'가 강림합니다!]

['카리테스'가 강림합니다!]

이제 플레이어들은 넋이 나가다 못해 완전히 영혼이 빠져 있었다.

지금 벌어진 것은 단순한 강신이 아닌, 신이 직접 인과율을 소모해서 하계에 몸소 내려오는 강림이었으니까.

하나같이 옆에 서 있는 것만으로도 피부가 곤두설 것 같은 강렬한 영압을 뿜어 대고 있었지만…… 문제는 그들이 전부 허겁지겁 달려와서는 연우 앞에서 넙죽 엎드린다는 점이었다.

올림포스는 협회를 비호하며 지구의 질서를 바로잡는 데

가장 앞선다고 알려진 선신(善神)의 사회.

당연한 말이지만, 그들의 도움을 가장 많이 받은 헬 하운드는 대부분이 올림포스의 열렬한 신도들이었다.

그런 곳의 대신격들이 저렇게 고개를 조아린다고……?

더 큰 문제는.

[모모스가 강림합니다!]
[에리스가 강림합니다!]
……

그 뒤로도 올림포스 신들이 줄줄이 허겁지겁 나타난다는 것이었으니.

어느새 그들이 있는 공간은 엄청난 영압에 짓눌려 짜부라지고 있었다.

하지만 연우는 아주 당연하다는 듯이 그들을 둘러보면서 뒤늦게 나타난 이들에게 짤막하게 말했다.

"카리테스 뒤로 나타난 놈들은 전부 집합. 앞서 온 놈들은 열외다."

그 말에 모모스 등은 안색이 파리하게 질렸고.

카리테스 등은 안도에 찬 한숨을 내쉴 수 있었다.

＊　　　＊　　　＊

"원산폭격 실시. 자세 흐트러지거나, 신력 쓰는 기미가 조금이라도 있으면 그림자에 들어가고 싶은 걸로 알지."

"으어어……!"

"어어……!"

연우의 명령에 따라 올림포스 신들이 전부 얼차려를 하는 광경은 놀랍다 못해 충격적이었다. 플레이어들은 그냥 이대로 기절이라도 하고 싶은 심정이었다.

그들은 이런 상황에서 대체 뭘 해야 할지 좀처럼 방향을 잡지 못했다. 물론, 이미 연우를 어떻게(?) 해 볼 생각 따윈 지운 지 오래였다.

　—왜? 계속 해 보려고? 뭐, 그것도 그것 나름대
로 좋지만.

연우가 그들을 시니컬하게 바라보면서 던졌던 한마디는 경기를 일으키게 만들기에 충분했으니까.

연우는 그렇다 치더라도, 까딱하다간 올림포스와 단체로 전쟁을 치르게 될 처지였기 때문이었다. 이미 그들을 노려보는 올림포스 신들의 시선은 하나같이 살벌하기 짝이 없었다.

물론, 전쟁이 벌어진다면 그건 '전쟁'이란 단어로 끝낼 수 없을 터였다. 그냥 지구 멸망이겠지.

그렇기에 헬 하운드는 즉각 무장을 해제하고, 올림포스 신들의 얼차려가 어서 끝나기를 애타는 마음으로 기다릴 수밖에 없었다.

그리고 한편으로는 궁금했다.

연우의 정체가 대체 무엇인지…….

분명히 신원은 실종된 '카인'이 맞는 것 같은데, 어째서 올림포스 신들이 저렇게 숙이고 들어가는지 도통 이해할 수가 없었던 것이다.

그들의 상식으로, 필멸자와 초월자 사이에는 까마득한 격의 차이가 있고, 때문에 초월자들이 한낱 인간에게 저처럼 벌벌 기는 건 있을 수 없는 일이었기 때문이었다.

아마 이 사실이 협회에 들어가게 된다면.

그리고 세상에 알려지게 된다면 대체 어떤 파란이 일어나게 될지.

그들로서는 도저히 짐작도 할 수가 없었다.

물론, 여기서 살아 나가는 것부터가 급선무일 테지만.

한편.

헬 하운드를 끌고 온 토마스 리는 정말 죽음의 위기를 느끼고 있는 중이었다.

『원래대로라면 세상에 있는지도 몰랐을 버러지 같은 새끼가……! 뭐? 감히 누굴 건드려? 정녕 네가 뒈지고 싶은 것이냐?』

연우 때문이 아니었다.

여전히 그의 몸을 차지하고 있는 아레스 때문이었다.

아레스에게서 풍기는 살의가 너무 지독하게 끓고 있는 나머지, 토마스 리의 영혼은 금방이라도 짜부라질 것처럼 위태롭게 흔들렸다.

그만큼 아레스는 크게 격노하고 있었다.

한낱 인간 때문에 연우를 자극하고 만 꼴이 되었으니까.

십 년 전의 연우만 하더라도 신왕의 업을 이어 쉽게 범접하기 힘든 존재였건만.

칠흑의 힘을 흡수하고 눈을 뜬 지금은 대체 격이 어디까지 닿아 있을지 도무지 짐작도 가질 않았다.

물론, 그 역시 사도이니 연우의 격이 높아지는 만큼 긍정적인 효과를 얻게 될 테지만, 반대로 그만큼 더 단단히 종속될 수밖에 없다는 한계도 있었다.

'으, 으어어……!'

그 때문에 토마스 리는 어느샌가 이성이 완전히 날아가, 사실상 백치가 되어 버린 상태였다.

『하여간 두고 보자. 이 일은 추후에 따져 물을……!』

물론 그렇다고 해서 녀석을 가만히 내버려 둘 아레스가 아니었으니, 분노를 여전히 토해 내고 있었지만.

저대로 있다간 영혼이 아예 소멸하겠다 싶을 때 즈음, 그와 1대1 대면을 하고 있던 연우가 입을 열었다.

"······그러니까 그동안 올림포스가 협회인지 뭔지를 지원했던 게, 지구의 혼란을 잠재우기 위해서였다고?"

『그, 그렇습······!』

"진언이 아니라 육성으로 직접 말해. 귀 울리니까."

"그렇습니다!"

아레스는 벌떡 자리에서 일어나서 고개를 마구 끄덕였다.

"누가 일어나랬지?"

"헙!"

아레스는 다시 조용히 엎드려뻗쳐 자세로 돌아갔다.

그런 녀석을 보면서 연우는 가볍게 혀를 찼다.

아난타로부터 대충 그동안 무슨 일이 있었는지 듣긴 했다지만, 그래도 천계의 동향에 대해서는 듣지 못했었는데 이제야 확실하게 알게 된 것이다.

대탈주가 이뤄진 뒤. '밤' 은 지속적으로 이쪽 우주로의 진입을 시도했고, 차정우를 중심으로 한 '낮' 은 그들에 대한 항쟁을 벌이기 시작했다.

그리고 올림포스는 연우의 의지에 따라, 그리고 초대 수장이었던 우라노스의 유지에 따라, '낮'에 가담하게 되었으니.

하지만 그러면서도 그들은 연우가—정확하게는 칠흑왕이 잠들어 있을 거라고 짐작되는 지구를 보호하기 위해 애를 쓰기도 했다.

물론, 그들은 '밤'과의 전쟁에 집중해야 하는 까닭에 지구를 신경 쓸 겨를이 없었던바.

그러던 중에 협회라는 곳이 지구의 질서를 잡으려고 나름 애를 쓰는 듯 보이자 지원을 해 주었던 것이다.

이래저래 직접적으로 난리를 칠 신과 악마들을 전부 막지는 못하더라도, 최소한 게이트는 감당할 수 있도록.

그리고 한편으로는 그들에게 연우와 관련된 존재, 혹은 흔적이라도 발견된다면 즉시 알리라고 신신당부를 해 두기도 했다.

'그런데 이걸 이놈들은 올림포스가 날 노린다고 생각하고, 대신해서 레이드를 하려 했다 이거지?'

올림포스로서는 일개 신도와 사도들에게 연우와의 관계에 대해서 자세히 설명해 줄 필요가 없으니 그렇게만 말한 것일 테지만.

스스로를 '신의 선택을 받은' 특별한 존재라고 착각하기

십상인 인간들로서는 주제 파악이 늦어질 수밖에 없기도 했다.

하지만 덕분에 연우는 그동안 이해가 가질 않았던 것들이 단번에 이해가 되는 것 같았다.

다만, 찝찝한 점이 있다면.

"그러니까…… 게이트라는 것이 생기고, 이상한 시련들이 우후죽순처럼 나타난 게 전부 칠흑의 잔향이 묻어서 생긴 거다, 이 말이지?"

"그, 그렇습니다! 문제는 이런 현상이 이곳 지구뿐만 아니라, 여러 행성이나 문명들에서 동시다발적으로 벌어지고 있단 점입니다."

"음."

아레스는 연우가 뭔가 탐탁지 않는다는 듯 미간을 찌푸리자 다시 조바심이 들었지만.

연우는 다른 생각에 잠겨 있었다.

눈을 떴을 때부터 지구가 왜 이렇게 자신이 전혀 생각지도 못한 방향으로 이상하게 변해 있나 싶었는데.

'이렇게 개판이 된 게 전부 나 때문이라, 이거지?'

그런 생각이 드니.

조금 미안했다.

Stage 87.
아수라장

연우는 만약 샤논이 있었다면 '악어의 눈물'이라며 조롱했을 게 분명한 죄책감을 금세 접어 버렸다.

어차피 이런 일에 대해 길게 생각하는 건 그답지 않은 일이었으니까.

너무 오랜 세월 동안 칠흑에 젖어 감각이 많이 무뎌져서 그런가.

사실 그가 정말 미안한 대상은 세샤와 아난타가 전부였다.

괜히 칠흑의 파편 때문에 자신을 십 년도 넘는 시간 동안 온갖 고생을 다 하면서 찾아야만 했었으니까.

"그런데."

연우는 여전히 얼차려를 하기 바쁜 올림포스 신들을 쓱 둘러보다가 고개를 갸웃거렸다.

"아테나는 왜 여태 보이질 않는 거지?"

다른 대신격들은 보이는 데 반해, 아테나만 부재중이었던 것이다.

그러고 보면 아테나는 수석 사도이니만큼, 영적인 측면에서 보자면 그와 가장 긴밀한 관계라고 할 수 있었다.

그러니 자신이 눈을 떴을 때 가장 먼저 알아차려야 하는 것도 바로 아테나였다.

하지만 다른 사도들과 마찬가지로, 아테나는 전혀 그의 존재를 눈치채지 못하고 있는 듯했으니.

아니, 연우 쪽에서도 아테나에 대한 건 감지되는 것이 거의 없었다.

분명히 채널링은 살아 있었다. 심지어 또렷하기까지 했다.

문제는 그 너머에서 무슨 일이 벌어지고 있는지를 도무지 알 수가 없다는 점이었다.

본래 사도의 사념이나 심리 따윈 신이 금세 읽어 들이기 마련인데……. 아니면 사도의 행방에 대해서라도 쉽게 정보를 얻을 수 있어야 하는데 그것마저 어려웠다.

보통 이런 경우에는 신과 사도 간의 채널링이 방해를 받는 중일 가능성이 많지만, 또 그런 것도 아닌 듯했으니.

　대체 무슨 일이 있는 건지 궁금해질 수밖에 없는 것이다.

　"그, 그것이…… 으어어!"

　"음. 그림자에 들어가고 싶나 보지? 진즉에 말하지 그랬나. 하긴. 매번 이래저래 골치 아픈 일만 터지는 바깥보단 어둠 속이 좀 더 낫지?"

　「오오오! 그럼 저한테 이제 친구가 생기는 건가용! 제가 참 맘에 들어용!」

　"……허, 헙! 아, 아닙니다! 정정하겠습니다!"

　아레스는 아테나 이야기를 하면서 은근슬쩍 자세를 풀려다 말고, 연우가 아무렇지 않게 던진 한마디에 식겁을 하면서 곧장 각지게 자세를 바로잡았다.

　자신의 눈앞에서 아른거리는 연우의 그림자가 유난히 불길하게 느껴졌다.

　라플라스가 어떤 변태인지 몇 번씩 보기도 하지 않았던가. 아레스는 자칫 저런 놈의 옆에 갈 수 있다는 생각이 드니 온몸에 소름이 돋는 것 같아 정신을 똑바로 차리기로 마음먹었다.

　"그래서. 아테나는 뭘 하고 있다고?"

　"디, 디스 플루토와 함께하고 있습니다!"

"디스 플루토?"

전혀 생각지도 못했던 말.

연우의 눈이 살짝 커졌다.

"예! 아무래도 '밤'과 전쟁을 치르는 데에 자신이 나서야 하지 않겠냐면서……."

"흠. 그런 거로군."

연우는 쓰게 웃고 말았다.

그제야 아테나의 생각이 무엇인지 알아챘던 것이다.

아테나는 전신(戰神)이기에 앞서 군신(軍神)으로서의 위상이 더 강하다.

가지고 있는 힘보다, 머릿속에 담고 있는 지략과 지혜가 훨씬 대단하다는 뜻이었다.

단순히 전장에 서는 것만으로도, 병사들과 함께하는 것만으로도, 그들에게 막대한 효과를 실어 주니.

아군에게는 절대적인 사기와 승리를 향한 전략을, 적군에게는 위협적인 압박과 패배로 몰아넣는 함정을 선사하기 때문이었다.

디스 플루토는 연우의 권속으로서 한창 '밤'과 전쟁을 치르고 있는 중이니, 아테나가 그 전장을 지휘하고 있는 모양이었다.

'그러고 보니…… 현재 '낮'에는 정우를 중심으로 한 내

권속들과 아가레스의 르 인페르날, 그리고 미카엘이 중심이 되는 말라흐가 있다고 했었지. 그 외에 올림포스와 니플헤임이 2군을, 그 옆을 천교가 간간이 도와주고 있는 형태고.'

그렇게 복잡한 전장을 진두지휘하려면 웬만한 능력으로는 안 되겠지. 아마 아테나가 가장 중심이 되어 있을 게 분명했다.

"더군다나 지금은 '낮'의 본영과 저희도 연락이 끊어진 상태라⋯⋯."

아레스의 말에 따르면, 현재 '낮'의 중심이 되는 이들은 차정우와 함께 적진 깊숙한 곳까지 침투해 작전을 수행하고 있는 중이라고 했다.

차정우가 오랫동안 아내와 딸에게 연락을 넣지 못했던 것도 그 탓이었으니.

아테나와의 채널링이 또렷하면서도, 아무것도 감지되지 않는 것도 바로 그런 이유 때문이었다.

이쪽 우주를 넘어서 저쪽인 타계(他界)로 넘어가기라도 했다면, 연우가 읽어 들이지 못하는 것도 무리는 아니었다.

아무리 연우가 칠흑의 힘을 품고 있다 해도 이쪽 우주에 육체를 두고 있는 이상, 전혀 다른 법칙이 작동하고 있는 타계의 정보를 받아들이는 데는 한계가 있기 때문이었다.

'그럼 그쪽까지 인지 영역을 확대하면 될 일이지.'

하지만 사실 따지자면, 그마저도 연우에게는 그다지 어려운 일은 아니었다.

애당초 그는 인지 영역을 아주 좁은 범위로 축소시키고 있었으니까.

괜히 넓혀 봤자 쓸데없는 정보만 과다하게 들어와 이들을 처리하는 데 정신이 받는 압박이 커질 뿐이니, 평소에는 일부러 꺼 두고 있었던 것이다.

하지만 이것을 다시 온전히 작동시켰을 때에는 이야기가 달라진다.

애당초.

그는 이미 칠흑을 절반 이상 손에 넣으면서 우주와 차원의 한계 따위.

그리고 '낮'과 '밤'처럼 '안'과 '밖'의 구분 따위.

진즉에 없어진 상태였으니까.

그렇게 연우가 천천히 자리에서 일어나고.

"으, 음……?"

아레스는 한순간 달라진 연우의 분위기에 살짝 놀라면서 주춤거렸다. 혹시 자신이 무슨 실수라도 했나 싶었기 때문이었다.

하지만 연우는 그가 아닌 하늘을 올려다보고 있었다.

뭘 하려는 걸까? 어쩐지 아레스는 연우에게 쉽게 다가갈 수 없는 강한 위압감을 느끼고 말았다.

분명히 별다른 기세를 뿌리거나, 신력을 유동하고 있는 게 아닌데도 불구하고.

지금 이 순간, 아레스의 눈에 연우는 전혀 다른 존재로 느껴지고 말았다.

아주 멀고, 아득하면서도.

너무 거대하기에 범접할 수 없을 것 같은.

반대로 그렇기에 어디로 고개를 돌려도 항상 어디에나 존재하는 달처럼 고고한.

그런 존재.

지금 이 순간.

올림포스 신들이 만들어 내는 영압도.

이쪽으로 쏠리는 수많은 초월자들의 시선도.

지구라는 칠흑왕이 잠든 장소가 가진 무게도.

모두 사라지고 없었다.

오로지 연우라는 존재만이 있을 뿐.

아레스는 알고 있었다.

이런 존재를 가리킬 때 쓰는 말을.

'황(皇)!'

천마와 마주쳤을 때. 아득한 태곳적부터 존재했다던 우마왕을 마주쳤을 때. 그리고 초월과 함께 한순간에 사라지던 무왕을 봤을 때.

그럴 때나 받았던 느낌이, 연우에게서 풍기고 있었다.

그리고 그런 느낌을 받은 건, 다른 올림포스 신들도 마찬가지였다.

그들 모두 얼차려를 유지해야 한다는 생각조차 잊은 채, 멍하니 연우를 바라보기만 했으니.

"무, 뭐지?"

"이, 이, 이건 대체……!"

"이, 있는데 보이질 않아! 어떻게 된 거야?"

"여기에도…… 저기에도 있는 것 같고…… 아아아악!"

헬 하운드의 플레이어들은 오히려 연우가 주는 존재감에 완전히 압도된 나머지 정신적 혼란에 휩싸이고 말았다.

그들의 하찮은 격으로 연우를 강제로 인지하려고 하니, 당연히 영혼이 혼선을 겪을 수밖에 없었던 것이다.

그들에게 연우는 주변 어디를 둘러봐도 존재하는 전지(全知)하고 전능(全能)한 존재로만 비칠 따름이었다.

[7차 용체 각성]

[권능 전면 개방]

[하늘 날개]

연우는 붉고 검은 날개를 활짝 펼쳤다. 날개는 커지고 커져서 상공을 뒤덮고, 유리된 공간을 넘어 지구를 단번에 뒤덮었다.

이에 지구에 있는 사람들 모두는 갑자기 찾아온 개기 일식(皆旣日蝕)에 놀란 나머지 바깥으로 뛰쳐나와 하늘을 보며 경악했다.

연우의 확장된 인지 영역은 지구를 벗어나, 140억 광년도 훨씬 넘는 우주를, 그리고 그 너머에 있는 다른 우주군(宇宙群)을, 여러 차원들을 줄줄이 지나 '밤'이 있는 타계에까지 단번에 닿았다.

그리고.

그 속에 있는 모든 것들을 한꺼번에 수용했다.

연우는 '자신'의 안에 있는 모든 것들을 읽어 들일 수 있었다.

칠흑이 깨어나려 하면서 각지에 퍼져 나갔던 파편들과 혼란들, 헤아릴 수도 없을 만큼 많은 지성체와 존재들이 보내는 시선들. 사념들. 행동들이 있었고.

그중에는 탑에서 겨우 빠져나왔기에 이제 막 자유 아닌 자유를 만끽하고 있던 여러 초월자들의 사회도 있었다.

그들이 하늘을 보면서 뭐라고 소리를 질러 대는 것이 느껴졌지만, 연우는 굳이 그것들을 귀담아듣지 않았다.

그의 존재를 느끼고 경악하거나 놀라는 소리인 것 같긴 했지만…… 애당초 이제 연우에게는 신과 악마들도 인간이나 외뿔부족 같은 피조물과 다를 바가 없이 느껴졌기 때문이었다.

그네들끼리는 초월자니 필멸자니 하면서 계급을 두고, 뭐라도 된 것처럼 어깨를 으쓱거리며 우쭐댄다지만.

연우의 시선에서는 초월자들도 그냥 이 세계에서 살아가는, 덩치가 조금 큰 개미일 뿐. 저들끼리 누가 더 낫고 낫지 않은지를 겨루는 게 우습게만 느껴질 뿐이었다.

그리고.

아. 버. 지.
깨. 어. 나. 셨.

연우를 눈치챈 초월자들과 마찬가지로, '밤'에서도 연우의 존재를 하나둘씩 알아차리고 있었다.

그중 유일하게 연우에 '맞설' 수 있을 경계의 거주자만
이 거대한 '눈'을 활짝 열면서 말을 걸어올 뿐이었다.

하. 지. 만.

아. 버. 지. 로. 부. 족.

그. 래. 도.

아. 버. 지. 맞.

꿈. 은. 왜. 저. 물. 지. 않.

경계의 거주자는 연우라는 존재를 대면하고 상당히 갈팡
질팡하는 눈치였다.

그를 제대로 된 칠흑왕이라고 인식을 해야 할지 말아야
할지, 그리고 왜 아직까지 이번 '꿈'이 꺼지지 않는지에 대
해 여러 의문이 복합적으로 뒤섞이는 모양이었다.

연우는 피식 웃음을 흘렸다.

단순히 인간으로만 있을 때에는 너무 멀게만 느껴지고,
반드시 처치해야만 하는 적으로만 다가왔었건만.

그래도 꼴에 칠흑왕에 가까워졌다고 이제는 녀석이 조금
친근하게 느껴졌던 것이다.

물론, 그렇다고 해서 방심하지는 않았다.

경계의 거주자는 아직까지 그에 대한 적아 판단을 마치지 않아서 그런 것일 뿐, 아주 오랫동안 잠든 칠흑왕을 대신해서 '밤'을 이끈 수장이었다.

말이 부왕일 뿐이지, 가진바 권능과 격만 따진다면 이미 황 급이라고 봐도 무방했다.

연우는 가만히 입을 열었다.

『곧 찾아가지. 그러니 그때까지 기다려.』

물론, 그렇다고 해서 연우가 그를 경계할 이유 따위 없었다. 적아의 기준이 서지 않은 것은 그도 마찬가지였으니, 굳이 약한 모습을 보여 줄 필요는 없었던 것이다.

오히려 이럴 때일수록 연우는 칠흑왕으로서의 자세를 보일 생각이었다.

경계의 거주자는 그 말을 듣고도 한참 동안이나 아무런 답변을 하지 않았다.

녀석에게서 수많은 사념들이 복잡하게 얽히고설키는 것이 보였다. 어떻게 이 말을 받아들여야 할지 내적 충돌이 많은 모양이었다.

알. 겠.

기. 다. 리. 겠. 습.

경계의 거주자는 일단 한발 물러서기로 결정했다.

아직까지 연우와 제대로 대화를 나눈 게 아니니, 보다 확실한 판단은 그 뒤에 내려도 충분할 거란 결론에서였다.

우우우, 우—

구슬픈 울음소리와 함께 경계 거주자의 '눈'이 닫혔다.

그리고.

그 아래 후퇴하는 '밤'과 그들에 맞서 싸우다 말고 무슨 일인지 몰라 당황해하는 '낮'이 보였다.

그 속에 차정우가 정확하게 이쪽을 보았다.

『형……?』

전혀 생각지 못한 곳에서 갑자기 익숙하면서도 낯선 시선을 만나게 되니 당황해하는 기색이 역력했다.

피식.

연우는 동생만이 들을 수 있을 정도로 작게 웃음소리를 내고는.

천천히 입을 열어 새로운 용언을 외쳤다.

"돌아오라."

그 순간.

지구와 전 우주 각지에 흩어졌던 칠흑의 파편들이 귀소를 위해 꿈틀거리기 시작했다.

[그동안 메인 시스템의 오류로 인해 적용 중이던 임시 운영 체제의 모든 기능을 정지합니다.]

[새로운 운영 체제가 작동합니다.]

……

[비교 기능이 복원되었습니다.]

[연산 기능이 복원되었습니다.]

[판단 기능이 복원되었습니다.]

……

[중앙 정보 처리 장치의 정상화로 인해 정보 수집 및 해석에 새로운 요소가 도입되었습니다.]

[서버와 클라이언트 사이에 네트워크가 활성화되어 시스템이 전면 재가동합니다.]

……

[첫 번째 명령을 수행합니다.]

……

[외부로 노출되었던 칠흑의 파편들을 수거합니다.]

[모든 게이트가 닫힙니다.]

[모든 시련이 정지됩니다.]

[모든 플레이어 지원 기능이 전면 중단됩니다.]

'이 '꿈'이 계속 오래 이어지게 하려면…… 일단 우주에 남은 칠흑의 잔상부터 전부 거둬들여야겠지.'

연우가 현인을 두고서 이 세상에 돌아오기로 마음을 먹은 이유는 단 하나.

사라진 동생의 영혼을 찾아야 한다는 사명감도 있었지만.

그와 가족들이 평화롭게 살아갈 수 있도록 모든 것을 '정리'해야겠다는 생각 때문이었다.

그리고.

그것을 위한 가장 첫 번째 일환은 아주 간단했다.

언제 끓어오를지 모르는 칠흑을 전부 거둬들이는 것.

물론, 그래서야 시작의 날처럼 또 한 번 커다란 사회적 충격이 있으리란 것도 잘 알고 있었다.

현재 지구인들을 비롯한 여러 지성체들에게 있어 게이트가 가지는 의미는 여러 가지로 남다를 테니까.

게이트 브레이크와 몬스터 웨이브를 버티지 못하고 멸망한 곳도 있지만, 그와는 반대로 극복해 내고 상생을 시도하거나, 오히려 전화위복으로 새롭게 번영을 시도하는 곳도 있었다. 지구는 바로 후자에 해당하는 몇 안 되는 곳 중 하나였다.

그러니 게이트를 갑자기 거둬들인다고 해서야, 일반 시민들이나 좋아할 뿐, 게이트를 기반으로 살아가는 산업군이나 정치 세력들은 좌절을 맛볼 게 분명했다.

하지만 연우로서도 어쩔 수 없었다.

저들은 모르는 일이지만, 칠흑의 파편은 일반 지성체들이 이용하려야 이용할 수 있는 게 절대 아니었다.

오히려 거기에 잡아먹히기만 할 뿐이었다.

세계의 틀을 망가뜨리고, 법칙과 섭리를 흐리게 만들어 겨우 완성되어 가는 우주 창생을 무(無)로 귀화시키는 것일 뿐이니.

그래서야 '낮'과 '밤'의 구분이 무색하게, 타계와의 경계선이 흐릿해져 '꿈'으로 되돌아가게 되는…… 모든 게 저들이 원하는 대로 흐를 뿐이었다.

그렇기에 연우는 그러한 것들을 모두 거둬들이고자 했다.

그러니 지금 이 순간, 이 자리에 있는 건 '인간 차연우'가 아닌 '자아 차연우'였다.

츠츠츠—

원래 있던 곳으로 되돌아오라고 명령하였고.

다시 원래 있던 곳으로 되돌아오기 시작했다.

         *   *   *

"이, 이게 뭐야?"

"플레이어 시스템이 끝났다고……?"

헬 하운드의 플레이어들은 멍한 시선으로 연우를 바라보다 말고, 갑자기 망막의 정중앙에 떠오른 메시지를 보고 눈을 동그랗게 뜨고 말았다.

그들로서는 도저히 생각하기 힘든 내용의 메시지 창이었으니까.

    [시스템 최고 관리자의 명령에 따라 모든 플레이어 지원 기능이 정지되었습니다.]

    [플레이어 시스템이 종료됩니다.]

    [적용된 모든 가호와 축복이 회수됩니다.]

그리고.

츠츠츠—

"으, 으아아!"

"안 돼……!"

플레이어들은 자신들의 그림자가 멋대로 일렁이는 것을 보고 큰 충격에 빠지고 말았다.

시작의 날이 시작된 이래, 수많은 기적과 이상 현상들을 겪었다지만, 그림자가 이렇게 멋대로 춤을 추는 건 처음 보았기 때문이었다.

아니, 정확하게는 그림자와 연결되어 있는 그들의 '데이터'가 흔들리고 있었다.

여태껏 게이트에서 시련을 수행하고 나면 보상으로 주어지던 것들이나, 아티팩트와 스킬에 담겨 있던 모든 마법적 효과들이 흔들리고 있었다.

화아아아!

가장 먼저 헬 하운드의 플레이어들이 딛고 있던 그림자들이 뜯겨 연우 쪽으로 송두리째 빨려 들어왔다.

그리고 그것을 시작으로.

츠츠, 츠츠츠—

지구 각지에서.

각 행성과 문명에서.

여러 우주에서 그림자들이 쉴 새 없이 모여들었다.

연우가 잠들어 있는 동안 곳곳에 뿌려 두었던 칠흑의 파편들이, 시스템이 닿아 있는 모든 것들이 회수되기 시작한 것이다.

게이트는 닫히고, 시련은 중단되었다. 던전 속에 있던 플레이어들은 강제로 외부로 방출되었으며, 그들에게 적용되던 모든 효과들이 연우에게로 귀속되었다.

각 신과 악마들이 사도들에게 나눠 주었던 권능이나, 그동안 플레이어들이 단련하면서 개인적으로 터득한 역량까지 회수할 수는 없었지만.

더 이상 그런 것들을 단련하거나, 추가로 획득할 수 있는 방법이 모조리 닫혀 버린 것이다.

"와……!"

세샤는 그 모습을 멍하니 바라보았다.

전 우주의 그림자들이 연우에게로 몰려 들어오는 모습은 장엄하기까지 했으니까.

특히 그녀는 용마안을 통해 연우의 본체를 보고 있지 않던가.

끝도 없이 높게 서 있는 거룡(巨龍)이 천천히 그림자를 삼키는 모습은 가슴을 저절로 두근거리게 만드는 무언가가 있었다.

아니, 수많은 그림자들이 한꺼번에 모여드는 광경은 마치 해일처럼 닥쳐오는 어둠을 그가 고스란히 빨아들이는 것처럼 보였다.

세상 어느 존재도 저러한 기적을 행사하지는 못할 테지.

이런 분이 내 삼촌이라니. 세샤는 내심 뿌듯하기까지 했다.

반면에 올림포스 신들이며 플레이어들은 전부 넋이 나가 버린 상태였다.

그러다 맹렬한 속도로 들어오던 그림자의 행진이 전부 끝났을 때.

"……."

"……."

『…….』

『…….』

그곳에는 깊은 적막만이 흘렀다.

영원히 이어질 것 같았던 순간이었기에 많은 이들이 넋을 잃은 채로 멍하니 있었지만.

세샤는 그것이 사실 현실 시간으로 단 몇 초밖에 되지 않았다는 것을 잘 알고 있었다.

손목에 착용한 시계의 초바늘이 단 몇 칸밖에 움직이지 않았으니까.

그만큼 연우가 보인 광경이 대단했단 뜻이겠지.

그러다 그녀는 연우가 시스템을 전부 회수하고서도 여전히 뭔가 탐탁지 않아 하고 있음을 눈치챌 수 있었다.

"삼촌, 무슨 일 있으세요?"

"회수가 전부 다 안 끝나서."

"예……?"

세샤는 눈을 동그랗게 떴다.

그렇게 전능한 모습을 보였는데도, 회수가 안 되는 구역이 있다고?

"장난을 치는 놈들이 있는 것 같거든."

세샤는 어쩐지 연우의 눈빛이 날카롭게 변한 것 같다는 생각이 들었다.

마치 적이라도 만난 것 같은 모습.

시니컬하게 보이기까지 했다.

그리고.

실제로 연우는 짜증이 나 있는 상태였다.

'감히 주인인 내 허락도 없이, 칠흑을 제멋대로 갖고 놀려 한다 이거지?'

용감하다고 해야 할지, 아니면 맹랑하다고 해야 할지.

탑이 무너지던 때에 그렇게 타계의 위험과 공포를 겪었을 것이면서도.

'밤'이 가진 힘이 얼마나 대단한지를 절실히 실감했을 것인데도 불구하고.

그런 위험을 감수하면서까지 칠흑의 파편을 탐낼 줄이야.

꽤나 많은 초월자의 사회들이 칠흑의 파편을 사유화하여

칠흑왕의 힘을 탐내려 하고 있었다.

사실 따지고 보면, 지극히 당연한 일이기도 했다.

신과 악마들은 칠흑왕을 두려워하면서도, 그가 가진 권능과 격을 시기하며 탐내고 있었으니까.

타계의 신들을 싫어하는 것과는 별개로, 그들이 칠흑왕의 힘 중 일부라도 손에 넣기를 바라는 건 아주 당연한 일인지도 몰랐다.

'탑이 사라지고 나서도 왜 이렇게 많은 눈들이 지구를 보고 있는지 궁금하기도 했는데…… 전부 이 때문이었나 보군.'

연우가 슬쩍 고개를 올리자, 메시지가 줄줄이 떠올랐다.

[당신을 관찰하고 있던 신의 사회, '멤피스'의 소속 신들이 모두 시선을 회피합니다.]

[당신을 주시하고 있던 신의 사회, '딜문'이 일제히 고개를 아래로 내리깝니다.]

……

[당신을 측정하고 있던 악마의 사회, '절교'가 모두 딴청을 피우기 바쁩니다.]

……

아마 저들로서도 죽을 맛이지 않을까.

연우가 눈을 뜬 이상, 그가 어떻게 나설지 전혀 짐작도 할 수 없을 테니.

이미 저들 중 상당수가 연우에게 시달림을 겪어 보기도 하지 않았던가.

"아프리카 사하라, 남미 안데스, 중동 스텝, 남극, 남태평양…… 여기서 회수가 이뤄지지 않았는데. 혹시 무슨 공통점이라도 있나?"

연우는 애타는 초월자들의 시선을 코웃음 치며 모두 무시하고, 세샤를 돌아보면서 물었다.

각 우주에도 회수가 이뤄지지 않는 곳이 많다지만, 칠흑왕의 본체가 잠든 바가 있던 지구는 그런 곳들이 훨씬 더 많았다.

모두 다섯 곳.

세샤는 고개를 갸웃거리며 각 장소를 되짚다가, 무겁게 고개를 끄덕였다.

"마경(魔境)을 말씀하시는 것 같아요."

"마경?"

"예."

세샤는 고개를 끄덕이면서 아직까지 바뀐 지구의 상식을 잘 모르는 연우에게 이것저것을 설명해 주었다.

5대 마경.

그것은 시작의 날 이후로 재앙을 맞닥뜨리면서 멸종의 위기에 처해야만 했던 인류가, 시스템을 적극 활용해 구원의 빛을 찾아가기 시작했음에도 끝내 극복하지 못한 다섯 곳의 금지(禁地)를 의미했다.

게이트 관리가 전혀 되질 않아 브레이크 사태가 일어나면서 이제는 자체적인 던전화가 이뤄지고 있는 사하라 사막.

비마질다라가 터를 잡으면서 눈에 걸리는 모든 것들을 쓸어 내며 '아수라장' 을 만들어 내는 안데스산맥.

좀처럼 잡히지 않아 수많은 희생자들을 낳고 말았던 마풍(魔風)의 터전, 스텝 지역.

사시사철 눈보라가 휘몰아치고, 온통 빙산과 설원만 가득한 나머지 도저히 접근이 불가능해 무슨 일이 벌어지고 있는 건지 제대로 확인조차 불가능한 남극.

역시나 수많은 희생자들을 내고도 여전히 원인이 밝혀지지 않은 남태평양 군도(群島) 지대.

"이들 중 사하라와 안데스는 무슨 일이 벌어지고 있는지 가 파악되었어요. 사하라는 순전히 자체적인 게이트 관리 가 되질 않으면서 악화 일로를 걷다 보니 그렇게 된 거고, 안데스는 비마질다라라는 존재 때문에 접근 불가인 거구 요."

세샤의 설명은 차분했다.

"하지만 남은 세 곳은 아직까지 제대로 된 이유조차 파 악되지 않고 있어요. 그 지역으로 조사대가 파견되기만 하 면 무조건 실종되거나 전원 사망해 버려서……."

그러면서 세샤는 말꼬리를 살짝 흐렸다.

지구의 플레이어들이야 역사가 짧으니 한계가 명확할 수 밖에 없지만.

연우에게는 그런 기준이 전혀 없다는 것을 아주 잘 알고 있기 때문이었다.

아마 지금 마경에 대해서 물은 것도 뭔가 짚인 바가 있는 게 분명했다.

"그럴 만도 하지."

아니나 다를까.

"보이는 족족 전부 삼키거나 죽였을 테니까."

연우는 혀를 가볍게 차고 있었다.

그러면서 눈을 가느다랗게 좁혔다.

'쓸데없는 곳으로 눈을 돌리려 한다면, 바로잡아 주면 그만이지.'

아무래도 타계로 넘어가기 전에 이쪽 우주부터 먼저 교통정리를 해 둬야 할 모양이었다.

"하긴. 그동안 내가 가만히 있어도 너무 가만히 있었지?"

연우는 혼잣말로 중얼거렸지만, 다른 누군가가 들었다면 기겁할 말을 아무렇지 않게 내뱉으면서 재차 세샤를 돌아봤다.

"세샤."

"예, 삼촌."

"내가 당장 처리할 일이 있어서. 뒷일은 따로 내가 처리할 필요 없이 네게 맡겨도 되겠지?"

세샤는 아주 잠깐 말없이 연우의 눈을 뚫어져라 주시했다.

그 속에 담긴 굳은 믿음.

그걸 확인한 세샤는 헛웃음을 흘릴 수밖에 없었다.

"대체 무슨 말씀을 하시는 거예요? 저는 아직 열여섯밖에 되지 않았는걸요."

"너를 단순한 어린아이로만 봤다면, 내가 이런 말을 하지도 않았어."

세샤는 입술을 삐죽 내밀었다.

"우리 엄마 아빠가 삼촌한테 배워야 해요. 두 분은 매번 절 어린애로만 취급하는데. 저 믿어 주는 건 삼촌뿐이네요."

"두 사람은 나보다 더 크게 널 믿고 있단다. 다만, 걱정이 심할 뿐이지."

세샤가 배시시 웃으면서 말했다.

"일단 해 볼게요. 잘할지는 모르겠지만. 삼촌이 늘 하던 대로 따라 하면 되는 거잖아요?"

연우는 '하던 대로'라는 말에서 아주 잠깐 움찔거렸지만, 가만히 고개를 끄덕였다.

"마음대로."

"그런 거면 쉽죠."

"그럼 뒷일은 너에게 맡기고 가마. 우선 이 일부터 마무리해야 할 것 같아서."

쉭!

연우는 뜻을 전혀 알 수 없는 말을 남기고 표홀히 사라졌다.

그리고 남은 곳에서.

세샤는 헬 하운드 쪽으로 시선을 확 돌렸다.

플레이어들은 저도 모르게 움찔거리고 말았다.

분명히 연우를 보고 있을 때처럼 화사하게 웃고 있는데
도 불구하고.

그리고 평상시 언론에 보이는 모습 그대로임에도 불구하
고, 지금은 왜 이리도 불길하게만 보이는 건지.

"여러분."

"……?"

"……?"

"……?"

"등신이 아니고서야, 줄 어디로 서야 하는지는 확실히
아시겠죠?"

"……!"

"……!"

"……!"

"어디로 서시겠어요?"

당연하지만.

헬 하운드가 당장 여기서 할 수 선택은 딱 한 가지밖에
없었다.

*   *   *

'대체…… 무슨 일이 벌어지는 거지……? 왜 헬 하운드

에서는 여태 아무 보고도 없냔 말이야!'

조슈아는 점차 마음이 초조해지고 있었다.

평소라면 수하들의 소식이 늦어진다고 해도 별달리 신경 쓰지 않았을 것이다.

헬 하운드는 아무리 피해가 커도, 설사 전멸의 위기에 놓여 있다고 해도 한 번 하달받은 임무를 절대 실패하지 않는다는 것을 잘 알기 때문이었다.

하지만 지금만큼은 달랐다.

방금 전에 그가 겪었던 일이 그의 가슴을 바짝 조였기 때문이었다.

단 몇 초에 불과했지만, 그를 비롯해 이 자리에 있던 모든 플레이어들을 스치고 지나갔던 거대 존재의 흔적.

예보에도 없던 개기일식이 찾아오고, 초월자보다도…… 그가 모시는 아테나보다도 더 크게 다가왔던 존재감은 그의 머릿속을 어지럽게만 만들었다.

그러다 그 뒤에 플레이어 시스템까지 모두 중단되었다는 메시지가 떴을 때는 가슴이 쿵 하고 떨어지는 기분이었다.

언제나 여유만 보였던 그, 냉혹하고 잔인한 인상만을 보였던 그는, 더 이상 그곳에 없었다.

무언가가.

일이 자신이 상정했던 것과는 전혀 다르게 돌아가고 있 단 사실을 전혀 모를 수가 없었으니까.

무엇보다.

'아테나 님과의 채널링이 완전히 단절되었어!'

심지어 아테나가 내려줬던 권능이며 다른 부가적인 능력 들도 전부 사라진 상태.

그에게 있어서는 절대 있을 수가 없는 일이었다.

그게 있었기에 여태껏 '사냥개'로서의 명성을 지킬 수가 있었으니까…….

그런 축복이 없는 조슈아는 절대 '조슈아 T. 브라이언' 이라고 할 수가 없었다.

문제는 그뿐만이 아니었다.

그 자리에 있던 협회의 다른 플레이어들도 마찬가지였 다.

그들은 우지훈 준장이 있어 최대한 겉으로 내색하지 않 으려 하고 있었지만, 지금 대체 일이 어떻게 된 건지 빠르 게 확인하고 있었다.

몸 상태가 달라진 건 아닌지, 아티팩트에 이상은 없는지, 시스템은 제대로 작동하고 있는지.

그리고 속으로 적잖게 비명을 지르고 있었다.

여태껏 그들을 보호하듯이 따라다니던 플레이어 시스템

이 더 이상 소환되질 않고 있었으니까.

스테이터스 확인이 불가능한 건 물론, 아티팩트나 여태 껏 올림포스에게서 받고 있던 가호와 축복도 모두 사라지고 없었다.

다행히 스킬과 권능이 사라진 건 아니었지만…… 그렇다고 해도 흔한 메시지 창 하나 떠오르지 않는다는 사실은 그들에게 충격적이기만 했다.

시작의 날이 열린 이래, 플레이어들에게 있어 시스템은 '당연히' 따라붙어 다녀야만 하는 것이었으니까.

그리고.

그들은 어렴풋이 느끼고 있었다.

이 모든 이상 현상의 원인이, 그들의 목표물이었던 '카인'에게 있는 것 같다고…….

"안색이 많이 좋지 않아 보이오."

우지훈 준장은 그런 분위기를 귀신같이 알아채고 가볍게 헛웃음을 흘렸다.

조슈아는 눈이 시뻘겋게 달아오른 채로 그를 홱 하고 노려봤다.

"내가 비록 플레이어들에 관련해서는 아는 바가 전무하오만, 그래도 눈치는 제법 있다오. 아무래도 카인이…… 아니, 연우가 무슨 일이라도 벌인 모양인데. 하하!"

그에 조슈아의 얼굴도 두 눈동자만큼이나 시뻘겋게 달아
올랐다. 그가 무슨 말을 하려는 순간.

띠리릭.

갑자기 뒷주머니에 꽂아 두었던 휴대폰이 울렸다. 조슈
아의 눈동자가 살짝 흔들렸다. 발신인이 그의 유일한 상관
이었으니까.

협회장이었다.

"……예. 조슈아입니다."

[자네…… 대체 일 처리를 어떻게 하고 있는 겐가?]

"예? 무슨……!"

[자네, 지금 아테나와의 채널링이 단절되었지?]

조슈아는 한순간 아무 말도 할 수가 없었다.

잡아떼려고 해도, 협회장은 이미 모든 걸 알고 있는 눈치
였으니까. 목소리에는 깊은 근심이 묻어나 있었다.

[방금 전, 올림포스에서 신탁이 내려왔다네. 이번에 자네
가 '독단적으로' 내린 선택에 대해 아주…… 아주 크게 노
한 상태더군.]

순간, 조슈아는 뒤통수를 무언가로 세게 얻어맞은 것처
럼 정신이 번쩍 들었다.

[해서 협회장으로서, 자네가 저지른 비도덕적인 월권행
위에 대해 큰 죄책감과 책임감을 느끼는바. 자네에게 책임

을 묻지 않을 수 없게 되었다네.]

동시에 분명히 조슈아가 자신의 허락 없이는 절대 아무도 들이지 말라고 했던 센터의 문이 벌컥 열렸다.

"드, 들어오시면 안 됩니다!"

"물러서세요!"

"비키십시오. 그렇지 않으면 모두 다치실 테니."

우지훈 준장을 여기까지 데려왔던 요원들과는 전혀 다른 복장을 한 이들이, 앞을 가로막는 이들을 강제로 물리치면서 고압적인 태도로 조슈아에게 다가왔다.

저들은 협회 내 감사반이었다.

협회장 직할로서 유일하게 조슈아의 명령도 듣지 않는 이들. 당연한 말이지만, 개개인의 실력은 조슈아로서도 절대 무시할 수 없는 이들이었다.

"이럴 수는 없습니다, 협회장님! 이번 결정은 협회장님도 승인을⋯⋯!"

[무슨 소린가? 전부 자네가 알아서 언터처블을 모셔 오겠다며 나서지 않았던가? 그런데 레이드라니⋯⋯. 같은 지구인에게, 그것도 한때 아프리카 전선의 영웅이었던 친구에게 어찌 그런 끔찍한 생각을 품었던 겐가.]

"⋯⋯!"

조슈아는 어떻게든 휴대폰을 붙잡고 늘어지려 했지만,

차갑게 돌아오는 협회장의 말투에 머릿속이 새하얗게 탈색되고 말았다.

단 한 가지 단어만이 스쳐 지나갈 뿐이었다.

토사구팽.

[당분간 물 좋고 공기 맑은 곳에서 머리라도 식히고 있게.]

어차피 조슈아가 처리하는 일은 음지의 것이 대부분이기 때문에 흔한 서류 하나 남지 않는다.

결국 조슈아는 감사반에 붙들려 질질 끌려나가야만 했다. 어떻게든 버티고자 발버둥 쳤지만, 아테나와의 채널링도 끊어져 더 이상 '아무것도' 아니게 된 그가 그들의 힘을 당해 내기란 어려운 일이었다.

[……내 목도 위태위태한 상태라서 말이지.]

그리고.

조슈아가 떨어뜨린 휴대폰에서 자그마한 소리가 흘러나왔지만, 아무도 듣지 못했다.

"……."

"……."

"……."

협회의 이인자가 단칼에 숙청되는 것을 지켜본 직원들은 혹여 자신들에게 불똥이라도 튈까 봐 숨을 바짝 죽여야만 했다.

덕분에 낙동강 오리알 신세가 된 우지훈 준장은 이제 이 대로 석방이 되나 기대를 하는데.

"미스터 우?"

"……오늘 하루 쉬긴 글렀나 보군."

감사반 요원 중 한 명이 다가오자, 그는 저절로 한숨을 내쉬고 말았다.

"그렇소만."

"다른 곳으로 같이 가 주셔야겠습니다."

"흐! 여기저기서 나를 참 많이도 찾아 대는군. 그래. 이 번에는 또 어느 권력 기관에서 나를 데려가는 거요?"

"협회 본부입니다."

"음……?"

내가 잘못 들었나? 그런 얼굴로 바라보는데.

"본부가 위치한 스위스 제네바로 같이 가 주셔야겠습니다."

"……!"

＊　　　＊　　　＊

스위스 제네바.

UN 산하 '자유를 위한 각성자 협회'의 본부

"……이렇게 하면 되는 겐가?"

협회장 알베르트는 방금 전까지 조슈아와 통화했던 휴대폰을 내리면서 한숨을 내쉬었다.

세샤는 팔짱을 끼면서 도도하게 고개를 끄덕였다.

"아직 한참 부족하긴 하지만, 그래도 이 정도 선에서 끝내도록 하죠."

"이해해 줘서 고맙네. 그리고 거듭 말하지만, 정말 미안하게 되었군."

알베르트 뎀첸코는 씁쓸하게 웃으면서 고개를 숙여야만 했다.

남들이 봤다면 소스라치게 놀랐으리라. 조슈아와 함께 지구에서 '제국'을 세웠다는 말까지 나돌 정도로 권위적인 성격을 자랑하던 게 바로 그였으니까.

하물며 상대가 그의 손녀뻘밖에 되지 않는 어린아이…… 그것도 평상시 권력 유지를 위해서 얼굴마담 격으로 내세웠던 존재라면 자괴감까지 들 수밖에 없었다.

하지만 당장 이 자리에는 없어도, 세샤의 뒤에 어떤 눈들이 줄줄이 달려 있는지를 잘 알기 때문에 그는 절대 평상시처럼 행동할 수가 없었다.

'시스템을 좌지우지할 수 있는 지구인이라니…… 이런 뭐, 말도 안 되는…….'

알베르트로서는 전혀 짐작도 안 가는 상황이었지만, 어쩌겠나. 그것이 숨겨진 사실이라고 하는데.

처음 알베르트는 세샤가 다짜고짜 협회를 찾아오자, 강경하게 대응하려고 했다. 어떻게 지금쯤 한국에 있어야 할 그녀가 스위스까지 단번에 날아왔는지는 알 수 없었지만, 분명히 좋은 목적으로 찾아온 건 아닌 게 분명했으니까.

만약 위협이라도 한다면 곧장 반란죄까지 물어 구금해 버릴 생각까지 하고 있었다.

하지만.

'……협회가 저런 꼴이 되었는데, 내가 뭘 할 수 있다고?'

알베르트는 슬쩍 창밖을 내다보았다가 다시 한숨을 내쉬고 말았다.

언제나 이곳에 서면 곧장 보이던 넓은 마당이며 웅장하던 협회의 건물이, 전부 포탄이라도 수없이 두들겨 맞은 것처럼 초토화되어 있었던 것이다.

세샤에게 죄를 물어야겠다는 다짐을 접어야만 했던 건, 그런 생각을 한 지 몇 초 지나지 않아서였다.

하늘 위에서 세샤가 마력을 개방하는 것과 동시에 마법

이 잇달아 난사되면서 삽시간에 협회 건물을 이 꼴로 만들어 버렸으니까.

신기한 점은 그렇게 하고도 사상자가 한 명도 생기지 않았다는 점이었으니.

거기다 세샤에게로 전향한 게 틀림없는 헬 하운드가 즉각 본부를 장악해 버리면서 그가 어떻게 할 수 있는 사안 따윈 아무것도 남지 않았다.

그리고 세샤는 알베르트와 대면한 자리에서 아주 짤막하게 몇 가지를 설명했다.

여태껏 협회를 도와주던 올림포스가 이제 누구를 지원하고 있는지, 알베르트가 멍청하게 대체 누구를 건드렸는지.

그것을 전부 알았을 때, 그는 넋이 나가는 줄로만 알았다.

거기다 이제 플레이어 시스템도 작동하질 않으니, 알베르트로서는 어떻게 할 수 있는 게 없었다.

결국 항복 선언을 하고, 그는 하루아침에 팔다리가 단번에 잘려 나간 신세가 되고 말았다.

조슈아를 내치게 된 경위도 전부 그런 이유 때문이었다.

"그리고 한 가지 더 부탁드릴 게 있어서요."

"뭔가……?"

물론, 저 '부탁'이라는 게 이제는 명령이라는 걸 그는 너무 잘 알고 있었다.

"조만간 마경이 잇달아 닫힐 예정이에요."

"마경이?"

알베르트는 전혀 생각지도 못한 말에 눈을 동그랗게 떴다.

협회를 구축하면서 여러 잡음이 많았다지만, 그래도 혼란했던 지구의 질서를 바로잡기 위했던 마음만큼은 진짜였다.

그렇기에 힘을 비축하고 나서 가장 먼저 정리하고자 노력했던 것이 마경이었고, 번번이 공략에 실패할 때마다 그는 좌절을 겪어야만 했다.

그런데 그걸 너무 쉽게 없앤다고 말하고 있으니.

'아니, 시스템을 만진다고 하니 충분히 가능하겠지. 그만하면 신적인 존재도 뛰어넘는 게 아닌가.'

알베르트는 쓴웃음을 지으면서 말했다.

"닫히고 난 뒤에 생길 혼란을 최소화할 수 있게 준비해 달라는 것이로군. 카인…… 자네의 숙부에 대한 신분도 비밀에 붙여야 하니, 본 협회에서 처리했다고 발표하면 되나?"

"역시 회장님은 말씀이 잘 통하셔서 좋아요."

앞으로 이들 가족이 벌이는 일들의 뒷감당을 대신 해 달란 뜻이로군.

알베르트는 그런 말이 목 언저리까지 올라왔지만, 차마 밖으로 내뱉을 수는 없었다.

어쨌거나 이번 일로 지구의 질서는 더 단단히 잡힐 게 분명했으니까.

게이트의 미출현으로 인한 여러 산업군의 붕괴와 신소재 연구 따위의 국가적 프로젝트들, 그리고 수많은 실직자들을 처리하는 것만 해도 골치가 아플 테지만…… 그래도 예전에도 그랬듯이 이번에도 그들은 어떻게든 길을 찾아낼 터였다.

그렇게 세샤가 나타났을 때처럼 홀연히 사라지고 난 뒤.

"……뒷수습이 전부 끝나고 나면 바로 자리에서 내려와야겠어."

알베르트는 자신의 신세가 처량한 나머지 땅이 꺼져라 한숨을 내쉬었다.

*　　　*　　　*

아프리카, 사하라.

모래 섞인 열풍이 휘몰아치고, 간간이 용권풍도 일어나

는 거대한 사막.

시작의 날이 있기 전에는 이따금 이곳을 터전 삼아 살아가는 소수 민족이나, 오아시스를 따라 환경에 적응한 동물들의 생태계가 구성되어 있었다지만.

지금은 피부로 열기를 풀풀 휘날리고, 입으로 불길을 내뿜는 괴상한 몬스터들만이 살아가고 있을 뿐이었다.

그 때문에 사하라 지대는 가뜩이나 더운 기후에 몬스터들이 내뿜는 열기까지 더해져 한낮에도 수십 도가 넘는 극악한 환경이 연출되고 있었다.

이처럼 애초에 공략대가 투입되는 것이 힘든 여건인 데다가.

몬스터들의 번식력까지 강해 좀처럼 박멸하는 것이 불가능한 나머지, 협회에서는 사실상 이곳을 버려 두고 있는 실정이었다.

물론, 그런 건 어디까지나 평범한 인간들에게나 해당되는 이야기였고.

"여기로군."

공허를 열어젖히면서 모습을 드러낸 연우는 땀 한 방울 흘리지 않으면서 별 대수롭지 않게 사하라 일대를 쓱 훑어보았다.

인지 영역을 확장해서 파악했을 때처럼 온통 화 속성의

몬스터들이 널려 있는 게, 보고 있는 것만으로도 짜증이 저절로 날 정도였다.

하지만 연우의 눈에는 너무나 선명하게 잘 보였다.

[용신안]
[화안금정]
[검은 구비타라 — 현자의 눈]

[천안통]

이곳에 있는 모든 몬스터들에게는 저마다 크고 작은 파편들이 하나둘씩 담겨 있다는 것을.

'세샤는 단순히 게이트 브레이크가 벌어지면서 그 안에 있던 몬스터들이 쏟아져 나왔다고 이야기했지만, 달라. 이건 누군가가 고의로 조성한 생태계야.'

이를테면, 이 몬스터들은 전부 키메라였다.

어떤 특정 목적을 위해 고안된 실험의 결과물들.

연우는 이것들부터 처치할 예정이었다.

뭔가 크게 나설 필요는 없었다.

그저 허공에다 가볍게 손을 흔들어 젖힐 뿐.

콰르르르릉—!

하늘에서부터 빗발친 검뢰가 지구를 부술 듯이 지면을
내리치면서 사막 위에 있던 모든 몬스터들을 줄줄이 찢어
나가기 시작했다.

['데바'의 신, 인드라가 당신이 부리는 뇌전에 깊
은 탄식을 흘립니다.]
['멤피스'의 신, 누트가 이제는 당신에게 근접할
수 없음에 한숨을 내쉽니다.]
……

['오시리스'가 자신의 주인에게 깊게 감탄합니다.]
['아이쉬마—다이바'가 탄복하며 고개를 숙입니다.]
['태산부군'이 죽음이 지니는 지고한 가치에 장
광설을 내뱉습니다.]
……

[케르눈노스가 당신의 발전한 검뢰에 무겁게 고
개를 끄덕입니다.]

연우가 우주 각지에 흩어진 칠흑의 파편을 빠르게 거둬들이기 시작하면서, 이미 모든 신과 악마들은 다시 그의 움직임을 주시하기 시작했다.

대부분이 두려움에 찬 시선이었지만, 아무도 거둘 생각을 하지 못했다.

다시 눈을 뜬 연우의 새로운 목적이 정확하게 무엇인지 알아내야만 했기 때문이었다.

탑에 있었을 때야 올포원을 쓰러뜨리고, 최고 층계까지 오른다는 단순한 목표가 있었다지만.

밖으로 나와 버린 지금은 그게 전혀 아니었으니까.

[대부분의 신이 당신의 새로운 목적에 대해 의문을 표시합니다. 크로노스의 재림을 주의합니다.]

[대부분의 악마가 당신이 과거 루시퍼처럼 천계를 지배하고자 하는 야욕을 드러내지 않을지 경계합니다.]

그들이 우려하는 건 딱 두 가지였다.

크로노스와 루시퍼.

크로노스는 신왕으로서 올림포스의 전성기를 이끌었던 바. 가장 크게 세를 떨쳤을 때는 전 우주의 절반 이상을 석

권하기도 했었다.

당시에는 다른 주신이나 최고신들도, 그리고 마왕들도 크로노스의 눈에 띄지 않기 위해 숨을 죽이고 살아야만 했다는 말이 나돌 정도였다던가?

기실 크로노스가 권좌에서 끄집어 내려졌던 것은 제우스의 활약도 활약이었지만, 이를 뒷받침하는 여러 사회들의 지원이 있었기 때문이었다.

루시퍼도 경우는 비슷했다.

결국 날개가 모조리 꺾이면서 지상으로 추락하고, 16개의 영혼석으로 잘게 쪼개졌다지만.

그를 쓰러뜨리기 위해서 대부분의 신과 악마들이 손을 잡아야 했다는 것을 감안한다면, 도저히 말도 안 되는 힘을 지녔던 것이다.

이렇듯 신과 악마들은 계급과 신분 차를 인정하면서도, 어느 누군가가 독보적인 힘을 지니는 낌새가 보인다면, 다 같이 힘을 합쳐 끄집어 내리는 선택지를 내리곤 했다.

그러니 전례를 따지자면, 원래 연우도 그런 경우에 해당해야 했지만.

그동안 천계가 워낙에 소란스러웠던 데다가, 연우는 그들과 직접적으로 부딪치기보다는 이간질을 통해 천계가 서로 힘을 합치지 못하게끔 유도하곤 했었다. 거기다 매번 새로운 사건을 만들어 내면서 천계의 시선이 자신에게로 집중되지 못하게 만들었으니.

그사이 사룡과 망자 거인, 그리고 올림포스까지 영역에 두면서 절대 자신에게 저항할 수 없는 성벽을 굳건하게 구축하기도 했다.

그러다 연우가 칠흑왕의 자아가 되어 돌아왔다.

단순한 분신도 아닌, 그 자체가 된 것이다.

이것은 신과 악마들이 단단히 날을 세울 수밖에 없는 일이었으니.

특히 타계의 신들마저 아무렇지 않게 물리쳤을 때에는 다들 넋이 나가기도 했다.

이제 더 이상 연우는 그들이 힘을 합쳐도 대항할 수 없는 존재가 되어 버린 걸까?

그렇다면 그가 뭔가를 획책한다면, 그들로서는 그것을 막을 만한 방도가 거의 없는 것이나 마찬가지였다.

초월자들의 사회를 하나로 통합하고, 천계를 손에 넣고자 한다면.

그것을 막아설 수 있는 존재는 거의 없는 것이나 마찬가지였다.

연우를 두려워하면서도, 그에게서 시선을 떼지 못하는 이유가 바로 그것이었다.

신과 악마들은 저마다 하던 일을 멈추고, 연우가 하려는 일을 가만히 관찰할 수밖에 없었다.

하지만.

연우는 그런 신과 악마들의 시선을 잘 알면서도, 전혀 개의치 않고 움직였다.

이럴 때는 별다른 말을 하지 않는 것이, 저들을 통제하는 데 훨씬 효율적이라는 걸 잘 알기 때문이었다.

'어차피 내 생각이 어디 가서 말할 수 있는 것도 아니고.'

동생만큼은 그의 계획을 절대 몰라야만 했으니까.

그렇게 생각을 하는 사이.

검뢰가 번쩍였다.

*　　　*　　　*

[케르눈노스가 검뢰를 유심히 관찰합니다.]
[케르눈노스가 마경의 주인이 어떤 반응을 보일 지 궁금해합니다.]

평상시 반응이 거의 없는 편이던 케르눈노스가 이례적으로 메시지를 여러 개 표시하는 동안.

콰르르르!

검고 붉은 섬광이 온 땅을 갈랐다.

검뢰는 옛 스킬, '불의 파도'에다 '불벼락'이나 '72선술' 따위를 복합적으로 섞어서 나온 것이니.

그 특징은 폭발이 이뤄지더라도 사방으로 번져 나간 불똥에서 다시 연쇄 폭발이 일어난다는 점이었다.

뇌기는 서로가 서로를 잡아당기면서 더 넓은 범위로 확산된다는 특징이 있었고, 또한 그럴수록 범위 안의 힘도 더더욱 급상승하게 된다.

연우가 뿌린 검뢰가 그랬다. 검붉은 벼락은 거미줄처럼 촘촘하게 번져 나가면서 지면을, 대기를, 상공을 수도 없이 갈가리 찢어 놓았다.

수도 없이 명멸하는 섬광 때문에 지구 밖에서 아프리카를 비추고 있던 인공위성들은 한순간 아프리카가 환하게 젖어 드는 장면을 촬영해 낼 수 있을 정도였다.

물론, 그리고 얼마 지나지 않아 지구에서 풍겨 나온 마력장의 폭풍에 그대로 휩쓸려 먹통이 되거나, 지구 쪽으로 줄줄이 추락하는 대참사가 빚어지고 말았지만.

사하라 사막의 크기만 따져도 유럽 대륙을 전부 수용하고도 남을 만큼 넓은 크기를 자랑하고 있었고, 마경이 영향을 미치는 주변 지역까지 포함한다면 아프리카의 절반이 넘는 어마어마한 범위가 검뢰로 뒤덮인 셈이었다.

물론, 당연한 말이지만.

'힘 조절도 힘들군.'

이 정도도 연우에게는 힘을 최대한 줄일 대로 줄인 것에
불과했다.

검뢰를 잘못 터뜨렸다간 사하라 사막이 아니라, 지구의
지표면이 몽땅 날아갈 게 분명했으니까.

그렇게 끝도 없이 이어질 것 같던 검뢰가 끝났을 때 즈음
에는.

파스스—

마경을 구성하고 있던 수많은 몬스터들이며 그들을 포용
하던 군락지, 그리고 칠흑에 적응한 여러 변종 식물 따위도
모두 잘게 부서져 흩어지고 말았다.

당연한 말이지만, 저항 따윈 없었다. 그저 갑작스러운 재
앙에 손도 쓰지 못하고 죽음을 맞이했을 뿐.

그리고.

휘휘휘휘……!

"여긴가?"

연우는 사하라 사막의 정중앙에 서서 아래를 지그시 내
려다보고 있었다.

그곳에는 마치 유사(流砂)처럼 소용돌이를 그리며 깊숙
한 안쪽까지 들어가는 칠흑의 물결이 있었다.

오늘날, 아프리카 일대를 온통 마경으로 만들어 버렸다던 S급 게이트, '초원의 어느 비빌 언덕'이 있던 자리.

몇 시간 전까지만 해도 변종 식물로 구성된 숲에 온통 뒤덮여 있어 위치조차 특정하기 힘들었던 그곳은, 검뢰로 싹 치우고 나니 정확한 모습을 볼 수 있었다.

하지만 천안통을 활짝 연 연우의 눈에는 그것이 전혀 다르게 보였다.

물결의 중심, 소용돌이가 쓸려 들어가는 모래사막의 가장 깊숙한 안쪽에 다른 누군가가 있었다.

이 마경을 만들어 낸 원흉이.

[케르눈노스가 눈을 가늘게 좁히면서 마경의 주인을 살핍니다.]

마치 산모의 배 속에 든 태아처럼, 잔뜩 웅크린 채로 눈을 감고 있었다.

"나와."

연우는 그놈에게 나지막한 목소리로 말했다.

너무 깊숙한 곳에 있어서 안 들릴 게 분명했지만.

연우는 알고 있었다.

이미 자신이 이곳에 나타났을 때부터, 아니, 눈을 뜨고 지구에 모습을 비쳤을 때부터 녀석은 그에게 모든 감각을 집중하고 있었던 사실을.

그만큼 단단히 경계하고 있던 거겠지.

적이라 판단한 것이다.

연우로서는 우습기만 할 뿐이었지만.

'적'이라는 것도 수준이 맞아야 그렇게 불릴 게 아닌가.

"안 나온다면."

파지지직!

연우는 오른손을 높이 들었다. 검지에서부터 검고 붉은 뇌기가 폭발할 듯이 터져 나오면서 팔을 크게 감싸 안았다.

비록 방금 전에 사하라 사막을 쓸어버렸던 검뢰에 비하면 크기는 아주 작을지 몰라도, 그보다 훨씬 강한 뇌력을 잔뜩 응축시킨 힘이었다.

사용하기에 따라서는 내핵까지도 단번에 뚫어 버릴 수 있는 힘이었기에.

"끄집어내 주지."

연우는 가차 없이 그것을 아래로 내리쳤다.

[케르눈노스가 마경의 주인이 보이는 태도에 못 마땅하다는 듯이 혀를 찹니다.]

콰르르릉!

엄청난 폭음과 함께 대지와 하늘을 잇는 거대한 기둥이 내리꽂혔다.

소용돌이가 부서지고, 칠흑의 물결이 단숨에 증발했다. 엄청난 열기에 녹아 버린 모래 액체가 수십 미터도 넘게 튀어 오르는 가운데, 연우가 등장하고도 여태껏 모른 척 굴던 녀석이 단번에 위로 튀어나왔다.

키아아악!

반쯤 무너진 얼굴과 몸뚱이를 가진 존재.

난폭한 신력과 다듬어지지 않는 칠흑의 기운이 잔뜩 풍기고 있었다.

진언을 내뱉지도 못하는 것이, 이성은 거의 없고 짐승처럼 본능만이 강하게 남아 있는 것처럼 보였다.

[케르눈노스가 마경의 주인이 가진 볼품없는 모습에 인상을 강하게 찡그립니다.]

"저물라."

화아악!

연우의 용언에 따라, 사막을 뱅글뱅글 돌고 있던 그림자들이 단숨에 위로 뻗쳐오르면서 그와 마경의 주인이 있던 공간을 뒤덮었다.

　　[인스턴스 던전, '사하라'에 입장하였습니다.]
　　[칠흑의 효과가 적용 중입니다.]

　그림자가 뒤덮은 뒤에 나타난 세계는 외부에서 보던 사하라 사막과 비슷하지만, 전혀 다른 물리적 법칙이 적용되는 곳이었다.

　꿈.

　연우가 분석한 주변 정보를 바탕으로, 재해석한 바를 칠흑으로 녹여 낸 형태였다.

　당연하지만, 그것은 여태껏 지구상에 수도 없이 출몰했던 게이트나 던전과 똑같은 특징을 자랑하고 있었다.

　다만, 다른 점이 있다면.

　콰릉, 콰릉, 콰르릉!

　쿠쿠쿠쿠—

　연우가 무의식중에 만들어 냈던 다른 던전들과 달리, 이곳은 그가 의도적으로 구축한 곳답게 절대적인 내구도를 자랑한다는 것.

즉, 이곳에 갇힌 존재들에게는 '감옥'이나 다를 게 없었다.

　[케르눈노스가 마경의 주인에게서 시선을 거듭니다.]
　[케르눈노스가 당신이 구축한 새로운 심상 세계(던전)에 깊은 관심을 표시합니다.]

검뢰가 다시 한번 더 터져 나왔다.

이극에서 사극, 오극까지…… 지구에서 펼쳐졌다면 모든 것을 잿더미로 만들어 버렸을 검뢰의 위력에 마경의 주인이 그대로 갈가리 찢겨 나갔다.

키아아악!

하지만 마경의 주인은 그런 와중에도 신력을 적극적으로 활용, 찢긴 몸을 재빠르게 수복하면서 손톱을 바짝 세워 허공에다 크게 내그었다.

촤아아악!

공격 하나하나에 칠흑의 속성이 잔뜩 묻어 있었으니. 검뢰가 날아오던 그대로 허리가 잘리거나, 옆으로 튕겨 나는 등 제법 거세게 저항했다.

『간만에 치고받고 싸울 만한 상대가 생겼나 싶었더니.

저 양반이었나?』

그때, 여태껏 잠잠히 있던 스퀴테가 저절로 딸려와 연우의 손에 잡혔다. 크로노스가 흥미에 찬 목소리로 말했다.

"저게 누군지 아십니까?"

『알다마다.』

크로노스가 히죽거렸다.

『그래도 소싯적에는 제법 유명했던 양반인데. 좀 이름이 어렵다만, 풀어내자면 티와나쿠…… 그런 이름으로 기억한다. 아주 거칠고, 흉폭하지.』

연우는 고개를 갸웃거렸다.

크로노스가 이름을 기억하고 거칠다고 표현할 정도라면 제법 명성을 알렸던 존재란 뜻일 텐데.

그렇다면 위격도 높고 신앙도 많이 끌어모았을 존재가 왜 저런 꼴이 된 걸까? 가진 힘이야 검뢰를 쳐 낼 정도이니 강할지 모르지만, 저런 꼴이어서야 신이라고 부르기도 뭣하지 않은가.

크로노스는 연우의 생각을 아주 잘 알고 있다는 듯이 히죽거리면서 말했다.

『뭐, 그래 봤자 나한테 개기다가 쥐 터지고 영락해 버렸지만. 그 뒤로 안 보인다 싶더니, 지구로 와 있었나?』

연우는 그럴 줄 알았다는 듯이 혀를 가볍게 찼다.

말이 좋아 '쥐 터졌다'고 말할 뿐이지, 크로노스의 소싯적 성격을 생각해 본다면 소멸하지 않은 게 이상할 정도로 치명상을 입은 게 분명했다.

'그러다 회복을 위해 본능적으로 지구로 온 건가? 그러다 칠흑의 파편을 받아들이고, 격을 어느 정도 회복한 것이고.'

티와나쿠는 칠흑의 파편만을 흡수하고 있는 게 아니었다. 마경을 조성하고, 여기서 파생되는 영향력을 이용해 지구 전체에 자신의 신명(神名)을 '각인' 시키고자 했다.

그렇게 해서 지구의 신앙을 끌어모으고자 했던 것이겠지. 공포로 군림하는 것 또한, 신명을 널리 알리는 데는 아주 효과적인 방법이니까. 피조물들에게 아득한 공포란 곧 경외를 의미하니, 신앙의 대상이 되기도 하기 때문이었다.

그리고 점차 마경의 영역을 넓혀 지구를 자신의 성역으로 삼고, 남은 칠흑까지 온전히 삼켜 부활을 꿈꿨던 것 같지만.

『누구나 그럴듯한 계획을 갖고 있는 법이지.』

쩌어어엉!

스퀴테가 맑은 검명을 울렸다.

『쥐 터지기 전까진 말이야.』

티와나쿠는 한창 기력이 왕성하던 시절에도 크로노스라

는 벽을 뛰어넘지 못했다.

그런데 자아조차 온전히 유지하지 못할 정도로 격이 떨어진 지금, 칠흑의 파편을 가졌다고 해서 연우와 상대나 될수 있을까?

아니, 이미 생전의 실력을 회복한 크로노스조차 제대로 상대하지 못할 게 분명했다.

그러니 연우로서는 제우스만도 못한 녀석에게 전력을 다할 필요성도 느끼지 못했고.

단순히 출력을 끌어 올린 검뢰를 날리는 것만으로도, 티와나쿠는 계속 갈가리 찢겨 나가야만 했다.

재생을 계속 시도한다지만…… 그렇다면 그만큼 연달아 찢어 놓으면 그만이었다.

결국 검뢰 폭풍이라 할 만한 공격 세례 속에서 티와나쿠는 몇 번이나 뜯겨 부서지기를 반복하다가.

살고 싶…….

티와나쿠는 너덜너덜해진 모습을 한 채, 한순간 방황하는 눈으로 연우를 애타게 바라봤다.

하지만.

스걱—

연우는 가차 없이 스퀴테를 휘둘러 녀석의 영체를 뿌리까지 베어 버렸다.

[죽음의 개념이 '티와나쿠'를 잠식합니다!]
[권능, '하데스의 식령검'이 식령을 시도합니다.]

찰칵, 찰칵—

우걱우걱!

칼날이 스쳐 지나간 자리로 짙은 그림자가 피어나 티와나쿠의 전신을 뒤덮었다.

톱니 이빨이 마지막 남은 신의 육체까지 먹어 치웠을 때, 그들을 둘러싸고 있던 인스턴스 던전이 와르르 무너졌다.

그리고 드러나는 사하라 사막.

쏴아아!

때마침 하늘에서는 엄청난 양의 폭우가 퍼붓고 있었다.

앞이 보이지 않을 정도로 엄청난 강수량. 하늘이 새카맣게 보일 정도였다.

가뜩이나 비도 잘 내리지 않는 사막 지대였던 곳이 마경이 되면서, 여태 십 년 동안 밀리고 밀렸던 강우가 한꺼번에 쏟아졌던 것이다.

덕분에 검뢰로 인해 한껏 뜨겁게 달아올랐던 대기가 싸

늘하게 식고 있었다.

『마경이란 게 인간들에게는 나쁠진 모르겠다만, 그래도 이것들이 무너지면서 남은 양분도 꽤 커서 말이지. 어쩌면 여기엔 이전과는 조금 다른 새로운 생태계가 만들어질지도 모르겠구나.』

크로노스는 오랫동안 지구 곳곳에서 전생을 거듭해 왔기에, 이곳 사하라 사막에 대한 소중한 추억도 한두 개쯤은 있었다.

그러니 이곳이 아름답게 남기를 바라는 것은 당연하다 할 수 있겠지.

어쩌면.

단순히 칠흑의 파편을 회수해야겠다는 생각으로 움직이는 연우와 다르게, 크로노스는 자신의 터전을 아름답게 가꾼다는 생각에 가까울지 몰랐다.

『자, 그럼 다음은 어디지? 중동이냐?』

＊　　　＊　　　＊

[올림포스의 대성역, '에우루노메'에 입장하였습니다.]

"으으. 그 인간은 어떻게 이렇게 예고도 없이 나타나서 이 고생을 시키냐."

아레스는 올림포스 신들과 함께 돌아오면서 땅이 꺼져라 한숨을 내쉬었다.

에우루노메. 까마득한 세월 동안 탑에 봉인이 되어 있었어도, 수만 년이 지난 지금까지도 온전한 형태를 유지하고 있던 그들의 터전이 오늘따라 눈에 들어오지 않을 정도였다.

그만큼 그들의 왕, 연우가 돌아왔다는 소식이 놀라웠기 때문이리라.

어떤 전조도 없이 벌어진 일이었으니까. 무엇보다 사도랍시고 지구에 놔둔 피조물들이 저지른 사고 때문에 사회가 박살 날 뻔했다는 것을 감안한다면, 아직도 가슴이 벌렁거릴 정도였다.

『흐흐흐.』

그때, 아레스 등과 함께 복귀하였던 제우스가 음침하게 웃었다.

모든 신들의 시선이 저절로 그쪽으로 향했다. 저마다 얼굴에는 착잡함이 번지고 있었다. 그래도 한때 자신들이 왕이라며 모시던 존재가, 저렇게 비루한 꼴로 돌아오니 마음 한편이 불편했던 것이다.

제우스는 크로노스의 간절한 부탁에 의해 연우가 올림포스로 딸려 보낸 것이었다. 비록 몸은 망가졌지만, 다른 형제들과 함께할 수 있게 해 달라던 부탁.

『올림포스가 한낱 인간의 개 따위로 전락해 버릴 줄이야.』

제우스는 신력이 얼마 남지 않았음에도 여전히 진언 사용을 멈추지 않았다.

눈을 잃고, 격을 잃었어도. 신으로서의 고고한 자세만큼은 잃지 않겠다는 의지였다.

"……아버지."

아레스는 그런 제우스를 착잡한 시선으로 바라볼 수밖에 없었다.

『그래. 아들아. 내가 이미 눈을 잃어 네가 어디에 있는지는 모르겠다만, 어떤 표정을 짓고 있을지는 뻔히 보이는 것 같구나. 너 외에도 다른 나의 자식들도 이 자리에 많겠지.』

그 말에 아폴론과 아르테미스, 디오니소스는 고개를 옆으로 돌렸다.

그저 헤르메스와 헤라클레스만이 묘한 눈으로 제우스를 바라보고만 있을 뿐.

『내 너희들에게 묻고 싶구나. 너희들이 정녕 내게서 태어난 자식들이 맞는 것이냐? 이런 비루한 꼴로 사는 것이,

정녕 신으로서의 자세로 맞다고 생각이 드느냐?』

제우스는 마치 눈이 있는 것처럼 주변을 둘러보았다.

『아테나. 그 아이는 어디에 있지? 내가 가장 아끼고 사랑했던 아이. 하지만 가장 먼저 인간의 개가 되겠다고 고개를 숙여 버린 아이. 그 못난 아이는 이 아비가 이런 꼴이 되었는데도 어찌 얼굴 한번 비치지 않는 것이냐?』

"……."

"……."

"……."

아무도 섣불리 대답을 하지 못하던 그때.

여태껏 잠잠히 있던 헤르메스가 앞으로 나섰다.

"아버지."

『그래. 헤르메스. 두 번째로 인간의 개가 되어 버린 멍청한 아들아. 어디 너의 말이 듣고 싶구나. 이 아비에게 무슨 변명을 해 줄 테냐? 듣기로 그 인간에게 가장 먼저 손을 내민 것도 너였고, 곳간을 열어 준 것도 너였으며, 멍청하고 순진한 신들을 회유한 것도 너였다고 들…….』

"시대가 변하였습니다."

『……뭐?』

"아버지의 시대가 끝났다고 말씀드리는 것입니다."

『이놈이……!』

비쩍 마른 제우스의 얼굴이 와락 일그러졌다.

하지만 헤르메스는 담담한 어투로 말을 이어 나갔다.

"인간의 개가 된 게 비루하다고 하셨습니까? 그 말씀은 틀렸습니다. 그저 혈통도 힘도 지닌 존재가 왕권을 쥐었을 뿐입니다. 증조부님이신 우라노스께서 여러 사회들을 통합하여 올림포스를 만들었던 이래로, 우리네의 전통은 강자가 왕권을 쥔다는 것이지 않았습니까?"

우라노스는 대지모신과도 전쟁을 치를 수 있을 정도로 강한 힘을 지녔기에 수많은 추종자들을 거느리며 올림포스를 세울 수 있었고.

크로노스는 신왕이라 불릴 만큼 뛰어난 자질을 지녔기에 여러 형제들과의 내전에서 승리해 왕좌에 앉을 수 있었다.

또한, 후대에 왕이 된 제우스는 그런 크로노스를 끄집어내릴 정도였기에 지금과 같은 명성을 떨칠 수 있었다.

"더군다나 아버지는 따지자면 이미 한 차례 천마에게 꺾이시고, 저희 모두를 탑에 유폐되게 만든 폐왕(廢王)이시기도 합니다. 그러다 천마증으로 쓰러지시고, 끝내 비바스바트의 벽도 뛰어넘지 못하셨지요."

헤르메스의 말 한 마디 한 마디는 칼이 되어 제우스의 속을 난도질하였다.

"반면에 저희의 새로운 왕은 유폐를 풀어 주고 자유를

주었으며, 그 세를 확장하여 이제 초월자들의 사회에서 가장 앞선 곳에 서게 해 주었습니다. 과거 신왕 때처럼 말입니다."

『……!』

"이 두 가지를 비교했을 때, 저희가 어디에 설지는 당연한 것 아닙니까?"

『…….』

"저희의 대답은 바로 그것입니다."

제우스가 천마중을 앓으며 깊은 잠에 들었던 당시.

올림포스에서는 제우스 세대와 헤르메스 세대 간에 큰 갈등이 빚어지고 있었다.

자칫 그들 간에 내전이 벌어질지도 모를 만큼 큰 갈등.

제우스 세대는 위태로운 질서를 바로잡고자 안정을 부르짖는 데 반해, 헤르메스 세대는 오히려 이럴 때일수록 밖으로 나서야 한다면서 급진적인 경향을 내보인 것이다.

그리고 이러한 움직임이 신왕 크로노스를 추모하는 분위기를 띠자 갈등은 최고조에 다다르기도 하였다.

제우스 세대에 있어 신왕 크로노스란 반드시 멀리해야만 하는 구적(舊敵)이었으니까.

"사사로이 따지자면 아버지는 제게 친부이시지만……아시잖습니까. 결국 이 신의 사회라는 곳은 친부 간에도 권력을 나누지 않는 곳인 것을요."

제우스가 크로노스를 왕좌에서 끄집어 내렸듯이.

헤르메스 등이 제우스가 아닌 연우를 왕좌에 앉힌 것도
절대 이상한 일은 아니란 뜻이었다.

역사란 돌고 도는 법이니까.

『……넌!』

제우스는 화가 잔뜩 난 채로 뭐라고 소리를 치려 했지만,
순간 치밀어 오른 울혈에 피를 한껏 게워 내야만 했다.

그렇지 않아도 연우와의 싸움으로 입은 피해가 전부 다
낫지 않았는데도 불구하고, 여기에 울화까지 더해지니 격
이 흔들리고 만 것이다.

세상이 빙글 하고 돌았다.

＊　　　＊　　　＊

제우스가 다시 정신을 차렸을 때.

"정신이 좀 드나?"

그는 익숙한 목소리를 들을 수 있었다.

순간, 입술 끝이 비틀렸다.

『이게…… 누구요. 우리 못난 형님이 아니신가?』

포세이돈이 쓸쓸하게 웃었다.

"그렇게 대놓고 말해 버리면 할 말이 없지 않나."

『뭐지? 정말 당신, 내가 알고 있는 그 포세이돈이 맞기라도 한 건가?』

제우스는 기가 차다는 얼굴이 되었다. 그가 기억하는 포세이돈은 언제나 포악한 성정을 자랑했으니까. 그리고 스스로가 '신'이라는 것에 한없는 자부심을 느끼는 작자였다. 올림포스를 이끄는 데 있어서 매번 자신과 가장 크게 충돌했던 것도 그가 아니던가.

"신이든 사람이든, 힘이 없어지면 둘 중 하나가 되는 법이지. 성격만 앙칼져지거나, 아니면 지난날을 추억하며 쓸쓸히 사라지거나."

에레보스에서 연우에게 구출된 이후. 포세이돈은 그의 도움 따윈 필요 없다면서 발악했다지만, 그것은 그에게 마지막 남은 자존심일 뿐이었다.

그 뒤로 뒷방으로 밀려난 채, 사실상 권력과는 거리가 멀어져 원로 취급이나 받아야 했으니까.

처음에는 그런 자신의 처지에 대해 많이 한탄하기도 했었다. 그리고 증오를 품으며 어떻게든 다시 밖으로 나서겠노라고 다짐을 하기도 했지만.

시간이 점차 흐르면서 생각이 많이 바뀌게 되었다.

독선적이던 성격을 되돌아보게 되고, 그동안 놓치고 있

던 것들을 되짚어 볼 수 있었다.

자신이 그동안 얼마나 급급하게 달려왔는지, 얼마나 많은 것들을 외면하고 있었는지도 알 수 있었다.

또한, 아버지 크로노스와 어머니 레아에 대한 생각도 조금씩 바뀌게 되었으니…… 어쩌면 부모님이나 자신이나 이 험하게 굴러가는 시대의 희생양일지도 모르겠단 생각이 들기도 했다.

그래서 언젠가 나중에 크로노스를 다시 만난다면, 여태껏 속에 담아 두기만 했던 말들을 허심탄회하게 탁 털어놓고서 나눠 보고 싶다는 생각이 들기도 했다.

그런다고 해서 오랫동안 응어리진 원한들이 단번에 풀어지지는 않겠지만.

그래도 조금은 서로를 이해할 수는 있을지 모르니까.

그리고.

포세이돈은 추후에 올림포스의 옛 원로들처럼 천천히 세계의 개념으로 녹아내릴까도 고민 중에 있었다.

『유폐되었다고 들었는데. 맞나 보군. 탑에서 나오고 나서도 짐승처럼 길들여진 거야.』

제우스는 그런 포세이돈의 기색을 읽고 으르렁거렸다.

"그런 표현보다는 우리가 그냥 선택했다고 해 주지 않겠나?"

『다른 누이들도 있나?』

"옆에 있지."

『후후후후! 그래. 그새 다들 잊었나 보군. 크로노스가 우리네 형제들에게 했던 짓을. 증오를 품어도 모자랄 판국에 병신같이 벌써 잊어서는 이딴……!』

제우스는 분기를 터뜨리다 말고 말을 뚝 그쳤다.

『그래. 그런 것이 당신들의 선택이라면 어쩔 수 없겠지. 애당초 길들여진 가축이 되어서야 어찌 더 이상 맹수라 할 수 있을까? 그리고 가축이 된 대가는…… 잡아먹히는 것뿐이지.』

포세이돈은 심상치 않은 기색을 느끼고 인상을 팍 찡그렸다.

"그게 무슨 소리냐?"

『글쎄. 어떻게 받아들일지는 형님의 마음 아니겠소? 흐흐.』

제우스가 내뱉는 웃음소리에.

포세이돈은 어쩐지 가슴 한편에서 피어나는 불길함을 누르면서 가만히 노려보기만 할 뿐이었다.

*　　　*　　　*

사하라 사막에 이어서.

중동의 스텝 지역과 남태평양을 차례로 건너면서, 연우는 마경의 주인들을 차례로 제거해 나갔다.

그들은 티와나쿠처럼 대개 과거에 위대한 격을 지녔으나, 지금은 볼품없는 상태로 전락해 버리며 칠흑의 파편을 탐하는 이들이 대부분이었다.

그들은 저마다 자신의 신명을 외쳐 대면서, 자신이 새로운 칠흑의 주인이 되겠다느니 하는 해괴한 소리를 지껄여 대곤 했다. 칠흑에 잔뜩 도취되어 더 큰 힘을 바라게 된 것이다.

그리고 그럴 때마다 연우는 그들을 가볍게 베어 버리고, 마경을 불태워 버리는 것으로 마무리를 지었다.

하지만 세 개의 마경을 전전하면서 느낀 점은.

'누가…… 있는 것 같은데.'

어쩐지 마경의 탄생이 절대 단순히 옛 존재들의 욕심에서 비롯된 게 아닐지도 모른다는 것이었다.

마경에는 몇 가지 공통점이 있었다.

첫 번째는 인위적으로 마경을 조성해 지구의 환경에 막강한 영향을 끼침으로써 신앙을 끌어모으고자 했다는 것이고.

두 번째는 칠흑의 파편을 단순히 탐내는 정도에서 끝내는 게 아니라, 지구의 생력(生力)에까지 손길을 뻗쳤다는 점이었다.

'지구는 천마에 의해 칠흑왕이 강제로 잠든 장소다. 피조물들은 절대 감지할 수 없을 이면에 탑이 세워지기도 했었고⋯⋯. 그런 지구의 생력에 손을 댔다는 건, 절대 허투루 넘길 일이 아니야.'

마경은 위장일 뿐, 실은 그 주인들의 힘을 채워 주기 위한 공장 시설이었던 셈이었다.

당연한 말이지만, 이런 건 그냥 세워질 수가 없다. 한두 개쯤은 우연의 일치일지도 모르지만, 마경의 위치나 생력이 빨린 정도로 봐서는 조직적인 움직임이 분명했다.

'가축장도 아니고. 마음에 안 들어.'

배후에 있을 놈들이 누군지는 모르지만, 어쨌거나 연우는 마경에 자리 잡은 놈들부터 먼저 족칠 생각이었다.

다만, 궁금점은 있었다.

과연 마경의 주인들은 이러한 배후의 마수를 알고 있었을까?

아니면 그냥 이용만 당한 걸까?

만약 이용당한 것이라면.

'비마질다라는 왜 마경의 주인이 된 거지?'

그 생각이 끝난 것과 동시에.

[비마질다라에서 메시지가 도착했습니다.]

　[메시지: 드디어 왔구나. 그대가 눈을 뜨기만을. 그대가 이곳에 오기만을 얼마나 고대했는지 아는가? 어서 오시게, 친구여.]

　화아아악!

　공허를 건너려는 연우의 머리 위로, 드넓은 상공을 가로지르면서 거대한 빛줄기가 통째로 떨어지고 있었다.

　비마질다라가 날렸을 게 분명한 검격(劍擊).

　『미친! 지구를 부수기라도 할 셈인가!』

　연우로서도 절대 무시할 수 없는 공격이었기에 한순간 피할까 하는 생각도 들었지만, 그랬다간 크로노스의 말대로 지구가 반 동강 날 것 같아 스퀴테를 거칠게 앞으로 뿌렸다.

　콰아아앙!

　그 순간, 엄청난 양의 충격파가 사방으로 번져 나가면서.

　마치 운석이라도 떨어진 것처럼 남태평양 한가운데에서 일어난 수십 미터에 달하는 거대한 해일이 사방팔방으로 번져 나갔다.

　그 순간.

"아, 아아악!"

"이게 뭐야……!"

"해일이다! 도망쳐!"

"도망칠 수가 없……!"

연우는 사방 각지에서 무수히 쏟아지는 수많은 말들을 들을 수, 아니, 감지할 수 있었다.

강한 공포와 두려움에 절은 사념들이 그의 감각을 쿡쿡 쑤셔 놓았던 것이다.

그도 그럴 것이 방금 전의 충격파로 인해 바다가 거친 풍랑을 일으키는 것으로도 모자라, 넓은 범위에 걸쳐 대기가 강제로 밀어젖혀지면서 강풍까지 불었으니까. 거기다 해저의 지면은 일부 갈라지기까지 했다.

실제로 근방에 있던 섬들은 연거푸 쏟아지는 해일에 완전히 잠기고, 해변 쪽의 도시와 마을들도 때아닌 날벼락을 맞게 되었다.

집이 그대로 쓸려 나가고, 사람들이 도망치다 말고 물에 잠기는 등 큰 피해가 속출하고 만 것이다.

호주와 뉴질랜드에 이어 남태평양에 있는 수많은 군도(群島)들이며, 남아메리카 대륙의 서쪽 해변 일대는 물론, 멀리는 일본과 미 서부까지 모두 피해 지역이 되고 말았으니.

제아무리 인간이 지구를 정복한 지성체라고 해도, 자연재해를 훨씬 뛰어넘는 힘을 자랑하는 재앙 앞에서는 아무 힘도 쓰지 못한 채로 무너질 수밖에 없는 것이다.

"살려……!"

제발 살려 달라는 아우성이 빗발치자, 연우는 어떻게든 비마질다라의 공격을 비껴 내고자 했지만.

비마질다라는 그런 연우의 생각을 들어줄 생각이 전혀 없다는 듯, 연속으로 검격을 퍼부어 댔다.

뒤로 이어질수록 공세는 더욱 거칠어지고 강해졌다.

쾅, 콰콰쾅—

연우는 이대로 있다간 정말 큰일이 나겠다는 생각에 이를 악물었다.

그냥 일대일로 기량을 겨루는 것이라면 또 모를까, 이런 식으로 막무가내로 부딪쳐서야 피해만 양산할 수 있었기 때문이었다.

이래서 진즉에 초월자들과 싸울 때에는 심상 결계 안에 가둔 채로 부딪치려 했던 것인데.

연우는 마력을…… 아니, 이제는 신력이 된 에너지를 잔뜩 끌어 올리면서, 유성우처럼 쏟아지는 비마질다라의 검격 사이사이로 나 있는 결을 잇달아 잘라 냈다.

그렇게 검격들이 잘게 부서지면서 무효화하는 것과 동시에.

파앗!

연우는 허공에다 한 발을 거세게 내디뎠다.

그러자 공간이 한껏 접히면서, 그는 진즉에 위치를 포착해 두었던 비마질다라의 뒤쪽으로 나타났다.

[축지(縮地)]

올포원—비바스바트의 시그니처 스킬 중 하나였던 기술.

하지만 지금은 완전히 그의 것이 되어 있었다.

아니, 정확하게는 그보다 훨씬 능숙하게 사용하고 있었다.

연우가 수없이 꾸었던 '꿈' 중에는 비바스바트의 신화도 있었기 때문이었다.

그가 살아왔던 세월, 그가 꿈꿨던 생애, 그가 바랐던 소망 따위를 전부 잘 알기에, 거기서 끝없는 단련 끝에 만들어진 시그니처 스킬에 대한 이해도도 그만큼 깊어졌던 것이다.

"호오!"

하지만 비마질다라는 전혀 놀라는 기색 없이, 짧게 감탄을 터뜨리면서 몸을 반대로 돌리며 애병 '세주품'을 비껴서 올려쳤다.

콰아아앙!

세주품과 스퀴테가 충돌하니, 이전보다 더 커다란 충격파가 번져 나갔다.

딛고 있던 지반이 그대로 눌리면서 수십 킬로미터가 통째로 날아가고, 깊이 파인 균열 사이로 지각 아래에 흐르던 용암이 크게 분출했다.

쿠쿠쿠—

"훨씬 능숙하군. 올포원…… 그 친구는 사실 나로서는 그다지 꺾고 싶은 의지가 생기는 작자가 아니었거든. 하지만 그대가 똑같이 사용하니 느낌이 전혀 다르구만."

비마질다라는 '역시 내가 인정한 친구답군'이라고 뒷말을 덧붙이면서 파안대소를 터뜨렸다.

[격전을 지켜보는 대다수의 악마들이 침음을 삼킵니다.]

[파안대소를 터뜨리는 비마질다라를 본 소수의 악마들이 자신들이 지금 헛것을 보았나 싶어 눈을

비빕니다.]

　[각자의 사회에까지 치닫는 신력과 마기의 향연
에 모두가 입을 다뭅니다.]

　[신의 사회, '멤피스'가 칠흑왕의 자아와 비마질
다라의 충돌에 우려를 표시합니다.]

　[신의 사회, '딜문'이 침묵에 잠깁니다.]

　[신의 사회, '아베스타'가 침묵에 잠깁니다.]

　……

　[신의 사회, '천교'가 한때 동맹군이었던 칠흑왕
의 자아를 유심히 살핍니다.]

비마질다라 역시 천마에 패해 탑에 유폐되어 있을 당
시.

　악마들은 만약 올포원—비바스바트의 횡포를 막을 수
있는 유일한 존재가 있다면, 그것은 비마질다라가 아닐까
하고 생각했었다.

　비록 올포원—비바스바트가 신위 때문에 탑 내에 거주
하고 있는 이들의 모든 신앙을 갈취하여 시스템의 화신으
로서 군림하고 있다지만.

　한평생 수많은 전장을 전전해 온 비마질다라라면 그런

한계를 극복해 낼 수 있지 않을까 생각했던 것이다.

본디 아수라는 억압을 받으면 받을수록, 그것을 뛰어넘고자 하는 성격이 강했으니까.

절교에 존재하는 4명의 아수라왕 중 3명은 실패하였으나, 유일하게 남은 그만큼은 어떻게든 해낼 수 있을지 모른다는 생각도 있었다.

하지만.

비마질다라가 올포원—비바스바트와 부딪친 적은 단 한 번도 없었다.

애당초 비마질다라가 그를 적수로 인정한 적이 단 한 번도 없었기 때문이었다.

이유는 간단했다.

그의 눈으로 보기에 올포원—비바스바트는 시스템에 의존한 채로 살아가는 존재일 뿐, 진정한 패자(覇者)로 여기기는 어려웠기 때문이었다.

올포원—비바스바트가 제아무리 수련을 게을리하지 않고, 일곱 개나 되는 시그니처 스킬을 만들어 내었다고는 하지만, 그의 눈에는 오로지 '승리'만을 바라는 편법쟁이에 불과했다.

그러니 세주품을 그런 놈에게 겨누는 것 자체가 불쾌한 일이었고.

올포원—비바스바트 역시 자신에게 도전해 온 이가 아니라면 굳이 싸우지는 않았으니, 두 사람이 부딪칠 일이 없었던 것이다.

하지만 비마질다라의 눈에 연우는 전혀 달랐다.

그는 투쟁에 투쟁을 거듭해 오면서 이 자리까지 올라오지 않았던가?

물론, 그 역시 편법을 어느 정도 이용한 것은 사실이라고는 하나, 그렇다고 해서 그것이 그가 쌓은 업을 무시할 정도는 아니었다.

아니, 도리어 그런 편법을 바탕으로 더 높이 우뚝 서기까지 했으니.

끝끝내 아무도 극복해 내지 못했던 탑마저 부쉈을 때.

칠흑왕이라는 거대한 감옥을 헤치고 나온 것부터가 그의 눈에는 너무나 대단하게 보였다.

그렇기에 비마질다라는 이제 이 세상에서 연우만이 자신과 칼을 겨룰 만한 유일한 존재라고 생각했다.

콰콰콰콰—

비마질다라는 거침없이 세주품을 휘둘러 댔다.

투로나 기예 따윈 전혀 없었다.

겉보기에는 그저 막싸움으로만 보일 동작들이었지만.

연우는 그것을 비껴 치고, 끊어 치고, 반격하면서 도저히 상대하기가 쉽지 않다는 생각이 들었다.

'결을 모두 무시하고 있어. 이걸 대체 뭐라고 해야 되지? 무결(無缺)은 아닌…… 결결(缺缺)? 아니면 만결(萬缺)이라고 봐야 하나?'

이 세상에 기반을 두고 살아가는 존재들은 피조물이든 초월자든 간에 상관없이 결, '어그러짐'을 가지고 있다.

어느 누구도 완전하게 세상의 법칙에 동화된 채로 살 수 없기 때문이었다.

다만, 그런 '어그러짐'을 하나둘씩 제거함으로써 보다 완벽에 가까워지고, 영혼의 격이 높아질수록 결의 숫자는 극히 적어지게 된다.

그러다 무결(無缺), 어그러짐이 전혀 없는 존재가 되었을 때만이 비로소 시공을 초월한 존재, 황이라 할 수 있으니.

연우가 보았던 천마나 칠흑왕이 바로 그런 존재에 해당했다.

그런데 특이하게도 비마질다라는 오히려 그런 결을 너무 많이 지니고 있었다.

오히려 웬만한 피조물들과는 비교도 할 수 없을 정도로, 훨씬 많이.

대신에 그는 그런 결을 온통 무시하고 있었다.

보통 존재들은 결에 속박되어 그것을 건드릴 경우에 무너지는 경우가 많으나, 비마질다라는 결을 아무리 건드려도 타격을 입기는커녕 오히려 더 크게 반응해서 강한 공세를 퍼부었다.

그리고 세주품은 그런 결의 속박이나 한계를 전혀 무시하면서 움직였으니.

오히려 새로운 움직임에 따라 다시 무수히 많은 결이 새롭게 만들어질 정도였다.

마치 이 세상의 법칙에서 그만이 홀로 동떨어진 것처럼 보일 정도였으니.

그것을 본 순간.

연우는 비마질다라라는 존재가 쌓은 업과 신화가 어떤 것인지를 알 수 있었다.

틀과 한계를 벗어난 존재.

속박이 있다면 그 속박을 부수고, 구속이 있다면 그 구속을 해체하면서 끝끝내 정점에 오른 존재.

그렇기에 무수히 많은 결을 소지하였지만, 그런 결들을 '무시'하는 것이 업이 되어 버린 존재였다.

이런 존재라면, 능히 이 세계에 적용되는 모든 법칙을 무시할 수밖에 없고.

'신' 이니 '악마' 니 '황' 이니 하는 잣대로 구분하기 힘들 수밖에 없을 것이다.

콰릉, 콰릉, 콰르릉—

쿠쿠쿠쿠!

하지만 그렇기에 연우는 조금씩 녀석을 상대하는 것에 부담감을 느꼈다.

정면으로 맞부딪치는 것은 아무래도 상관없다.

그 역시 쌓은 업들이 하나같이 기존의 틀과 한계를 부수면서 싸워 나가는 '투쟁' 에 근거를 두고 있었으니까.

문제는 이곳이 지구라는 점이었다.

지면이 융기하면서 없던 산맥이 생기고, 아마존처럼 넓게 펼쳐진 숲 자락이 밀리면서 사막이 만들어지다가도 하늘에서는 폭우가 잔뜩 쏟아지면서 피어날 리 없는 꽃이 갑자기 황무지 위로 만발하는 등, 기괴한 이상 현상들이 연이어 발생했다.

감지된 바로, 남미 대륙은 이미 수십 갈래로 갈가리 쪼개져 여러 방향으로 흩어지고 있었고, 그에 따라 해류가 급격하게 틀어지면서 지표면이 모조리 흔들리고 있었다.

하늘은 온통 남미 대륙에서 치솟은 가스와 먼지로 뒤덮여 점차 붉게 변하기까지 했으니.

거기다 맨틀이 일부 역류를 일으키기도 하는 등, 이대로 있다간 지구가 정말 모조리 망가질 태세였다.

그나마 그가 비마질다라의 충격파를 전부 자신의 '꿈'으로 끌어당기면서 수용하거나, 간간이 신력을 움직여 '자정 작용'을 발동시켰기에 이 정도로 그친 것이지, 이대로 계속 가다간 정말 지구가 부서질 수밖에 없는 판국이었다.

비마질다라는 그저 지구를 그와의 싸움을 위한 전장으로만 여기고 있을 뿐, 지구인들이나 생명체들에 대한 배려가 전혀 없었다.

아마 여기에 대해 아무 생각도 없으리라. 그로서는 당장 지금 부딪치는 싸움에만 집중하면 되는 것이고, 유희와 열락만 만끽하면 충분했으니.

그래서 연우는 다른 마경의 주인들과 싸웠을 때처럼, 어떻게든 전장을 자신의 심상 세계로 옮기고자 했다.

화아아!

그림자가 움직였다. 지면에서부터 수십 갈래의 어둠이 치솟아 비마질다라를 감싸 안으려 했으나.

스걱!

그때마다 비마질다라는 세주품을 거칠게 뿌리면서 그림자를 모조리 잘라 버렸다. 심상 세계는 구축되기도 전에 모조리 부서지면서 그를 가두기는커녕 생성도 되지 않았다.

"미안하지만, 이 몸은 전력을 다해서 그대와 부딪쳐 보고 싶은 것이어서 말일세. 어디에 갇힌 채로 칼부림을 해서야 별반 재미도 없잖나?"

연우는 인상을 한껏 굳혔다.

실실 웃어 대는 모습이, 말은 저렇게 해도 연우가 당황해하는 것을 보고 적잖게 즐거워하는 것 같았으니.

비마질다라는 지금 이 겨루기를 단순한 '놀이'로 생각하는 게 틀림없었다.

그리고 문제는, 실제로 여태껏 빚어진 충돌은 두 사람 모두 전력은커녕 가볍게 칼 놀이를 하는 것에 불과했다는 점이었다.

[모든 신들이 두 존재의 싸움을 숨죽여 지켜봅니다.]

[모든 악마들이 두려움을 가지면서도, 싸움의 승패에 관해 강한 호기심을 드러냅니다.]

지구인들을 포함해 그들의 싸움을 지켜보는 초월자들에게는 전부 간담을 서늘케 할 만한 크나큰 충격이었지만.

그 순간.

화아아—

비마질다라를 따라 흐르던 공기가 확 하고 완전히 뒤바뀌었다.

"그럼 인사는 이만하면 된 것 같으니, 어디 한번 제대로 해볼까?"

비마질다라가 한쪽 입술을 크게 비틀었다.

[악마의 사회, '절교'가 비마질다라가 준비하는 것이 무엇인지를 깨닫고 크게 혼비백산합니다!]
[악마의 사회, '니플헤임'이 조심하라고 단단히 이릅니다!]
……

세주품을 따라, 칼날을 따라 마기가 단단히 응집되었다. 마치 세상에 존재하는 마(魔)란 마는 전부 끄집어 올려 단단히 압축시킨 것 같은 형태.

그건 단순히 보는 것만으로도 영혼을 격동케 만들고, 저절로 마도로 접하게 만들 만한 힘을 가지고 있었다.

〈검은 구비타라〉

연우는 그것이 언젠가 비마질다라가 자신에게 주었던 권능의 최종기(最終技)라는 것을 단박에 알아차릴 수 있었다.

저것을 그냥 내버려 뒀다간 아무리 충격을 '꿈'으로 흡수한다고 해도, 지구는 물론 태양계까지 전부 날아갈 터였다.

[검은 구비타라]

결국 연우는 자신도 똑같이 권능을 발현해야만 했다.

이 역시 '축지'처럼 '꿈'을 통해 재해석하면서 만든 것.

콰콰콰콰!

두 개의 거대한 신력의 폭풍이 서로 맞물리면서 부딪치고, 어그러지고, 지구를 마구잡이로 할퀴는 가운데.

연우는 인지 영역을 더더욱 세분화하면서 다른 무언가를 빠르게 살폈다.

머릿속으로, 이곳에 오기 전에 세샤와 나눴던 대화가 떠올랐다.

　　—비마질다라의 마경은 다른 마경들과는 차이점
　이 있어요.
　　—그게 뭐지?

—다른 마경들은 인간들이 접근할 수 없도록 생
태계가 완전히 바뀌었다면, 비마질다라는 그냥 군림
하고 있을 뿐이라는 점이에요.

　—이를테면?

　—비마질다라는 자신의 지배에 도전하는 자들에
게는 서슴없이 칼을 휘둘렀어요. 그래서 남미에 있
는 군대나 정부는 줄줄이 망했지만, 반면에 그를 신
으로 숭상하는 일반인들의 거주는 허락했다더라구
요. 다른 마경들처럼 몬스터 웨이브도 전혀 없었고,
오히려 보호해 주기까지 했다고…….

　—그럼 왜 마경이라 불리는 거지?

　—언터처블이 있는 곳이니까요. 협회에서도 남미
에는 전력을 전혀 투입하지 못하고 있고…….

　—흠.

　—왜 그러세요?

　—내가 알고 있는 비마질다라와 행동이 너무 달
라서.

　연우가 기억하기로, 비마질다라에게는 누군가를 보호한
다거나 지배한다는 개념 자체가 없었다.

　그가 제아무리 아수라왕의 칭호를 지녔다지만, 애당초

그것은 아수라라는 종족을 지배하기 때문이 아니라, 그들의 정점으로 군림했기 때문이었다.

그는 절대 어딘가에 얽매이지 않는다.

부평초처럼 떠돌며, 부딪치는 것은 부수고, 묶이는 것은 자른다. 한때, 절교라는 사회에 소속되어 있었던 것도 단순히 필요에 의한 것이었을 뿐, 그 안에서도 그에게 강제를 하는 이는 아무도 없었다. 그렇기에 나올 때도 아무런 제재도 받지 않았다.

그런데 한 대륙을 떠나지 않고 계속 머물면서 마경을 일군다고?

절대 있을 수 없는 일이었다.

'역시 다른 누군가의 마수라도 있는 건가?'

—아직 확실하진 않지만, 비마질다라의 곁에 한 여자아이가 붙어 다닌다고 들었어요.

—여아?

—예. 꼭 그녀를 보호하려는 것처럼 보인다고……. 남미에서 탈출한 목격자들 사이에는 그 때문에 비마질다라가 남미를 떠나지 않는다는 소문까지 떠도나 봐요.

비마질다라가 왜 인간 소녀에게 그만한 관심을 기울이는
지는 전혀 알 수 없지만.

만약 그것이 사실이라면, 연우로서는 절대 그냥 넘어갈
수 있는 일이 아니었다.

그리고.

「꺄륵! 주인님, 찾았다구요!」

곳곳으로 흩어 보냈던 그림자들 중 라플라스가 보낸 의
념에, 그는 그쪽으로 손길을 뻗쳤다.

작은 몸집을 한 소녀가 어느 결계 안에서 조용히 숨어 있
었다. 소녀의 그림자가 꿈틀거리면서 높이 일어났다. 라플
라스가 그 안에서 흉포하게 웃고 있었다.

「그럼 잘 먹겠습니당!」

그림자, 라플라스가 아가리를 확 젖히면서 소녀를 집어
삼키려는 순간.

「……어라?」

라플라스는 자기도 모르게 등골이 섬뜩해지는 것을 느껴
야만 했다.

바로 뒤쪽.

어느새 비마질다라가 나타나 이쪽으로 세주품을 휘두르
고 있었다. 검은 구비타라의 최종기가 단단히 응집되어 있
는 만큼, 폭사된다면 제아무리 그림자에 뿌리를 두고 있다

고 해도, 라플라스라는 자아 자체가 통째로 날아가 버릴 수밖에 없는 위력이었다.

라플라스는 비마질다라의 그런 선택을 도저히 이해할 수가 없었다.

연우와 맞부딪치기 직전에 갑자기 위치를 바꿔 버리다니. 자신이야 여기서 소멸한다고 해도 어차피 흥미를 위해 있던 것이니 별 미련이 없다지만, 비마질다라는 그게 아니지 않은가. 곧장 연우가 그의 빈 뒤통수를 가격해 버린다면 모든 게 끝장이었다.

하지만 비마질다라는 그런 걸 전혀 개의치 않는 눈치였다. 오히려 연우를 상대할 때는 흥미진진함으로 가득하던 두 눈에, 지금은 처음으로 다른 감정이 깃들어 있었다.

걱정.

우려.

분노.

이 소녀를 진심으로 생각하는 게 분명했다.

최고 관리자 출신이었기에 놀라울 수밖에 없었다.

'그 삭막하기 짝이 없던 비마질다라가 한낱 소녀를 걱정한다구용? 뭔가 이상해도 너무 이상하잖아용!'

그런 생각을 하는 동안.

화아아악!

세주품이 라플라스의 머리 위로 떨어졌다. 단번에 그를 찢어 버릴 듯이 흉포한 위력.

그리고 그 순간, 연우도 스퀴테를 거칠게 휘둘렀다. 그가 따로 재해석해서 만든 검은 구비타라가 잔뜩 피어나면서 검뢰의 형태로 번쩍였다.

검뢰는 굴절된 공간을 따라 비마질다라의 정수리 위로 떨어졌다.

라플라스는 자신의 죽음과 함께, 멍청하게 등을 내어 준 비마질다라의 죽음도 같이 직감했다.

그래도 최소한 가는 길에 혼자는 아니군용. 그렇게 입가로 웃음이 삐져나오려는데.

쐐애액!

순간, 검뢰가 다시 한번 더 굴절되었다. 공간이 크게 꺾이면서 비마질다라 쪽이 아닌, 라플라스의 등 뒤로 검은빛이 번쩍이면서 비마질다라의 검격을 튕겨 냈다.

콰아아앙!

커다란 폭발과 함께 라플라스가 거칠게 튕겨 나고, 비마질다라가 뒤로 크게 밀려났다.

동시에 높게 일어선 빛의 기둥이 지면을 뚫는 것으로도 모자라, 그대로 맨틀과 외핵을 뚫고 지구의 반대편으로 삐져나왔다.

쿠쿠쿠—

지구가 금방이라도 부서질 것처럼 크게 떨렸다. 이미 뻗쳐 나간 먼지구름이며 충격파는 대기마저 우주 밖으로 떠밀어 내면서 지구를 더 이상 생명체가 살 수 없는 불모의 공간으로 만들어 버렸다.

바닷물이 증발하고, 갈라진 지면 사이로 솟구친 화산은 용암을 쉴 새 없이 토해 내면서 유독 가스로 새롭게 대기를 가득 채웠다.

「주인님! 지금 저를 구해 주신건가용?」

라플라스는 바닥을 한참이나 뒹굴다가 고개를 번쩍 들었다. 그 역시 충격을 완전히 피할 수는 없어서 영체의 7할 이상이 강제로 뜯겨 나간 상태였지만, 자아는 온전히 유지할 수 있었기에 감격에 찬 얼굴이 되어 있었다.

하지만 어느새 그의 앞에 나타난 연우는 별다른 대답을 하지 않고 비마질다라 쪽으로 몸을 날렸다.

「하여간 겉보기에는 차가워 보이셔도, 속은 따뜻한 남자라니깡.」

라플라스는 그렇게 웃으며 그림자 속으로 숨으면서도 눈동자를 빠르게 데구루루 굴렸다. 그는 방금 전의 상황으로 연우가 잔뜩 화가 났다는 것을 놓치지 않고 있었다.

어떻게든 비마질다라를 다른 곳으로 유도하려 했지만,

그는 기어코 그것을 따르지 않았다.

덕분에 지구는 멸망한 상태나 다름없게 되어 버렸으니.

유일하게 온전한 곳을 꼽으라 한다면 소녀가 있는 결계 구역밖에 없었다. 세샤 등은 다행히 진즉에 방주로 몸을 숨긴 것 같았지만, 그래도 다른 존재들은 어떻게 손을 쓸 새도 없었다.

심지어 지구의 공전축은 완전히 뒤집혀서 태양을 어지럽게 도는 신세가 되어 버린 상태.

태양계의 다른 행성들도 모조리 축이 뒤흔들리면서 이미 모든 것이 망가지기 시작한 상태였다.

그로서는 여태껏 고생하던 것이 헛수고로 돌아간 셈이니 잔뜩 짜증이 날 수밖에 없는 상황이었다.

지구는 그가 태어난 고향이며, 동생이 부활한다면 가족들과 함께 다시 머물 터전이기도 했지만.

그가 끝까지 이곳을 보호하려 했던 이유는 단순히 그런 것뿐만이 아니었다.

츠츠츠—

그 순간, 바닷물이 전부 증발하기 전에는 태평양이었던 공간에서부터 검은 무언가가 스멀스멀 피어오르기 시작했다.

그것은 꾸역꾸역 쏟아지고 있는 맨틀이나 용암 따위와는 전혀 달랐다. 마치 우주를 떠돌아다니는 암흑물질처럼 어둡고, 그림자처럼 형체가 없으며, 공허처럼 진득한 점성을 가진 물체였다.

그것들이 마치 아지랑이처럼 하나둘씩 피어오르더니, 서로 엮이면서 범위를 점차 넓혀 나가다가 어느 순간 지구를 비롯한 태양계 전체로 확 하고 번졌다.

동시에 그것은 점차 형체를 갖춰 나갔으니.

[타계와의 연결이 긴밀해졌습니다.]

[지구에 오랫동안 잠들어 있던 무언가가 꿈틀거립니다.]

[지구에 오랫동안 잠들어 있던 무언가가 스스로를 자각합니다.]

[지구에 오랫동안 잠들어 있던 무언가가 '종말'을 그립니다.]

......

['약속된 땅'이 떠오를 준비를 합니다!]

그것은 언젠가 연우가 탑이 무너지기 전에 보았던 것과 똑같은 모습을 하고 있었다.

너무나 거대하고 아득하기에 좀처럼 제대로 된 형체조차
인지할 수 없었던 것.

　칠흑왕이었다.

　　[칠흑왕이 천천히 눈을 뜹니다!]

　　[현재 의식이 없는 상태입니다.]

　　[현재 자아가 없는 상태입니다]

　　[현재 영혼이 없는 상태입니다]

　　……

　　[칠흑왕이 자신의 결여(缺如)된 부분을 찾습니
다.]

　　……

　　[칠흑왕이 자신의 의식을 응시합니다.]

　　[칠흑왕이 자신의 자아를 주시합니다.]

　　[칠흑왕이 자신의 영혼을 묵시합니다.]

　　……

　　['종말'이 중단됩니다.]

　　['약속된 땅'이 더 이상 떠오르지 않습니다.]

그나마 다행이라면 저것은 영혼과 자아가 전혀 없어 움직이지 않는 '육체' 라는 점이랄까.

'결국.'

그래도 연우로서는 절대 꺼내고 싶지 않았던 것이라, 인상을 팍하고 찡그려야만 했다.

칠흑왕은 원래 천마와 '낮' 에 의해 공허의 밑바닥에 단단히 봉인되어 있던 상태. 그리고 그 무게를 더하기 위해서 신과 악마들을 끌어들여 가두고, 그것으로도 모자라 각 우주에서 초월의 자질을 타고난 영웅들을 끌어모으기도 했다.

그리고 그 장소가 바로 지구, 정확하게는 지구의 이면(裏面)이었다.

지구에 온갖 신과 악마들의 신화가 넘쳐흘렀던 것도, 전부 이곳이 칠흑왕의 봉인지이자 신과 악마들의 거주지였기 때문이었던 것이다.

그런데 탑이 없어진 지금. 칠흑왕의 비상을 막을 수 있는 건 아무것도 없었다.

다행히 연우가 자아의 일부가 되면서 '꿈' 을 유예하는 형태로 칠흑왕을 강제로 재우고 있는 중이라지만, 완전한 안전장치라고 할 수는 없었다.

더군다나 자아와는 별개로 지구에는 칠흑왕의 육체 즉, 르' 뤼에가 있는 상태가 아니던가.

이 역시 '알'을 형성하다 말고 탑의 붕괴와 함께 다시 지구 아래로 잠들고 말았으니. 언제 튀어나와도 이상하지 않던 상황이었다. 연우도 칠흑왕을 완전히 제어할 수 없는 상황에서 르'뤼에는 별개의 부품이라고밖에 할 수 없었다.

마경의 주인들이 지구에 빨대를 꽂으면서 캐내려 했던 것이 바로 이 르'뤼에였다.

마치 S극과 N극이 서로를 찾듯이. 영혼이 결여된 르'뤼에는 어떻게든 영혼을 찾고자 움직일 수밖에 없고.

그 과정에서 자연스레 칠흑의 파편 쪽으로 움직이게 된다.

마경의 주인들은 이런 칠흑의 파편을 이용해서 르'뤼에에 접촉하여 새로운 존재로 깨어나려는 것이니.

연우가 눈을 뜨자마자 파편이 우주 곳곳에 흩어진 것을 감지하고 곧장 회수를 시도했던 것도, 마경을 차례로 지워나가고자 했던 것도 전부 그런 이유 때문이었다.

그 어떤 것도 르'뤼에에 접근하게 내버려 둘 수 없는 노릇이니까.

지구를 어떻게든 유지하려던 것도 괜히 르'뤼에를 자극하지 않으려던 것인데…….

비마질다라가 이런 식으로 나서면서 강제로 르'뤼에를 깨워 버린 셈이니.

[신의 사회, '천교'가 긴급 경계 상태에 돌입합니다. 지구를 경계합니다.]

　[신의 사회, '멤피스'가 최고 경계 태세를 갖춥니다. 지구를 경계합니다.]

　……

　[악마의 사회, '니플헤임'이 수장의 명령에 따라 언제든 출병할 자세를 갖춥니다. 지구를 경계합니다.]

　……

　[모든 신들이 '탑'이 무너지던 순간을 떠올리며 등골을 바짝 세웁니다.]

　[모든 악마들이 칠흑왕의 반응이 어떻게 이어질지 몰라 잔뜩 경계합니다.]

　[몇몇 존재들이 결여된 칠흑왕을 보면서 탐심을 드러냅니다.]

　[몇몇 존재들이 아직 회수되지 않은 칠흑의 파편에 눈독을 들입니다.]

[칠흑왕의 자아가 방금 전에 탐심을 드러낸 존재들과 눈독을 들인 존재들을 관망합니다.]

[칠흑왕의 자아가 그들에게 쓸데없는 욕심을 부린다면, 그 사회 자체를 불살라 버리겠다면서 짧게 경고합니다.]

[칠흑왕의 자아가 명단을 확인합니다.]

[탐심을 드러냈던 몇몇 존재들이 자라목이 됩니다.]

[칠흑의 파편에 눈독을 들였던 몇몇 존재들이 자라목이 되어 시선에서 벗어나기 위해 도망칩니다.]

연우는 신과 악마들의 쓸데없는 생각이 커지기 전에 그들의 위치를 빠르게 파악하고, 짧게 경고했다.

이것으로 일단 큰 분란은 막을 수 있겠지만, 완전히 저들의 탐심을 전부 지울 수 있을 거란 생각은 하지 않았다.

[칠흑왕이 자신의 결여된 부분을 바라봅니다.]

[칠흑왕의 자아가 칠흑왕의 시선을 무시합니다.]

[칠흑왕의 자아가 탐탁지 않은 시선으로 비마질다라를 노려봅니다.]

"대체 뭘 하려는 거지?"

연우는 비마질다라를 당장이라도 찢어 죽일 것처럼 으르렁거렸다.

대체 그가 뭘 원하는 건지, 의도를 전혀 알 수가 없었기 때문이었다.

단순히 싸우는 것만이 목적이라면 그냥 마음 편하게 장소를 옮겨서 싸웠으면 됐을 일이고, 르' 뤼에에 관심이 있었다면 처음부터 이런 식으로 지구를 뒤집었으면 됐을 게 아닌가.

이런 식으로 과하게 판을 벌일 필요가 없었다.

오히려 이렇게 르' 뤼에까지 드러내서야 다른 놈들이 개입할 소지만 있으니, 제대로 싸우지도 못할 텐데.

이건 마치 다른 누군가에게 보여 주려는 듯한…….

'보여 주려고 한다고?'

연우는 거기까지 생각이 미치자, 순간 뒤통수를 세게 얻어맞은 것처럼 정신이 확 깼다.

"말하지 않았나. 나는 그저 제대로 싸우고 싶을 뿐이라고 말이야."

비마질다라는 크게 웃음을 터뜨렸다.

두 눈에 맺힌 호승심은 진짜였다.

그렇기에 연우는 깨달을 수 있었다.

싸우는 것도 싸우는 것이지만, 비마질다라는 무언가 그에게 메시지를 전달하려 하고 있었다.

경고.

이 뒤에 다른 누군가가 있으니, 반드시 조심하라는 경고.

'대체 누가 있어서?'

비마질다라가 이런 식으로 퍼포먼스를 하면서까지 삥 에둘러서 경고해야 할 대상이 있는 걸까? 애당초 그는 이런 걸 전혀 신경 쓰지도 않을, 자유로운 존재이면서도?

연우가 진즉에 그와 부딪치기 전에 존재를 의심했던 '배후'가 분명했다. 혹시 그것이 이블케나 그와 관련된 무언가일까 하는 그런 생각이 들었지만.

콰르르릉—

비마질다라는 다시 웃으면서 이쪽으로 몸을 날렸고.

연우는 전력을 다해 그와의 싸움에 집중해야만 했다.

비마질다라는 이미 자신의 메시지가 연우에게 닿은 것만으로도 충분하다는 듯, 다시 전투에 몰두했으니까.

'이대로는…… 안 되겠어.'

그렇기에 연우는 스퀴테를 쥐고 있던 손에 힘을 꽉 쥐었다.

더 이상 싸움이 길어져서는 안 된다. 비마질다라도 딱히

그것을 원하지 않을뿐더러, 이곳을 관전하고 있을 '배후'
에게도 별다른 의미를 주지 못한다.

이쪽에서도 '배후'를 향한 경고가 필요했다.

곧 찾아가겠다는, 그런 경고.

'아버지.'

『알았다. 저 친구와는 더 길게 겨뤄 보고 싶었지만……
이렇게 된 이상, 그것은 저 친구에 대한 예의가 되지 못하
겠지.』

크로노스와 마음으로 의사가 전달된 순간.

합일(合一)!

연우는 칠흑왕에게 묶여 있는 것과는 별개로 자신의
'인격'이 더 또렷해지고, 독립성이 강해지는 것을 느낄
수 있었다. 스퀴테에 맺힌 검고 붉은 검뢰가 몇 층 더 짙
어졌다.

그가 발휘할 수 있는 최대의 검뢰 출력이었으니.

[검뢰팔극 ― 팔극(八極)]
[올포원 ― 대수인]

순식간에 3번의 검격이 오고 갔다.

쾅!

첫 번째 충돌에 거대한 빛줄기가 다시 한번 더 우주의 공간을 관통하고.

채앵—

두 번째 충돌에서 스퀴테가 비마질다라를 둘러싼 수많은 결들 사이로 깊숙하게 파고들어 세주품을 가르고 지나갔으며.

퍼어억!

세 번째 충돌에서 스퀴테가 비마질다라의 왼팔을 사선으로 가르면서 우측 가슴팍에 깊숙하게 박혔다.

[죽음의 태엽이 맹렬하게 회전합니다!]

['죽음'의 개념이 비마질다라를 잠식합니다.]

"아저씨!"

어디선가 뒤쪽에서 그런 소리가 들리는 것 같았다.

비마질다라는 죽음이 영체를 잠식하고 있는데도 불구하고, 웃는 낯으로 자신의 가슴팍에 꽂힌 스퀴테를 슬쩍 내려다보았다.

"이건…… 뭔가. 단순히 검뢰만 있는 건 아닌 것 같던데.

전혀 새로운 기술이었어."

"대수인입니다."

"아니. 그것 말고. 비바스바트의 것은 내게 닿을 수 없어."

"아직 이름을 짓지 못했습니다."

"'꿈'에서 깨우친 것이로군. 하면 가장 먼저 내가 견식한 것 같으니, 내게 그 이름을 지을 수 있는 영광을 주겠나?"

연우는 가만히 고개를 끄덕였다.

"'검붉은 구비타라'. 어떤가?"

"그러겠습니다."

연우가 깨우친 것들의 많은 부분이 사실 비마질다라의 투쟁심에서 자극을 받고 영감을 얻은 것이니……. 그의 권능에서 이름을 따오는 것도 이상하지는 않으리라.

"후후. 이로써 이 몸은 죽어도, 죽지 않은 것이 되었군. 그대가 있는 한, 그 이름도 계속 이어질 테니까."

신과 악마는 '이름'이 없어진 순간 죽는다. 반대로 '이름'이 길이길이 전해지는 한, 신앙도 계속 이어진다.

"그것이라면…… '놈'을 잡을 수 있을지도 모르겠……!"

그런 흐릿한 말과 함께.

퍼석!

파스스―

비마질다라가 가루가 되어 흩어져 사라졌다.

[비마질다라가 부서집니다.]

[부서진 신화들이 차례로 영상을 비칩니다.]

가루가 되어 흩어지는 비마질다라의 영육 사이사이로.

그가 그동안 이루었던 신화들이 파편이 되어 하나둘씩 나타났다가 사라졌다.

삼계 육도(三界六道)의 가장 밑바닥인 지옥계(地獄界), 그곳을 구성하는 108지옥 중에서도 가장 아래층에 위치한 곳의 두억시니로 태어나 아수라왕에 이르기까지.

오로지 싸움과 전쟁으로만 점철된 신화들부터 시작해서, 탑에 갇히고 이곳 지구에 다다른 순간까지의 모든 기록들이 그곳에 있었다.

그러니 이것 역시 그런 기록 중 하나였다.

[비마질다라의 의지에 따라, 칠흑왕의 자아에게 신화의 일부를 재생합니다.]

                    *   *   *

  탑이 무너진 이후, 비마질다라는 곧장 지구로 넘어왔
다.

  탑에 갇히기 전에 각자가 머물던 터전으로 하루라도 빨
리 되돌아가고자 했던 다른 신이나 악마들과 다르게.

  그는 언젠가 이곳에서 연우가 눈을 뜨리라 믿어 의심치
않고 있었기 때문이었다.

  지금이야 여러 사회들이 르'뤼에에 대한 관심이 크고,
칠흑왕의 파편을 어떻게든 습득하고자 관심을 기울이며 지
구로 하나둘씩 진출을 하고 있었다지만.

  당시에는 칠흑왕이나 '밤'의 무리들이 침공을 시작한다
면, 가장 먼저 피해를 입을 곳이 지구라는 것을 잘 알기에
우리 은하에 가까이 가지 않으려 하는 경향이 강했다.

  그런데도 그는 그런 것을 전혀 신경 쓰지 않은 것이다.

  아니, 오히려 비마질다라는 자신을 칠 수 있다면 쳐 보라
는 듯 무방비 상태로 있기도 했으니.

  애당초 그는 자신이 서 있는 곳이 전장이며, 앉아 있는
곳이 터전이라는 생각을 여전히 지우지 않고 있었다.

  지구에 있을 때는 별반 신격을 드러내지도 않았고, 인간
들에게 모습을 비치지도 않았다.

그저 인적이 드문 산이나 숲 어딘가로 들어가 자기 수양 (自己修養)에만 집중하고 있었을 뿐. 추후에 '안데스산맥' 이라고 알려진 장소가 바로 그의 은거지였다.

그러던 중에 비마질다라에게 한 사람이 찾아왔다.

이상하게 당시에는 그 얼굴이 '익숙'하다고 생각했지만, 뒤돌아서 생각해 보면 그림자가 잔뜩 져서 생김새가 전혀 떠오르질 않았다.

그나마 당시에 받은 인상이 있다면, 사람 좋아 보이는 얼굴을 하고 있다는 것 정도?

그 외에는 입고 있던 복장도, 신력의 특징도 전혀 떠오르는 게 없었다.

"당신이 비마질다라요?"

"……그런데?"

"당신과 한번 붙어 보고 싶소."

"귀찮으니 사라져라."

비마질다라는 손사래를 쳤다.

애당초 그가 격을 달성한 이후로 칼을 섞은 이들은 하나같이 그럴 만한 자격이 있는 자들. 그리고 그때마다 그는 최고의 컨디션을 유지하며 전력을 다해 부딪쳤다.

연우가 언제 깨어날지 모르는 당시도 마찬가지.

그가 은거를 택했던 이유부터가 쓸데없는 소란에 휩쓸리

지 않고, 언제 연우가 나타나도 바로 싸울 수 있도록 컨디션을 유지하려는 목적이 가장 컸으니.

필요하다면 수백 수천 년간을 그렇게 한자리에 머물 용의도 있었다.

그런데 어디서 보지도 못한 존재가 나타나 싸움을 걸어대니 당연히 들어줄 리가 만무했다.

만약 실력이 제법 좋은 작자라면 칼 솜씨를 날카롭게 만들 수 있을 것이나, 그렇지 못하다면 괜히 날을 무디게만 만들 거란 생각에서였다.

그러니 차라리 귀찮은 일에는 휘말리지 말자는 게 그의 주의였지만.

"음! 이래서는 '우리'의 계획에 차질이 생기게 되는데."

우리?

마치 자신만이 아닌 다른 이들도 있다는 듯한 말투.

"당신이 강하다는 말을 들어 알고 있소. 천마도 지금에 이르기 전에는 당신을 꺾기 위해 부단히도 노력을 했었고, 우마왕도 당신 앞에서는 그리 크게 힘자랑을 하지 않는다지? 하여 '우리'는 당신이라면 우리와 뜻을 함께할 만한 동지라 생각하고 있소."

"분명히 말했다. 일 없으니 꺼지라고."

"그러지 말고 '우리'와 이야기라도 해 보지 않겠소? 그러기 싫다 하여도 한 번쯤 칼을 부딪쳐 본다면 생각이 바뀔 수도 있고."

"그 말. 뜻을 따르지 않는다면 강제로 말을 듣게 하겠다는 것으로 들리는데?"

"아, 혹시 그렇게 들리셨소? 참. 그럴 생각은 없는데. '우리' 중에 막무가내인 작자가 있긴 하오만, 그래도 되도록 설득을 할 생각이라오."

"내가 세상에서 제일 싫어하는 게 있다. 뭔지 아나?"

"오! 드디어 대화를 할 생각이 생겼나 보구려. 무엇이오?"

"말 많은 놈."

"……음?"

"그리고 그런 놈들은."

그 순간, 비마질다라는 움직였다.

"전부 죽었지."

차아앙!

비마질다라는 눈앞에 있는 놈을 치워 버릴 생각으로 세 주품을 거칠게 휘둘렀다.

나름 전력을 다한 것이기에 웬만한 신격 따윈 그대로 영체가 찢겨 나갔을 테지만, 놈은 그래도 어렵지 않게 공격을 막아 냈다.

"입만 산 건 아닌 모양이로군."

"이런. 굳이 이렇게 싸우고 싶은 생각은 없었소만……
그래도 이왕에 이렇게 된 것, 잘되었구려."

상대는 난감하다는 듯이 쓰게 웃으면서도, 흥미진진해진
다며 한쪽 입꼬리를 크게 말아 올렸다.

그 순간, 비마질다라는 깨달을 수 있었다.

눈앞에 있는 녀석은 자신과 다른 길을 걸었지만, 성향은
비슷할지 모른다고.

수도 없이 많은 전장을 전전한 이에게서만 느낄 수 있는
투기(鬪氣)가 느껴지고 있었다.

그리고.

두 존재의 격돌은 그렇게 시작되었다.

비마질다라가 은거하고 있던 안데스산맥 일대가 마경이
되어 버린 건 바로 그때부터였다.

주변에 남은 것이 거의 없어지다시피 해 버렸으니까.

*　　　*　　　*

"……하, 하하! 내가…… 이렇게 쉽게 패배해 버릴 줄이
야."

쏴아아!

비마질다라는 폭우를 한껏 맞으면서 허탈하게 웃어 젖혔다.

몇 년 동안 머물던 터전이 쑥대밭이 되고, 도시 몇 개가 부서져 수많은 이들이 명을 달리했지만. 그는 그런 걸 전혀 신경 쓸 겨를이 없었다.

오로지 한 가지 생각밖에 없었으니까.

패배.

그것도 완패였다.

몇 합을 주고받은 것에 불과한데도 그는 세주품을 꺾어야만 했으니. 세주품의 검면에 네 번째 상흔이 남은 것이 바로 그 때문이었다.

더군다나 그만한 존재들이 부딪쳤으니 이런 행성 하나쯤은 쉽게 부서졌어야 할 테지만.

상대는 대륙 하나를 쑥대밭으로 만드는 정도로, 비마질다라의 공격을 대부분 상쇄시키며 찍어 눌렀다.

그가 살면서 이렇게 압도적인 실력 차로 졌던 게 언제였더라?

인드라에게 패배했을 때에도, '데바'의 여러 존재들이 파 놓은 함정에 빠졌던 것이지 실력으로 진 적은 없었다.

천마에게 패배했을 때는 일대일 생사결에서 밀렸다지만, 그래도 지금 다시 겨룬다면 절대 실력 면에서 질 거라고는 생각지 않았다.

　그런데…….

　이 작자는 달랐다.

　　─확실히 당신은 강하오. 아직 '우리'에 미치지
　못한다 하더라도, 크게 걱정할 것이 못 된다 이 말이
　오. 부족한 부분이야 얼마든지 도로 채우면 되는 것
　이니. 어찌하겠소? 본인은 당신이 아주 마음에 드는
　데. '우리'와 일을 함께할 생각은 없소?

　하지만 비마질다라는 그 제안을 일언지하에 거절했다.

　이만한 강자가 세상에 남아 있었단 사실이 그에겐 충격
적이었기에 혹했던 것도 사실이었지만.

　반대로 그런 곳에 묶여 있어서는 결국 이도 저도 아니
게 된다는 것을 너무 잘 알기에 굳이 끼어들고 싶지 않았
다.

　오히려 그런 곳이 있을수록, 다음에는 자신의 손으로 꺾
고 싶다는 생각이 강하게 들기도 했고.

　　─그렇다면…… 어쩔 수 없구려.

놈은 쓴웃음을 짓더니 쓰러진 비마질다라에게 다시 검격을 날렸다.

영체에 짙게 남은 상처.

그것은 앞서 싸울 때 입었던 것과는 궤를 달리하는 상처였다.

　—그것은 일종의 긴고아(緊箍兒)요. 두고두고 그대를 괴롭힐 테지. '우리'는 당신으로 하여금 이 지구에서 '꿈'을 찾게 할 것이고, 그 '꿈'을 언젠가 가져갈 것이오. 그 전까진 '꿈'의 주인으로부터 '꿈'을 가져가지 못하도록 막게 할 생각이기도 하고.

이를테면, 녀석들은 비마질다라를 집 지키는 개로 만들겠다고 말하고 있는 것이다.

정확하게 무엇을 노리려는지는 알 수 없으나, 과거 제천대성 손오공이 긴고아에 묶여 삼장법사의 제자로 있었던 것처럼, 비마질다라도 그런 식으로 지구에다 억류시켜 무언가를 하려는 속셈이었다.

당연한 말이지만, 그런 것을 가만히 당할 비마질다라가 아니었다.

그렇기에 저항하고자 했지만.

워낙에 싸움으로 입은 상처가 중한 데다가, 영체에 남은 긴고아가 그를 너무 강하게 속박했다.

　　—천하의 제천대성도 끝끝내 긴고아를 스스로 풀
　지 못했었소. 아마 그것을 완전히 풀려면, 상당한 수
　고가 필요할 거요.

그것은 저주의 낙인이었다.

　　　　　*　　　　*　　　　*

그 뒤로.

비마질다라는 숱하게 귀찮은 일들을 겪어야만 했다.

수도 없이 많은 덤벼드는 인간들을 처치해야만 했다. 고향을 잃은 복수라던가? 협회니 정부니 하는 소리도 들렸지만, 신경 쓰지도 않았다.

비마질다라로서는 가뜩이나 회복에 집중해도 모자랄 판국에 귀찮은 파리들이 모여드니 그저 짜증이 날 뿐이었다.

그리고 그 과정에서 그가 평상시와 상태가 많이 다르다는 것을 눈치챈 신과 악마들의 도전을 뿌리치는 것도 상당한 일이었다.

　그러던 중에.

　"넌…… 뭐냐?"

　한 소녀를 만나게 되었다.

　다섯 살 정도 되어 보이는 꾀죄죄한 몰골의 소녀.

　마르기는 또 얼마나 말랐는지 뼈가 앙상하게 보일 정도
였다.

　일 년 남짓한 시간 동안 너무 많은 인간들을 죽여서 그런
가, 더 이상 곁에 아무것도 꼬이지 않아 한숨을 돌리던 차
였는데, 이번엔 웬 이상한 소녀가 왔으니.

　비마질다라는 인간에 대해서 잘 몰랐지만, 그래도 보통
저 정도 나이쯤 되면 젖살이 통통하게 올라 있다는 것쯤은
잘 알고 있었다.

　그게 아니더라도 부모의 돌봄을 받은 흔적이라도 있어야
할 텐데. 소녀는 그런 게 전혀 없었다.

　아니, 애당초 이런 곳에 홀로 버려졌다는 것부터가 그다
지 좋은 처지는 아니란 뜻이겠지.

　비마질다라는 소녀에 대한 관심을 일절 끊어 버렸다.

　아니, 끊으려 했다.

　그녀가 말만 걸지 않았더라면.

　"아저씨!"

"......?"

"아저씨는 배 안 고파요?"

"......무슨 소리지?"

"전 배고파요! 밥 주세요!"

맡겨 둔 물건이라도 찾아가는 듯한 뻔뻔한 태도에 기가 찰 지경이었지만.

비마질다라는 그냥 죽은 인간들이 유실했던 비상식량인지 뭔지를 던져 주었다.

당시에 왜 그랬는지, 이유는 기억나지 않았다.

어쩌면 심심해서일 수도 있었고, 시시각각 영혼을 좀먹어 가는 긴고아가 짜증 나서 조금은 마음을 달랠 필요가 있어 그런 것일 수도 있었다.

하지만 그때부터 아무런 생명체도 살지 않는 '아수라장'에서 비마질다라와 한 소녀의 기이한 동거가 시작되었다.

그저 수다 떠는 것이 전부인 시간들이었지만.

평화롭다면 평화롭고, 지루하다면 지루하다고 할 수 있을 시간들이었지만.

지금 와서 돌이켜 보면, 비마질다라는 어쩐지 그 시간들이 마음만은 편했다는 생각이 들었다.

한평생 싸움에 미쳐 살았던 그에게 안식이라는 것은 거의 찾아볼 수가 없는 것이었으니까.

하물며 긴고아에 묶여 정체를 알 수도 없는 임무를 강제로 떠안게 되었을 때, 마음이 조급증과 울화로 가득했을 때, 그것을 달래 준 건 바로 소녀, 사리나였다.

[재생이 모두 끝났습니다.]

"……."
연우는 말없이 천천히 고개를 들었다.

"아저씨! 아저씨이! 제발 눈 좀 떠요! 우리 친구잖아요! 친구를 두고 가는 게 어디 있어! 가지 말라고! 엉엉엉."

사리나는 결계를 쾅쾅 치면서 눈물을 펑펑 쏟아 냈다. 그녀에게 무슨 사연이 있는지는 알 수 없었다.

하지만 한 가지만큼은 확실했다. 비마질다라와 보냈던 시간이 행복했었다는 것. 비마질다라도, 사리나도 서로를 애틋하게 생각했었으니까.

연우는 어쩐지 스승 무왕을 떠나보냈을 때의 자신의 모습이 떠오르는 것 같아 가슴이 한편이 미어졌다.

그리고.

'친구…… 였었나.'

사리나에게 비마질다라가 더할 나위 없이 소중한 친구였던 것처럼, 비마질다라에게도 자신이 그런 소중한 친구였었단 사실이 무겁게 다가왔다.

그로서는 그저 플레이어로 있을 시절에 묵묵히 뒤에서 응원을 해 주고, 신격을 달성하고 났을 때는 칼을 부딪치고 싶어 하는 호승심 강하고, 조금 귀찮은 노인네라고만 여기고 있었지만.

비마질다라에게 있어 자신이란 존재는 단순히 그런 게 아니었던 모양이었다.

어쩌면 비마질다라는 연우에게서 과거의 자신을 엿보았는지도 몰랐다.

여하튼.

비마질다라는 그토록 바라던 연우와의 승부를 끝낼 수 있어서 흡족해했다.

비록 지난번에 입은 상처가 완전히 다 나은 건 아니었지만, 그래도 어떻게든 컨디션을 회복하려 노력했기 때문에 만족할 만한 싸움이라 할 수 있었다.

그리고 결과가 패배로 귀착되었을 때, 그는 친구인 연우에게 자신이 겪고 있는 모든 상황을 설명해 주고 싶어 했다.

하지만 그는 긴고아로 인해 함부로 사실을 누설할 수 없는 상태. 그렇기에 일부러 심상 결계가 아닌 지구에서 승부를 내고자 했다. 지구가 날아간다면 저들이 마경에 숨겨 두고자 했던 것들이 훤히 드러날 수밖에 없었으니까.

그리고 자신의 신화를 강제로 연우에게 보여 줄 수도 있을 테고.

덕분에.

연우는 비마질다라의 사연을 모두 알게 되었고, 마경의 배후에 있던 것들에 대해서도 알게 되었다.

르' 뤼에를 차지하는 것이 저들의 목표였으니. 더불어 연우는 비마질다라가 강제로 '잊었던', 그림자 속에 숨어 있는 그 얼굴이 무엇인지도 곧바로 알 수 있었다.

"아버지."

『나도 모르겠다. 왜 저 양반이 거기에 있는 거지……?』

크로노스 역시 합일을 통해 시각을 공유했기에 상당히 혼란스러워하는 기색이 역력했다.

— '꿈' 을 가져가는 것. 그것이 우리들의 목표라오.

그림자가 걷힌 얼굴.

그것은 연우도 크로노스의 신화 속에서 익히 보았던 얼

굴이었으니.

'오케아노스가 왜……?'

오케아노스.

크로노스의 맏형이자, 우라노스의 장남이었던 자.

그가 바로 비마질다라를 꺾은 존재.

즉, 마경의 배후였다.

*　　　*　　　*

[케르눈노스가 죽은 비마질다라의 신화를 안타까
움에 찬 시선으로 바라봅니다.]

[케르눈노스가 한때 자신의 호적수이자 벗이었을
지도 모르는 존재의 운명에 한숨을 내쉽니다.]

비마질다라의 죽음에 경악하는 메시지를 보내는 대부분
의 신, 악마들과 다르게.

케르눈노스는 비마질다라의 죽음을 진심으로 안타까워
하고 있었다.

따지자면.

케르눈노스는 비마질다라와 마찬가지로, 가장 오랫동안
꾸준히 연우를 지켜봤던 존재였다.

비록 연우에게 강한 호승심을 느끼며 그가 강해지기를 바랐었던 비마질다라와 다르게, 그는 어디까지나 안타까운 사도의 운명을 지켜보기 위함이었다지만.

두 존재는 의외로 서로 간에 공감할 만한 공통된 부분이 많았다.

그 역시 이렇다 할 소속 사회 없이 외롭게 고독을 곱씹던 존재였으니.

비마질다라가 생전에 갖고 있던 고민과 따분함, 여러 복잡한 생각 등을 가장 잘 이해하고 있었다고 봐도 과언이 아니었다.

그렇기에.

[케르눈노스가 분노합니다.]

케르눈노스는 처음으로 격정적인 감정을 드러냈다.

그로서는 '위대한' 존재가 고작 이런 결말을 맞이한 것에 화가 단단히 난 것일 테지.

그가 생각하는 위대한 죽음은 최소한 이런 쓸쓸한 개죽음은 아니었으니까.

[케르눈노스가 자리를 떨치고 일어납니다!]

[케르눈노스가 이번 일과 관련된 존재들을 절대 용서치 않으리라 선언합니다!]

그리고.

[여러 신들이 케르눈노스를 우려에 찬 시선으로 바라봅니다.]
[여러 악마들이 칠흑왕의 자아에 이어 새로운 주 신격의 활동에 침음을 흘립니다.]

＊　　　＊　　　＊

오케아노스가 왜 갑자기 이런 곳에서 나타난 걸까?

연우로서는 기가 찰 수밖에 없는 상황이었다.

'그러고 보니 타르타로스 때에도 오케아노스는 실종 상태였었지.'

오케아노스는 크로노스가 두각을 드러내기 전까지만 해도, 우라노스의 유력한 후계자로 거론되던 존재였다.

당대 올림포스 내에서 두루두루 인망이 넓고, 가진 배경도 만만치 않았기 때문이었다. 인품도 뛰어났으며, 실력도 대신격으로 분류될 만큼 뛰어났다.

무엇보다.

'맏이'라는 이점은 절대 무시할 수 있는 게 아니었으니.

장자 승계의 법칙은 과거에나 현재에나 가장 강한 명분이 되기 때문이었다.

하지만 올림포스 내전이 발발했을 당시, 오케아노스는 주도권을 제대로 잡지 못했다.

일찌감치 오케아노스의 계승을 예상했었던 테이아가 다른 형제들과 먼저 손을 잡고 쿠데타를 일으키면서 전략상 우위를 취했기 때문이었다.

그 과정에서 오케아노스의 전력은 밀려날 수밖에 없었고, 막내인 레아가 따로 테이아를 견제하면서 겨우 숨을 돌릴 수 있었다.

그 뒤로 레아가 크로노스를 끌어들이면서 승세는 완전히 그들 쪽으로 넘어가게 되었으니.

오케아노스는 이때 자신은 절대 지도자감이 되지 못한다며 모든 권리를 포기하고, 크로노스와 레아를 지지하면서 뒤로 물러났다.

그 뒤로 거의 존재감을 드러내지 않으면서 모두에게 잊히다시피 했었는데…….

'그러다 제우스가 반란을 일으켰을 때 올림포스 내 혼란을 수습하기 위해서 아주 잠깐 얼굴을 비췄던 것 말고는 외

부 활동이 아예 없었지. 그리고……'

연우의 눈이 가늘게 좁혀졌다.

'사라졌었고.'

올림포스가 통째로 탑에 유폐되었으니, 오케아노스도 분명 그럴 것인데도 불구하고.

그때부터 오케아노스를 보았다는 목격담은 어디에서도 들리지 않았다.

어딘가에서는 그가 아예 '개념'이나 '법칙'으로 귀속했다는 말을 하기도 할 정도였으니.

실제로 그렇게 믿는 올림포스 신들도 적잖게 있었다.

평상시 외부 활동을 그리 좋아하지 않고, 권력에도 초탈한 모습을 보이던 유순한 그라면 충분히 내릴 수 있는 선택지였으니까.

그런데.

이런 곳에서 갑자기 나타났다고?

그가 그동안 보이지 않는 곳에서 무언가를 꾸미고 있었단 뜻이 된다.

『……이상하구나.』

그때, 크로노스가 나지막하게 흘린 말에 연우가 고개를 들었다.

"무엇이 말씀이십니까?"

『저 양반, 어디서 다른 꿍꿍이를 꾸밀 만한 성격이 못 되거든. 착해 빠지긴 더럽게 착해 빠져서 테이아와 전쟁 치를 때도 큰소리 한번 못 치던 양반이었는데. 흠……!』

"오케아노스와 친하셨습니까?"

『친하다면 친하고, 아니라면 아니겠지. 우리네 형제들이 다들 그리 좋은 사이는 아니었으니까.』

크로노스는 쓰게 웃었다.

우라노스는 통합을 위해 여러 세력의 후계자들을 양자로 들였다지만.

그들 사이에는 기묘한 신경전이 있을 수밖에 없었으니까.

『그래도 내가 한창 철없이 사고를 많이 치고 다닐 때, 유일하게 내 편에 서 주던 양반이다.』

연우는 크로노스의 신화를 체험하면서 보았던 오케아노스를 떠올렸다.

확실히 크로노스를 챙겨 주던 이는 그밖에 없긴 했다.

또한, 그것이 가식이라는 느낌을 받은 적도 없었다.

크로노스도 그것을 잘 아니 저렇게 말하는 것일 테지.

『비마질다라를 강제로 지구에다 묶어 놓을 때에 보였던 미안함도 진심이었을 가능성이 크다. 그사이에 어떻게 그만큼 강해졌는지는 알 수 없지만……. 세월이 세월이니 여러 방법이 있었겠지. 그보다. '우리'라고 말했던 걸 보면, 혼자가 아닌 건 분명한데.』

"일단은 그들부터 쫓아야겠군요."

『우리 아들, 아주 바쁘구나? 그 수상쩍은 고블린에 바이 더 테이블도 가야 하고, 동생도 챙겨야 하고…… 흐흐!』

연우는 가볍게 한숨을 내쉬었다.

뒷정리하기 위해 칠흑에서 겨우 나온 것이었는데. 여전히 너무 많은 것들이 그의 발목을 붙잡고 있었다.

"일단은 저것부터 다시 처리하도록 하죠."

연우는 여전히 자신을 응시하고 있는 르' 뤼에를 바라봤다.

[칠흑왕의 자아가 본체를 올려다봅니다.]
[칠흑왕이 자신의 결여된 부분을 내려다봅니다.]

우선 저 본체가 날뛰지 않게 속박부터 해야겠지.

그리고 오케아노스 쪽 놈들이 르' 뤼에에 간섭하지 못하게 단단히 방비해 둘 필요가 있었다.

그동안은 그럴 겨를이 전혀 없어서 못 했지만.

지금은 무리를 해서라도 단단히 봉인을 해 둬야만 할 것 같았다.

"채우라."

첫 번째 용언을 내뱉은 순간.

촤르르륵!

갑자기 칠흑왕 주변으로 거대한 검은 멍울 수십 개가 곳곳에서 피어났다.

그리고 쇠사슬이 튀어나오면서 르' 뤼에를 구속하기 위해서 움직였다.

쇠사슬은 이전에 연우가 다루던 것과는 비교도 할 수 없을 정도로 거대한 크기와 굵기를 자랑했으니.

『……저걸 밖에서 직접 보게 되니 너무 섬뜩한데.』

크로노스는 그것을 보면서 떨떠름한 목소리로 중얼거렸고.

[쇠사슬의 정체를 알아본 신들이 기함을 토합니다!]

[쇠사슬의 성질을 눈치챈 악마들이 칠흑왕의 자아에게 미쳤느냐며 강하게 따집니다!]

……

[신의 사회, '데바'가 큰 충격에 빠집니다.]

[신의 사회, '천교'가 칠흑왕의 자아가 벌인 기행에 침음을 흘립니다.]

......

[악마의 사회, '니플헤임'이 당혹해하면서도 동맹군에게 더할 나위 없이 강한 무기가 생겼단 사실에 흥미로워합니다.]

......

신과 악마들은 저마다 다른 반응들을 보이기 바빴다. 비마질다라가 죽거나, 르'뤼에가 나타났을 때보다도 더 격한 반응이었다.

그도 그럴 것이, 저 쇠사슬은 연우가 '꿈' 속에서 여유가 생길 때면 틈틈이 탑의 잔해를 이용해 만든 신물이었으니까!

[천하정절신진철 여의금고봉]

종류: 책정 불가

등급: 측정 불가

설명: 오랜 세월 동안 수많은 신과 악마들을 봉인하며 우뚝 서 있던 탑—여의봉이 무너진 이후.

칠흑왕의 자아들은 그동안 그들을 가둔 형틀이나

마찬가지였던 탑—여의봉에 강한 분노를 표시하면서도, 그중 한 명이 내놓은 제안에 따라 잔해를 수습하고 자신들이 쓰기로 마음먹었다.

언젠가 원주인이었던 천마에게 똑같이 앙갚음하기 위해서.

그리고 탑—여의봉의 잔해는 칠흑왕의 축복과 권능이 듬뿍 담겨 새로운 형태로 제련되었다.

* 측정 불가
* 측정 불가
**자세한 정보를 표시할 수 없습니다.

『저걸 네가 처음에 수습해서 사용하자고 했을 때는 정말이지 내 아들이지만, 정말 맛이라도 간 줄 알았었지.』

연우는 칠흑왕의 여러 인격들과 전쟁을 치르는 와중에도, 밖으로 나갔을 때를 대비해 여러 준비 작업을 해 두었다.

그중 하나가 바로 탑의 잔해를 재활용하는 것이었으니.

당연한 말이지만, 칠흑왕의 인격들은 그것을 두고 크게 반발했다. 그동안 그들의 '꿈'을 번번이 실패로 이끌고, 강제로 공허 속에 처박히게 만든 저주스러운 흉물이었으니까.

하지만 연우의 그런 의견에 유일하게 찬성한 이가 현인이었다.

천마의 신물이었던 것을 이용해 천마에게 그들이 받은 만큼 되돌려 주면 어떻겠냐며 의견을 내놓았던 것이다.

당연히 호응이 좋을 수밖에 없었고, 그때부터 탑의 잔해는 오롯이 칠흑왕의 것이 되었다.

어차피 시스템이 연우에게로 귀속된 이상, 잔해의 소유주도 그였으니 새로운 형태로 만드는 건 그리 어려운 작업이 아니었다.

그리고 그것이 지금 나타나고 말았으니!

[공허가 열렸습니다!]
[신진철이 목표로 설정된 대상을 구속하기 위해 움직입니다.]

[칠흑왕이 저항을 시도합니다!]

꾸우우웅!

르' 뤼에는 신진철을 발견하자마자 거친 울음소리를 내뱉었다.

비록 영혼이 없다고 하나, 본능은 남아 있어 격하게 거부

반응을 보이는 것이다.

하지만 연우는 이에 아랑곳하지 않고 쇠사슬로 르' 뤼에의 사지를 강하게 결박하고, 몸뚱이를 수십 겹으로 둘러쳤다. 도르래가 빠르게 돌아가는 소리와 함께 쇠사슬이 몇 번씩이나 끊어질 것처럼 팽팽해졌다.

쇠사슬의 끄트머리가 한쪽 방향으로 움직였다.

위치는 원래 르' 뤼에가 있던 곳. 지구였다.

"잠들라."

그리고 이어서 내뱉은 용언에 따라, 쇠사슬이 더 팽팽해지면서 르' 뤼에를 강제로 지구 쪽으로 잡아당겼다.

너무 커진 나머지 벌써 은하계도 뒤덮을 만큼 비대한 덩치를 지구에다 욱여넣는 건 절대 쉬운 작업이 아니었다.

하지만 쇠사슬은 어떻게든 르' 뤼에를 압축시켰다.

저항이 너무 심해 쇠사슬이 위태로워진다 싶으면 그 위를 새로운 쇠사슬이 다시 몇 겹이나 덮어 강제로 눌렀다.

그 과정에서 공간이 일부 붕괴되면서 블랙홀이 생기는 등, 크고 작은 피해가 있긴 했지만.

그래도 시간이 지날수록 압축은 더 빠르게 진행되면서 르' 뤼에는 끝끝내 처음 형태로 되돌아가 지구 속으로 가라앉고 말았고.

"되감으라."

연우는 언제 다시 튀어 오를지 모르는 르' 뤼에를 완전히 잠재우기 위해서 '굴레'를 돌리기 시작했다.

[시간의 태엽이 맹렬하게 돌아갑니다!]
[칠흑이 부여되었습니다.]
['꿈'에 접속을 시도합니다.]
[실패하였습니다.]
……
['꿈'에 재접속을 시도합니다.]
[칠흑왕의 자아가 가진 권한이 적용되어 접속에 성공하였습니다.]
['꿈'에 일부 간섭할 권한이 생겼습니다.]

[시간의 태엽이 되감깁니다.]
[굴레가 되돌아가기 시작합니다.]

마치 비디오테이프를 되감기 하는 것처럼.

연우와 비마질다라의 싸움으로 망가지다시피 했던 지구와 태양계가 되돌아가기 시작했다.

부서졌던 소행성이 복구되고, 행성들의 공전축이 제자리를 찾았다.

지구는 대기 밖으로 뿜어졌던 먼지들이 도로 안쪽으로 되돌아오면서 화산이 가라앉고, 대지가 만들어지며, 푸른 바다가 다시 만들어졌다. 하늘이 다시 원래 밝았던 색을 되찾았다.

[종말이 취소됩니다.]
[부상하였던 '약속된 땅'이 가라앉았습니다.]
[지구가 온전한 모습을 되찾습니다.]

[모든 신이 침묵합니다.]
[모든 악마가 적막에 잠깁니다.]

그리고 신과 악마들은 연우가 만들어 낸 기적에 더 이상 아무런 반응도 내보이지 못했다.

과거 신왕 크로노스조차도 '굴레'에 손을 대기 위해서는 올림포스의 도움을 빌려 상당한 의식을 거친 뒤에 인과율을 소모해야만 가능했건만.

연우는 그런 수준을 넘어서 혼자서 굴레를 되돌리고 만 셈이었으니까.

더군다나 겉보기엔 별반 힘들어 보이지도 않았으니까.

신과 악마들은 또 한 번 더 연우가 그들의 수준으로 절대 가늠할 수가 없는 위치라는 것을 절실히 실감해야만 했다.

하아!

연우는 그렇게 단내 섞인 한숨을 가볍게 내뱉는 것으로 모든 작업을 끝마쳤다.

하지만.

'……힘들군. 생각보다 칠흑이 너무 많이 소모되었어. 이 정도면 현신(現身)에 필요한 인과율 중 2할 정도를 날린 셈인가?'

굳은 그의 표정은 펴질 줄 몰랐다.

'이대론 위험해. 조금 더 일을 서둘러야겠어.'

　　　　*　　　*　　　*

[모든 복원이 완료되었습니다.]

『흐흐. 하여간 내 아들이지만, 정말 사람 같지도 않다니까.』

크로노스는 '굴레'가 돌아가는 것을 보면서 가볍게 웃음을 흘렸다.

그 자신도 한때 '황'에 근접했다고 평가를 받을 만큼 대단했지만, 그보다 훨씬 높은 위치에 오른 연우를 보고 있으니 참 신기했기 때문이었다.

그러다.

『인과율, 많이 소모했지?』

크로노스는 웃음을 뚝 그치면서 진지한 어투로 물었다.

연우는 속으로 뜨끔했지만, 전혀 티를 내지 않고 아무렇지 않게 대답했다.

"버틸 만합니다."

『아닐 텐데?』

크로노스는 연우의 '본체'에 대해서 잘 알고 있는 몇 안 되는 사람 중 한 명이었다.

그의 뿌리는 이제 칠흑에 두고 있을지언정, 정체성은 거마신룡에 두고 있지 않던가.

그만한 존재는 애당초 이 세계의 물리적 법칙으로 현신하는 것 자체가 불가능하다.

그것을 가능케 하는 것이 폴리모프(Polymorph)였고, 이것을 유지하기 위해 들이는 인과율의 양은 상당했다.

지금까지는 '꿈'을 여러 차례 겪으면서 쌓은 인과율로 어떻게든 충당하고 있는 중이었지만…… 이런 식으로 계속 인과율을 소모해서야 좋을 것이 전혀 없었다.

애당초 연우는 수많은 칠흑왕의 자아들을 홀로 막아 내

고, '꿈'을 유예시키는 것만으로도 이미 상당수를 잃었을 게 분명했다.

하지만.

연우는 이런 점에 대해서 단 한 번도 내색하지 않았으니.

크로노스는 그런 게 너무 서글펐다.

이럴 때는 그래도 이 아버지를 믿고 속내를 털어놓고서 함께 고민해도 좋으련만.

정작 가장 중요한 점에 대해서는 홀로 안고 갈 생각만 하고 있으니.

너무 어렸을 때부터 혼자서 철이 들어 버려서일까.

크로노스는 그런 게 전부 자신의 탓인 것만 같아 미안하고 또 미안했다.

그리고.

"아버지, 제가 뭐라고 생각하십니까?"

연우는 이번에도 마찬가지로 아무렇지 않은 척 거드름을 피웠다. 크로노스의 짐작이 맞았지만, 결코 티를 낼 수 없었으니까.

'내가 뭘 하려는 건지, 다른 사람은 몰라도 특히 아버지에게는 절대 들켜서는 안 돼. 그랬다간 정말 큰일이 날 테니까.'

『하지만……!』

"아직 남은 마경이 있습니다. 그것부터 처리하고 마저 이야기 나누시죠."

연우는 고의로 크로노스의 말허리를 자르면서 스퀴테를 강하게 움켜쥐었다.

『……흠.』

짙게 내뱉는 탄식 속에는.

걱정이 깊게 묻어나 있었다.

*　　*　　*

그래도 다행이라면.

남은 마경, 남극의 주인은 연우가 비마질다라를 상대하기 전부터 안 될 것을 알고 있었는지 이미 도망치고 없었다는 점이었다.

"많이도 빨아들였군."

연우는 마경에 맺혀 있던 칠흑의 파편을 회수하면서 헛웃음을 흘렸다.

남극 대륙의 정중앙.

거대한 싱크홀이 깊이도 제대로 파악되지 않을 만큼 아주 깊게 파여 있었다.

연우가 대략적으로 측정하기에는 이미 내핵까지 다다른

듯 보였으니.

이건 거의 무저갱이라고 해도 되는 수준이었다.

마치 유황불이 끓는 것처럼 안쪽에서부터 어둠이 꾸역꾸역 토해지고 있었다.

『네가 나오는 게 조금만 더 늦었어도, 르'뤼에는 빼앗겼을지도 모르겠구나.』

"예."

녀석은 그래도 비마질다라를 제외한 다른 마경의 주인들과 다르게 어느 정도 이성이 남아 있었던 걸로 보였다.

지구의 생력을 이렇게 말끔하게 빨아들이면서 내핵까지 들어가는 무저갱을 설치한 것부터가 쉽지 않은 일이었을 테니까.

철수를 할 때에도 되도록 흔적을 남기지 않으려 노력했는지, 무저갱은 그대로 있었지만 신력은 전혀 남아 있질 않았다.

자신의 정체를 들키지 않기 위해 철저하게 계획적으로 움직였단 뜻이었다.

'비마질다라를 지구에다 묶어 놓은 게 애당초 내 발을 잡기 위했던 거였으니까. 이놈이 빠져나올 시간을 벌려고 했던 건가?'

연우는 차갑게 웃었다. 입술 사이로 드러난 송곳니가 번들거렸다.

웃겨서 웃는 게 아닌, 그가 어이가 없을 때면 짓곤 하는
비웃음.

『하지만 그만큼 놓친 점이 아주 크군.』

"그러게 말입니다."

연우는 무저갱 쪽으로 손을 뻗었다.

"제가 '굴레'를 돌릴 수 있을 거라고 예상하진 못했을
테니까 말입니다."

시간과 공간, 그리고 인과율의 제약마저 벗어나 완전한
독립적인 개체가 된 '황'이 아니고서야.

제아무리 신과 악마라 하여도 '굴레'에 얽혀 있을 수밖
에 없으니. 그 '굴레'를 되감는다면?

당연히 거기에 똑같이 딸려 올 수밖에 없었다.

물론, 그러기 위해서는 그만큼 상당한 인과율을 소모하
여야겠지만.

'그래 봤자 '큰 굴레'를 굴리는 만큼은 아니니까.'

게다가 아무리 아껴야 하는 상황이라도, 필요할 때는 주
저 없이 써야 한다는 게 그의 지론이었다.

연우는 무저갱 쪽으로 손을 뻗었다.

　　[두 개의 태엽이 맞물렸습니다. 감기는 속도가 빨
　라집니다.]

[시간의 태엽이 되감깁니다!]

[작은 굴레가 돌아가기 시작합니다!]

츠츠츠—

연우가 설정한 범위를 따라, 시계 방향을 그리면서 내핵으로 쏠리던 무저갱이 도로 반시계 방향으로 방향을 바꾸면서 감춰 뒀던 많은 것들을 토해 내기 시작했다.

눈보라가 휘몰아치고, 무저갱 위로 얼마 전까지만 해도 있었다가 사라졌던 신전이 다시 생겨났다.

『허! 이놈 봐라, 아예 실험실까지 만들었어? 무슨 자원 채굴 공장이라도 되나?』

크로노스는 경륜이 깊은 만큼, 남극에 세워진 신전이 어떤 용도를 지니고 있었는지를 단박에 알아차릴 수 있었다.

이건 단순히 생력을 흡수하는 정도로 끝나는 게 아니었다. 행성의 문명력까지 갈취할 수 있는…… 미래에 있을 잠재력까지 저당 잡아 불모의 대지로 만들 수 있는 악랄한 장치였다.

웬만한 신격들도 이런 짓은 저지르지 않는다. 그들로서는 행성을 많이 확보하면 확보할수록 그만큼 신앙을 흡수할 수 있으니까. 이렇게까지 하는 경우는 전략상 적에게 빼

앗기기 싫어 청야 전술을 펼칠 때에나 쓰는 방식이었다.

한데 이곳 마경의 주인은 바로 그런 짓을 저지르려 했으니. 지구의 모든 잠재력을 갈취하여 신력으로 삼고, 르'뤼에까지 완전히 깨우려 했던 게 틀림없었다.

그리고.

연우의 손에는 어느새 한 남자의 모가지가 걸려 있었다.

충격에 잔뜩 젖은 얼굴.

분명히 지구에서 도망쳤던 자신이 왜 여기에 있는지 모르겠단 얼굴이었다.

"꼭 그런 놈들이 있지."

『이, 이런…… 말도 안 되는……!』

"반드시 죽도록 처맞아 봐야 정신을 차리는 놈들."

화아악!

[인스턴스 던전, '형벌 지옥'에 입장했습니다!]

연우는 이미 비마질다라와의 싸움을 겪어 봤던 터라, 절대 칠흑에서 벗어날 기회를 주지 않으려 했다.

심상 세계가 활짝 열리고, 녀석은 어떻게든 연우의 손목을 떨쳐 내고자 했지만.

콰아아앙!

연우는 그보다 먼저 단단한 지면에다 녀석을 처박았다.

『퀵!』

녀석은 피를 잔뜩 토해 냈다.

빠져나가고 싶어도 도저히 그럴 수가 없었다. 연우의 악력이 워낙에 강한 데다가, 본체라 할 수 있는 거마신룡이 어느새 그의 몸 위로 잔상처럼 겹쳐져 막중한 무게로 짓누르고 있었으니까.

"이름."

『말을…… 할 것 같……!』

"사실 안 해도 상관없어."

『무슨……?』

"할 때까지 죽이면 그만이잖아?"

『……!』

충격에 젖은 얼굴.

연우는 손에 힘을 잔뜩 주었다.

콰드득.

모가지가 돌아가면서 혀를 길게 빼물었지만.

"사자 소환."

츠츠츠—

「어, 어떻게 내가……?」

그림자가 녀석의 사체를 완전히 잡아먹고, 영락한 영체
만 고스란히 토해 냈다.

그리고.

[권능, '연옥로'가 발동합니다!]

「크아아악!」

연우는 과거에 고문을 할 필요가 있는 대상에게 그랬던
것처럼, 녀석도 연옥로의 불길에다 가둬 둔 채로 한참 동안
굴렸다.

「크아악! 제발, 제발 그만해! 살려 줘! 묻는 건 다 말해
줄 테니, 제발 그만……!」

"아직 멀었어."

「제발, 제발……!」

그렇게 있기를 한참.

「컥, 컥!」

녀석은 흔들리는 시선으로 연우를 바라보았다.

제발 죽여 달라는 얼굴.

연우는 차갑게 웃었다.

드디어 놈들의 꼬리를 잡은 셈이었으니까.

＊　　　＊　　　＊

'세샤.'

『삼촌? 대체 이게 무슨 일이에요……? 여기는 다들 난리가 났어요!』

지구가 한번 멸망을 맞았다가 겨우 복구되었기 때문일까. 세샤의 목소리는 크게 흔들리고 있었다.

그도 그럴 것이, 되살아난 지구인들은 자신들이 죽었다는 사실은 기억하지 못할지라도, 그 전에 비마질다라가 일으켰던 자연재해는 기억하고 있었기 때문이었다.

당연히 두려움에 젖을 수밖에 없었고.

연우도 지구에서 풍기는 막대한 원념(怨念)을 읽을 수 있었다.

[신앙이 쌓입니다.]
[신앙이 쌓입니다.]
……

그런 원초적인 두려움과 막대한 공포는 자연스레 칠흑왕에게 귀속될 수밖에 없기에, 연우에게도 강한 영향력을 미칠 수밖에 없었다.

'잠시 다녀올 테니 기다리고 있어다오.'

『……또 어디 가시려구요?』

연우는 침묵을 지켰고.

『하아! 이제 좀 돌아오시려나 싶었더니……. 알겠어요. 그럼 여기는 제가 어떻게든 수습해 볼게요. 대신에.』

세샤는 깊은 한숨을 내쉬면서 말하다가 도중에 그쳤다.

연우는 고개를 갸웃거렸다.

자기 아버지라도 같이 데리고 오라고 말하려는 걸까?

연우도 당연히 그럴 생각이었으니 그러겠다고 말하려는데.

『올 때 O로나.』

'……?'

연우는 너무도 오랜만에 듣는 말에, 순간 세샤의 말을 이해하질 못해서 고개를 갸웃거렸다.

『에휴! 하여간 재미없긴. 조심해서 돌아오세요. 엄마도 제가 잘 지키고 있을게요.』

연우는 '음, 그래. 알겠다.' 고밖에 대답해 줄 수 없었다. 현실에서 오랫동안 동떨어져 있던 그로서는 이런 쪽의 감각이 무뎌질 수밖에 없었으니까. 아니, 애당초 인간일 때도 크게 관심이 있었던 건 아니지만.

그렇게 지구에 대한 걱정이 전부 끝난 뒤.

『이제 가야겠지?』

"예."

『대체 일이 어떻게 돌아가고 있는 건지 당최 알 수가 없구나. 하아!』

＊　　＊　　＊

남극의 주인은 소멸되기 위해서, 연우가 궁금해하는 것들을 무엇이든지 말해 주었다.

그런 와중에 알게 되었다.

이번 일에는 단순히 오케아노스가 있는 수상쩍은 배후 세력만 있는 게 아니라, 다른 세력도 여럿 얽혀 있다는 것을.

—나는……! 나는 그저 의뢰를 받았을 뿐이라고!

—의뢰?

—그래……! 지구의 생력을 흡수하기 위한 신전을 건축해 달라는 의뢰였……!

—누가? 누가 의뢰를 넣었단 거지?

—몰라!

—연옥로에서 나오기가 아쉬웠나 보군.

—그, 그런 게 아니야! 나나 내가 속한 조직은 애

당초 의뢰주가 원하지 않는다면 모든 게 익명으로
처리된다고!

　—너희들이 누군데?

　—우리는…….

그때.

녀석이 했던 말은 연우에게도 충격적이었다.

　—우리는 바이 더 테이블이다……!

바이 더 테이블이 의뢰를 받아서 마경을 건설했다고?

전혀 생각지도 못한 말.

연우 부자에게도 충격일 수밖에 없었다.

『뭔가가 있는 게 분명한데. 흠!』

　바이 더 테이블의 수장이 누군지를 떠올려 본다면, 크로
노스와 레아가 살았던 터전을 이렇게 혼란스럽게 만든다는
게 너무 이상했으니까.

　"권력 구도란 언제든지 바뀔 수 있는 법이니까요. 그들
사이에서도 다른 무슨 일이 있었는지 모르죠."

　『하긴. 그보다 자세한 건 직접 넘어가 보면 알겠지. 어차
피 방주에 대해서 물어볼 것도 있었고.』

크로노스는 작게 중얼거리다, 갑자기 피식 웃었다.

『그런데.』

연우는 크로노스의 시선이 상공으로 향하는 것을 놓치지 않았다.

여전히.

두려움에 찬 시선들이 두 부자에게 단단히 고정되어 떨어질 줄 몰랐다.

['데바'의 신, 아그니가 마른침을 삼킵니다.]

['데바'의 신, 바유가 탄식을 흘립니다.]

['데바'의 신, 라바나가 곧 다가올 전쟁에 당혹해
합니다.]

……

['멤피스'의 신, 호루스의 눈이 방황합니다.]

『저치들은 어떻게 할 거냐? 그대로 두려고?』

"그럴 리가 있겠습니까?"

연우의 한쪽 입술 끝이 비틀렸다.

"덤볐으면, 되갚아 줘야죠."

『역시 내 아들이로군.』

—단순히 의뢰가 들어왔다고 해서 지구에 마경을 설치했다고? 나와 올림포스를 적으로 돌리게 될 줄 뻔히 알면서? 그렇게 머리가 안 돌아가나?

　—그, 그들 말고도 같이 나서서 우리를 도와주겠다고…… 추후에 다른 일이 생기면 보호해 주겠다고 말한 곳이 여럿 있었어!

　—어디지, 그곳이?

　—신, 악마, 가릴 것 없이 전부……! '낮'이 '밤'을 막고 있을 때 움직여야 한다면서……! 그러니 칠흑의 파편과 관련된 정보를 공유해 달라고 했어! 그러니까, 제발 그만 날 보내 줘! 제발!

　—그러니까, 거기가 어딘지 묻잖아.

　—데바, 멤피스……!

　처음 칠흑의 파편을 회수하면서도 짐작했었다지만, 그래도 일을 크게 키우기 귀찮아 경고로 끝냈었다.

　하지만 저들이 르'뤼에까지 탐내려 했고, 지구의 생력까지 전부 소진시키려 했다는 것을 알게 된 이상.

　연우도 참는 데는 한계가 있을 수밖에 없었다.

　그렇기에.

　"올림포스."

연우는 고개를 들고 허공을 응시했다.

　　[신의 사회, '올림포스'가 도열 중입니다.]
　　[신의 사회, '올림포스'가 전쟁을 치를 준비를 합니다.]
　　[신의 사회, '올림포스'가 주신의 명령을 기다립니다.]

이미 올림포스는 그가 명령을 내리기만을 기다리고 있었다.
"관련된 곳들, 전부 친다."

　　['올림포스'가 신의 사회, '멤피스'에게 선전 포고를 했습니다!]
　　['올림포스'가 신의 사회, '아베스타'에게 선전 포고를 했습니다!]
　　['올림포스'가 신의 사회, '투어허 데 더넌'에게 선전 포고를 했습니다!]
　　……
　　['올림포스'가 악마의 사회, '절교'에게 선전 포고를 했습니다!]

......

[갑작스러운 '올림포스'의 선전 포고에 많은 신
의 사회들이 경악합니다!]
[선전 포고를 받은 악마의 사회 중 몇몇이 '올림
포스'에 대화로 사태를 해결하기를 요청합니다!]

여러 사회들은 어떻게든 연우와 올림포스를 말리기 위해
나서려 했지만.

"분명히 내가 말했을 텐데? 쓸데없는 욕심 내지 말라
고."

연우는 그런 시선들을 일일이 인지하면서 으르렁거렸다.

[신의 사회, '멤피스'가 침묵합니다!]
[신의 사회, '아베스타'가 침묵합니다!]
......
[선전 포고를 받은 모든 사회가 칠흑왕의 자아에
게 선처를 요구합니다!]

"그런데 일을 이딴 식으로 꾸미고 있었단 말이지? 좋아.
어디 한번 해보자고."

['올림포스'가 정벌군을 형성하였습니다.]

[정벌군 명단]
1군단장: 아레스
2군단장: 헤라클레스
3군단장: 아폴론
......

[1군단이 '데바'로 출정합니다.]
[2군단이 '멤피스'로 출정합니다.]
[3군단이 '아베스타'로 출정합니다.]
......

['올림포스'의 선전 포고를 받은 신의 사회가 일제히 공세에 대비합니다!]
['올림포스'의 침략을 받은 악마의 사회가 다가올 전쟁에 경계 태세를 갖춥니다!]
......
[몇몇 신의 사회가 사절을 보내고자 합니다.]
[몇몇 악마의 사회가 항복 의사를 표시합니다.]

[칠흑왕의 자아가 모든 사절의 방문을 거절하였습니다.]

[칠흑왕의 자아가 모든 투항 의사를 무시하였습니다.]

……

[모든 죽음의 신이 '죽음'을 집행하기 위해 움직입니다!]

[모든 죽음의 악마가 왕의 위엄을 거스른 적들에게 '죽음'의 축복을 내리기 위해 움직입니다!]

[동맹군, '천교'가 대기합니다.]

[동맹군, '니플헤임'이 대기합니다.]

……

[천계가 극심한 혼란에 빠졌습니다!]

연우는 그 뒤로도 자신에게 사절을 보내겠다는 여러 사회들의 의사를 전면 무시했다.

그리고 군단장을 맡은 사도들에게도 무조건적인 항복이

아니면 절대 봐주지 말라는 명령을 따로 남기기도 했다.

'천마가 신과 악마들을 왜 탑에다 가둬 두려고 했었는지도 알겠어.'

신과 악마들은 빈틈이 조금이라도 보이면 목덜미를 물어 뜯으려 하기에 바쁘다. 오로지 자기네들만이 중요한 작자들이니, 제어가 어려워도 너무 어려웠다.

이번에도 그가 잠시 눈을 감고 있는 사이에 지구를 결딴 낼 뻔하지 않았던가.

힘으로 찍어 누르는 걸로는 부족했다. 어디다 가두든지, 아니면 어떻게든 묶어 둬야 할 것 같았다.

여전히 올림포스와 좋은 관계를 맺고 있는 천교와 니플 헤임이 언제든 움직일 수 있다는 의사를 내비치기도 했지만, 이 역시 받아들이지는 않았다. 굳이 그들의 손을 빌려서 세를 키워 줄 필요는 전혀 없었으니까.

그리고.

[주신의 요청에 따라, '아난케'가 강림합니다!]

올림포스에서 유일하게 전투에 참여하지 않은 존재가 조용히 내려왔다.

따스한 눈매가 인상적인 여신.

올림포스에서 '운명'을 신위로 두고 있는 존재였다.

그리고 연우에게도 익숙한 얼굴이기도 했다.

"부르셨는지요?"

연우에게 예를 갖추는 아난케의 태도는 아주 공손했다.

그 순간.

차차착!

스퀴테가 잘게 부서지면서 인간의 형태를 갖췄다.

크로노스가 애틋한 시선으로 그녀를 바라보았다. 눈가가
촉촉하게 젖어 있었다.

『오랜만이야, 유모.』

"예전과 다르게 신수가 훤해 보이셔서 다행이에요. 크로
노스."

연우가 크로노스의 신화를 체험할 당시, 거인 출신 아틀
라스와 함께 항상 그의 옆을 지켜 주던 고마운 존재.

아난케는 크로노스에게 있어 친모나 다름없는 존재였다.
모든 사랑을 그녀에게서 받았으니까.

하지만 크로노스가 마성에 감염되고 폭군이 된 이후, 아
난케는 올림포스에서 모든 직책을 내려놓고 뒤로 물러나게
되었다.

그리고 크로노스가 몰락한 이후에는 그나마 외부로 얼굴
을 비치던 것도 전면 중단하고 원로원에서 조용히 은거 생

활을 하게 되었으니.

제우스 일파가 그녀를 꺼림칙하게 생각했기 때문이었다. 그녀 역시 권력을 추구하는 성격이 아니었으니 가만히 있던 것이고.

그러다 이렇게 다시 만나게 된 것이다.

『예전엔…… 아주 미안했어.』

사실 크로노스는 눈을 뜨고 난 이후로도, 한동안 그녀를 찾아가지 못했다.

아니, 그럴 엄두를 내지 못했다.

포세이돈 등에게 용서를 구하면서도 두려운 나머지 가까이 다가가지 못하는 것처럼.

아난케에게도 몹쓸 짓을 너무 많이 한 탓에 도저히 얼굴을 마주할 용기가 나지 않았기 때문이었다.

—유모. 유모의 눈에는 짐이 여전히 어린아이로 보일지 모르겠지만, 짐은 이제 왕이다. 유모의 그런 보살핌은 간섭에 지나지 않아.

—그들을 용서해 달라? 선처를 해 달라고? 그게 말이나 되는 소리인 줄 아나?

─지금 유모가 한 행동이 짐의 위엄에 얼마나 먹
칠을 하는지 알기나 해? 자숙으로 끝나는 것을 은총
이라 생각해야 할 것이야.

　　크로노스의 치세는 대부분 폭압과 공포로 얼룩져 있었
고.

　　따스한 성품을 지닌 아난케는 그런 폭정의 피해자들이
기댈 수 있는 유일한 언덕이었다.

　　그렇다 보니 크로노스와 사사건건 부딪칠 수밖에 없었
고, 그때마다 아난케는 마음의 상처를 입다가 돌아선 것이
었다.

　　어찌 보면 지금 건넨 사과는 너무 늦은 것이나 마찬가지
였지만.

　　"크로노스."

　　아난케는 웃고 있었다.

　　오래전, 철없는 망나니였던 도련님을 따스하게 돌보던
유모의 모습으로.

　　"그때보다 훨씬 밝아 보여서 다행이에요. 이 어미는 항
상 그게 참 걱정이었답니다."

　　「……!」

　　크로노스는 뻣뻣하게 굳어 아무 말도 하지 못했다.

어머니는 시간이 한참 지난 지금까지도 계속 어머니였던 것이다.

"바이 더 테이블과의 접점이 있으시다고 들었습니다만."

연우는 그런 두 사람 사이로 조심스레 다가가야만 했다.

아난케가 따스한 눈웃음을 지으면서 연우에게 고개를 숙였다.

"말씀 편하게 하십시오. 당신은 왕이십니다. 무릇 왕은 신하에게 말을 높이지 않는 법이지요."

고상하면서도 반듯한 어투.

연우는 크로노스의 제왕학이 어디서 나왔는지 조금 알 것 같았다.

"그 전에 아난케는 제 아버지의 어머니와 같은 분이시니, 제게는 조모님이 되시는 겁니다. 어떻게 예를 갖추지 않을 수 있겠습니까?"

연우를 보는 아난케의 입가에 묘한 미소가 걸렸다.

"아버지와 닮으신 듯하면서도, 훨씬 더 반듯하게 자라셨군요."

"제가 아버지보단 훨씬 낫죠."

"하긴. 크로노스는 그냥 망나니였으니……."

"최소한 전 아닙니다."

"레아가 없었다면 어떻게 되었을는지. 정말 천만다행이
네요."

『둘이서 대체 무슨 말을 하는 거야!』

크로노스는 더 이상 참지 못하고 버럭 소리를 지르고 말
았다.

두 사람은 가볍게 실웃음을 흘렸다. 크로노스는 여전히
뚱한 표정이었지만.

그러다 아난케가 인상을 굳히면서 말했다.

"그동안 저는 원로원에 있으면서도, 필요에 따라 올림포
스와 바이 더 테이블을 중개하는 위치를 맡아 오곤 했어요."

제우스 등이 함부로 아난케를 내치지 못했던 이유.

그건 아난케가 레아의 유산을 관리하던 바이 더 테이블
과도 계속 긴밀한 관계를 유지하고 있었기 때문이었다. 아
난케는 레아와도 사이가 아주 각별했으니까.

제우스 등으로서는 올림포스 통치를 위해 필요한 물자가
많을 수밖에 없었고, 이 중 상당수를 바이 더 테이블에 의
존하고 있었다. 당연히 중개자인 아난케를 절대 내칠 수가
없었다.

그렇기에 연우는 아난케에게 바이 더 테이블과의 접선
자리를 마련해 달라고 할 생각이었다.

탑이라면 모를까, 여기서는 그들과 마주칠 수 있는 통로

가 전부 끊어진 셈이니까.

'방주로 세샤 등을 구해 주고 나서도 그냥 훌쩍 떠났다고 했었고.'

"그런데 탑이 붕괴된 이후로, 바이 더 테이블이 뭔가 많이 혼란스러운 분위기였어요."

순간, 연우의 눈이 빛났다.

"혼란스럽다면……?"

"아무래도 내부에서 정쟁이 있었던 것 같은데. 그게 정확히 어떤 내용인지를 알 수가 없어요."

"흠."

역시 뭔가 있는 게 틀림없었다.

"게다가 근래에 들어서는 기존에 있던 수장이 외부로 나서지 않고, 다른 후계자가 경영을 거의 다 도맡아 한다고 알려져 있어서……. 어쩌면 그 후계자가 권력을 틀어쥐었거나, 권력을 쥔 쪽이 그를 얼굴마담으로 내세운 게 아니냐고 판단하고 있어요."

연우는 뭔가 짚이는 게 있었다.

"혹시 그 후계자라는 사람의 이름이, '율'입니까?"

아난케의 눈이 저절로 커졌다.

"그를…… 아시나요?"

* * *

['올림포스'가 전쟁을 시작합니다!]
[천계가 비명을 지릅니다.]

"……하여간 우리 오라버니, 어디서 뭘 하고 계셔도 바로바로 알 수가 있구나. 그래도 너무하시지. 찾아오시지도 않고."

에도라는 '핏' 하고 바람 빠지는 소리를 내면서 뾰루퉁하게 투덜거렸다.

연우가 깊은 잠에 빠졌다는 건 알고 있었다. 한때는 겉으로 괜찮다며 티를 내지 않았어도, 속으로는 적잖게 원망하기도 했다. 이제야 겨우 자신의 마음이 전해졌고, 그게 이뤄졌다고 생각했었는데…… 자신에게는 이렇다 할 언질도 없이 독단적으로 그런 선택을 내리고 말았으니까.

아무리 모두를 구하기 위해서 희생을 결정한 것이라고 해도, 그녀로서는 하나뿐인 연인을 잃은 셈이었으니 마음이 너무 아팠던 것이다.

그래도 십 년이 넘는 세월 동안에도 에도라는 여전히 연우에 대한 마음을 접지 않고 있었다.

그리고 그녀는 그 마음이 연우도 마찬가지일 거라고 확

신하고 있었다.

그들 사이에 묶인 인연의 실은 절대 세월 따위로 끊어질 수 있는 게 아니었으니까.

하지만.

그렇기에 여전히 무심하기만 한 연우가 밉기도 했다.

아무리 할 일이 많아도 그렇지, 깨어났다며 자신에게 메시지라도 하나 보내 줄 법도 하지 않은가.

그런데 저렇게 커다란 소란을 일으키면서도, 전혀 그럴 기미를 보이지 않고 있었다. 자신은 기억도 나지 않는 걸까.

무정한 사람 같으니. 그렇게 투덜거리면서, 신마도를 끌어안고 마저 가던 길을 가려는데.

"······응?"

[칠흑왕의 자아에게서 메시지가 도착했습니다.]

에도라는 갑자기 눈앞에 떠오르는 시스템 메시지를 보면서 눈을 동그랗게 뜨고 말았다.

탑을 떠난 이후로, 게이트에 입장할 때가 아니면 거의 보지 못했던 것이 지금 나타날 줄이야.

그리고.

[메시지: 곧 찾아가마. 미안하다.]

 여전히 무뚝뚝함이 넘쳐 흐르는 내용에 자기도 모르게 실소를 흘리고 말았다.

 "하여간 양반은 못 된다니까."

 말은 그렇게 하면서도, 에도라의 입가에 미소가 맺힐 무렵.

 "아가씨!"

 갑자기 그녀가 있던 들판으로 누군가가 뛰어왔다. 그녀와 마찬가지로 한때 신녀 훈련을 받았던 '자매'였다.

 그런데 뭔가 표정이 다급해 보였다.

 슬픔과 혼란이 가득 섞인 얼굴.

 에도라는 불길한 느낌이 들어 똑같이 인상을 굳히고 말았다.

 "무슨 일인데 그래?"

 "영매께서……!"

*   *   *

 "울지 마라. 기실 따지자면 내가 너무 오래 이 땅에 있었던 것이니까. 원래 있던 곳, 금천께서 계신 곳으로 되돌아

376 두 번 사는 랭커

가는 것일 뿐이다."

영매는 자신의 앞에서 눈물을 펑펑 쏟아 내는 판트의 어깨를 어루만졌다.

한평생 철없기만 할 줄 알았던 아들이었는데, 어깨가 이렇게나 넓었었나. 영매는 문득 그런 생각이 들었다. 그리고 제 아버지가 그러했던 것처럼 부족을 충분히 잘 이끌어 가겠다는 생각에 입가에 미소가 맺혔다.

하지만 그런 어머니의 모습이 판트의 억장을 더 크게 무너뜨리고 말았다.

탑에서 탈출한 이후. 외뿔부족은 '낮'을 도와 '밤'과 전쟁을 치르면서도, 한편으로는 머물 만한 터전을 찾기 위해 많은 노력을 해야만 했다.

그들은 원래 시조인 소호 금천을 좇아 탑에 들어왔던 선주 종족.

원래 있던 고향으로 되돌아가기엔 너무 오랜 시간이 흘렀기에 한동안 이주를 거듭해야만 했고, 그러다 뒤늦게 한 곳에 정착할 수 있었다.

다만, 그 과정에서 영매는 너무 많은 영력을 소모해야만 했다.

가뜩이나 무왕의 죽음 이후로 심력 소모가 적잖았던 데다가, 일족의 명운까지 어깨에 짊어지면서 그녀는 급속도로 야위어만 갔다. 영력 소모에 따라 생명력이 사라지고, 그에 따라 시시각각 노화도 찾아왔기 때문이었다.

그때마다 판트는 그러지 말라며 어머니를 뜯어말렸지만, 그녀의 고집을 막을 수는 없었으니.

언제부턴가 무왕과 마찬가지로, 영매는 부족 내에서 '성모(聖母)'라고 불리고 있었다.

그만큼 그들 부부가 일족에 남긴 발자취가 컸던 것이다.

그리고 지금.

영매는 마지막 남은 천수를 눈앞에 두고 있었다.

"어머니!"

그때, 에도라가 소식을 듣고 급하게 거처로 달려 들어와서는 숨을 거칠게 몰아쉬었다.

"다들 왜 이리 호들갑을 떠는 건지, 원."

영매는 파리한 안색과 다르게 입가에 시종일관 미소를 달고 있었다. 그러다 훌쩍 자라 버린 아들의 어깨를 다독여 주었다.

"판트, 약속대로 잠시만 자리를 비켜 주지 않겠니?"

영매는 마지막 가기에 앞서 에도라와 단둘이서 짧게 대화를 나누고 싶다고 말해 두었던 상태.

판트는 여기서 떠나고 싶지 않다는 말이 턱밑까지 차올랐지만.

"……물러난다."

아랫입술을 질끈 깨물면서 자리를 지키고 있던 부족원들과 함께 방을 벗어났다.

"어머니께서 무슨 말씀을 하실지 모르겠지만…… 아주 중요한 당부를 너에게 하실 것 같았다. 그러니까…… 잘 모셔라."

판트는 에도라에게 몇 번이고 신신당부를 하고 나서야 겨우 발을 뗄 수 있었다.

그리고.

에도라가 조심스레 무릎걸음으로 어머니에게 다가갔을 때.

영매는 품을 뒤적이더니 조용히 두 개의 목패를 바닥에 놓았다.

—**필(必)**

—**멸(滅)**

"이건……?"

순간, 에도라는 불길한 마음이 들어 눈동자가 흔들렸다.

"내 떠나기 전에…… 마지막 남은 힘을 쥐어짜 사위의 점을 쳐 보았다. 그 뒤에 나온 괘다."

전혀 생각지도 못한 말.

에도라의 몸이 흠칫 굳어 버렸다.

영매의 눈가에 맺힌 주름이 한결 더 깊어졌다.

"몇 번이나 해도 똑같더구나. 네 아버지의 마지막 점괘와."

"……!"

〈다음 권에 계속〉

정령왕 엘퀴네스

개정판

이환 판타지 장편소설

『숲의 종족 클로네』, 『은빛마계왕』의 작가,
이환 대표작 『정령왕 엘퀴네스』완전 개정판!

어설픈 정령왕의 좌충우돌 모험기를 다시 만난다!

컬러 일러스트 · 네 칸 만화 · 캐릭터 프로필 & QnA
매권 미공개 외전 수록!

dream
books
드림북스

환생왕

요도 김남재 신무협 장편소설

ORIENTAL FANTASY STORY & ADVENTURE

정체를 알 수 없는 세력들에 의해
비참한 최후를 맞이한
천룡성(天龍城)의 후계자 천무진.
그런 그에게 찾아온 또 한 번의 삶.
그리고 그를 돕기 위해 나타난 여인 백아린.

"이번엔…… 당하지 않는다."

이젠 되돌려 줄 차례다.
새로운 용이 강호를 뒤흔든다!

dream
books
드림북스

『제왕록』, 『무림에 가다』 시리즈의 작가 박정수
그가 거침없는 현대 판타지로 돌아왔다!

『신화의 전장』

주먹을 믿지 마라.
우리가 살아가는 이 땅에 인간을 벗어난 자들이 존재한다.

dream
books
드림북스

『마법군주』 발렌 작가의 신작!

『정령의 펜던트』

"정령사는 말이지, 되고 싶다고 해서 되는 게 아니야.
그냥 그렇게 태어나는 거지.
날 때부터 정해진 운명 같은 거라고."

★
dream
books
드림북스

DREAMBOOKS★

DREAMBOOKS★

DREAMBOOKS ★

DREAMBOOKS ★